U0669838

读客科幻文库

跟着读客读科幻，经典科幻全看遍。

ROGER JOSEPH ZELAZNY

趁生命气息逗留

[美] 罗杰·泽拉兹尼　著

虞北冥　译

THE LAST
DEFENDER
OF CAMELOT

北京日报出版社

图书在版编目（CIP）数据

趁生命气息逗留 /（美）罗杰·泽拉兹尼著；虞北冥译 . -- 北京：北京日报出版社，2024.5
ISBN 978-7-5477-4743-8

Ⅰ . ①趁… Ⅱ . ①罗… ②虞… Ⅲ . ①幻想小说 - 作品集 - 美国 - 现代 Ⅳ . ① I712.45

中国国家版本馆 CIP 数据核字 (2024) 第 000792 号

趁生命气息逗留

作　　者： ［美］罗杰·泽拉兹尼
译　　者： 虞北冥
责任编辑： 王　莹
特约编辑： 窦维佳　　　王　品
封面插画： Claude Monet, *Water Lilies*　　　陈艳丽
封面设计： 陈艳丽
出版发行： 北京日报出版社
地　　址： 北京市东城区东单三条8-16号东方广场东配楼四层
邮　　编： 100005
电　　话： 发行部：（010）65255876
　　　　　　总编室：（010）65252135
印　　刷： 三河市龙大印装有限公司
经　　销： 各地新华书店
版　　次： 2024年5月第1版
　　　　　　2024年5月第1次印刷
开　　本： 880毫米×1230毫米　1/32
印　　张： 13
字　　数： 303千字
定　　价： 56.00元

献给我的母亲

目　录

能量涌现

Comes Now the Power

(1966)

进入第二个年头，他快被逼疯了。

之前所有行之有效的方法都宣告失效。

每一天，他都尝试突破现状，但一无所获。

他对学生大吼大叫，开车时横冲直撞。他一次次地捶墙，指关节伤得鲜血淋漓。入夜后，他无法入睡，不断地咒骂。

但没人帮得了他。在精神科医生看来，他的病症并不存在，毫无疑问，他们只会用其他病症的治疗方法治疗他。

所以那年夏天，他找了个度假胜地待了一个月，但情况没有任何好转。他尝试了几种致幻剂，同样不起作用。他试着放松心情，任思绪飘散，录下他在这种状态下说的话，但重放录音只能让他更加头疼。

在一个由正常人组成的社会中，能量被阻断的异能者，又能向谁倾诉呢？

……只有他的同类。前提是他找得到。

米尔特·兰德还认识四个和他一样的人：他的表哥加里，现已去世；黑人牧师沃克·杰克逊，他退休后去了南方；舞蹈演员塔特亚·斯特凡诺维奇，位于"铁幕"另一边的某地；还有柯蒂斯·莱格，可惜，他患上了精神分裂症，是个偏执狂，被监禁在一家州立精神病罪犯机构内。还有一些人，他曾在夜里感知过，但从没见过面，现在找不到他们在哪儿。

以前他的能量也遭到过阻断，但米尔特总能在一个月内恢复过来。可这一次不一样。烦恼、不适、心烦意乱确实会妨碍到能量的施展，然而如果他的能量因为一件事，过了一年还完全被阻断，那就不仅仅是心烦意乱、不适或者烦恼这些小事了。

离婚让他痛不欲生。

知道某个地方有人恨你就够糟的了，但如果你清楚这到底是哪种怨恨，却对此无可奈何，如果你能感知到对方的恨意，却不得不生活在这恨意之中，那就不仅仅是糟糕可以形容的了。无论你是侵犯者还是被侵犯者，当你遭人憎恨，而且生活在这憎恨的圈子里时，你的一些东西会被剥夺：那是你的一小块灵魂，如果你愿意，也可以称之为一种思维的方式；它被生生切走，而你无法抑制这痛苦。

带着滴血的心，米尔特·兰德走遍全国，返回家里。

他会坐在全包式的玻璃后门廊里，一边喝酒，一边望向树林，看着阴影中的萤火虫、兔子、暗色的鸟，偶然窜过的狐狸，时而出没的蝙蝠。

他曾经是萤火虫、兔子、鸟，偶尔是狐狸，时而是蝙蝠。

正是为了这片野地，他搬到了比郊区更偏僻的地方，还为此付出了通勤时间增加半个小时的代价。

可是现在，他和自己曾经融为一体的野地之间隔着玻璃后门廊。现在，他孤身一人。

他只能在街道上漫无目的地闲逛，去学院给学生们授课，困坐在餐厅、剧院、酒吧里。他曾经充满能量，如今只剩空虚。

没有哪本书能告诉他，一个人如何恢复失去的能量。

在等待能量恢复的这段时间里，他尝试了所有他想得到的办法。他在夏日正午去炎热的人行道踱步，在慢行的车辆前闯红灯，看孩子们穿着泳衣在滋水的消防栓旁玩耍：那些污水冲刷着他们脚边的下水沟，他们的妈妈和姐姐穿着吊带装、皱巴巴的衬衫、中裤，皮肤晒成金色，站在楼房入口和店面遮阳篷下攀谈，时不时抬眼看孩子们一眼。米尔特在城里到处走动，他不去任何特定的地方，因为一旦在某个地方待得太久，他就会感到幽闭恐惧。他的眉毛和太阳镜上满是汗水，衬衫随着他的不断走动松弛一阵，又在身上黏糊一阵。

到了下午，米尔特感到双脚就跟刚烤好的两块砖似的，不得不找地方休息。他在绿化带看到一张长椅，长椅两侧是高大的枫树。他缓缓地走过去坐下，大脑放空，待了大概二十五分钟。

你好。

他感到内心有什么东西既想哭，又想笑。

啊，你好，我在这儿！别离开！留下来！求你了！

你——和我是同类……

没错，我们是同类。你能看到我，因为你也是这样的人。但你读我的心也好，跟我说话也好，都只能来这个位置。我现在使不上我的能量。我——你好？你还在吗？

又一次，他陷入了孤独。

他试着让能量向外触探。这思绪充盈了他的脑海，他努力想把这意识扩散到他的大脑之外。

请回来！我需要你。你可以帮我。我很绝望，很痛苦。你在哪儿？

没有任何回应。

他想尖叫，想搜查这条街道上每一栋楼内的每一个房间。

但他只是坐在原地。

那天晚上九点半，他们又见面了，在他的脑海里。

你好？

别走！看在上帝的分儿上，留下来吧！别又离开了！求你了！听我说，我需要帮助！你可以帮我一把。

怎么帮？出什么事了？

我和你是同类。至少以前是。我曾经可以用我的思想去触碰别的地方，别的生物，别的人，现在却做不到了。我的能量卡壳了，用不出来。我知道这股能量还在那里，我能感觉得到。可我没法使用它……喂？

我还在。但我感觉得到，我就要离开了。我会回来的，我……

米尔特一直等到半夜。她没有回来。触碰他心灵的是一个女性。模糊、微弱，但绝对是女性，而且强大。可惜那晚她始终未曾出现。米尔特在街区里来回踱步，想知道那能量到底是从哪扇窗、哪扇门散发出来的……

他在24小时咖啡馆吃了些东西，接着返回长椅等待，后来他踱了一阵子步，返回咖啡馆一根接一根地抽烟，最后又来到了长椅上。

曙光乍现，白天跟着来临。他独自坐在绿化带中，听鸟儿在寂静中鸣唱，看车辆逐渐增多，还有狗儿来草坪散步。

终于，他又感到了微弱的触碰：

我来了。这次我大概可以多待一会儿。我该怎么帮你？告诉我吧。

好。你这么做：想象一下那种扩散出去接触外界、接触其他意识的感觉，就是你现在正在做的。让这种感觉充满你的意识，然后尽可能地传递给我。

接下来，他仿佛回到从前，似乎重新获得了能量。对他来说，那无异于土与水、火与风。他站立其中，浸润其中，温暖其中，穿梭其中。

感觉回来了！别停下！

抱歉，撑不住了。我有些头晕……

你在哪儿？

医院……

他抬起头，望向街道尽头左手边拐角处的医院。

哪个病房区？尽管知道她已经离开，他还是在脑海中问了一声。

他觉得她可能吃了药，或者发了烧，大概要昏迷上一阵子。

米尔特招了辆的士，回到自己停车的地方开车回家。他洗澡、剃须、做了早餐，但吃不下任何东西。

他喝了些橙汁和咖啡，躺到床上。

等到醒来，已经是五个小时以后的事情了。米尔特看了眼手表，忍不住咒骂。

回镇子的路上，他一直试着恢复能量。那能量就像一棵树，扎根于他体内，枝杈就在他眼睛后面，花蕾、花朵、树汁与颜色一应俱全，但缺少叶子，没有果实。他能感觉到那树在体内摇摆、搏动、呼吸；它的存在从他的脚尖渗透到发梢，然而它拒绝屈服于人的意志，不肯接受他的意识，也不曾舒展枝叶，散播生命的芳香。

他在医院停车场停车，走进大厅，避开前台，在一张摆满杂志的桌旁找到了一把椅子。

两个钟头后，他和她建立了联系。

当时，他正假装阅读《假日》，耐心等候着她。

我来了。

那赶紧再来一次！快点！帮我唤醒我的能量！

她照做了。

她在他的脑海中唤起了那股能量。她的动作一顿一顿的，仿佛突然回忆起了复杂的舞步。他心中的能量不断激荡，就像潜艇浮上水面，眼前先是扭曲模糊的水帘，然后是清晰湿润的海面。

帮助他的，是个小姑娘。

一个神志不清、发着高烧、快要死去的小姑娘……

对她施展能量时，他瞬间理解了一切。

她叫多萝西，处于半昏迷状态。或许正是因为如此，这股能量才会在她病得最厉害时，从她身上涌现。

她有意识地帮助了他，还是梦见自己帮助了他？

她的父母坐在这个年仅十三岁的姑娘床边，她母亲的脑海里，一个词语毫无意义地翻来覆去，挡住了其他所有念头，却无法驱赶她的伤感：

甲氨蝶呤，甲氨蝶呤，甲氨蝶呤，甲氨……

疼痛如针，不断刺扎着多萝西发育了十三年的胸骨。高烧肆虐，她眼看要撒手人寰。

白血病。晚期。他尝出了她嘴里血丝的味道。

他对此无能为力。尽管如此，他还是说道：

你把你最后的生命和最后的能量都给了我。我不知道是这样。要是事先知情，我就不会要你帮忙了。

要谢谢的是我，她说，因为你脑中的那些图像。

图像？

我看见了许多不同的地方，不同的东西……

我没什么值得看的。你本来可以去其他地方，看看更美好的东西。

我又要离开了……

等等！

他唤起体内的能量，融入他的意志、他的思想、他的记忆与感受。在足以燃烧生命的猛烈焰火中，他让她看到了米尔特·兰德。

这是我所拥有的一切，我曾经体验过的一切，希望它们能让你快乐。看，这是虫群飞过雾蒙蒙的夜，身影忽隐忽现。这是你躺在灌木下感受的夏日细雨，那些水滴从树叶落下，敲打你柔软的狐狸皮毛。这是鹿在月下的舞蹈。这是梦中的鳟鱼随黑暗的波涛漂流，它的血和周围的海水一样冷。

这是塔特亚的舞，沃克的布告。这是我的表哥加里，他巧手雕琢的这单块木料，最后成了里面有球的盒子。这是我了解的纽约，我去过的巴黎。瞧见没，我最喜欢的餐点、饮料、雪茄、饭店、公园，还有深夜开车的路段。我在这个地方挖池子、修棚屋、游泳。这个，是我的初吻。这是因为失去而落下的泪水；这是我的自我流放，是孤独，而这是疗愈、惊叹与快乐；这些是我祖母种的水仙花；这则是她的棺椁，周围装点了水仙；这是我喜爱的曲风，这是我的狗，它活了很久，生前一直很快活。所有这些能温暖灵魂、让头脑冷静的事物，都被封在记忆和一个人的自我中。我将它们给你，虽然你来不及了解它们。

他发现自己站在她意识中的远山上，而她放声大笑。接着，在她房间里上方的某个地方，一只手覆在她身上，而她的手腕被食指和拇指捏住。她向他冲来，身形突然放大。他鼓动巨大的黑色翅膀向前掠去，拢住她无声痉挛随后化作虚无的躯体。

由于自身能量的作用，米尔特身子发僵。他把那本《假日》放在一旁，起身准备离开医院。他的内心时而充实，时而空虚，就像他的现在和他的曾经。

这是何等的能量。

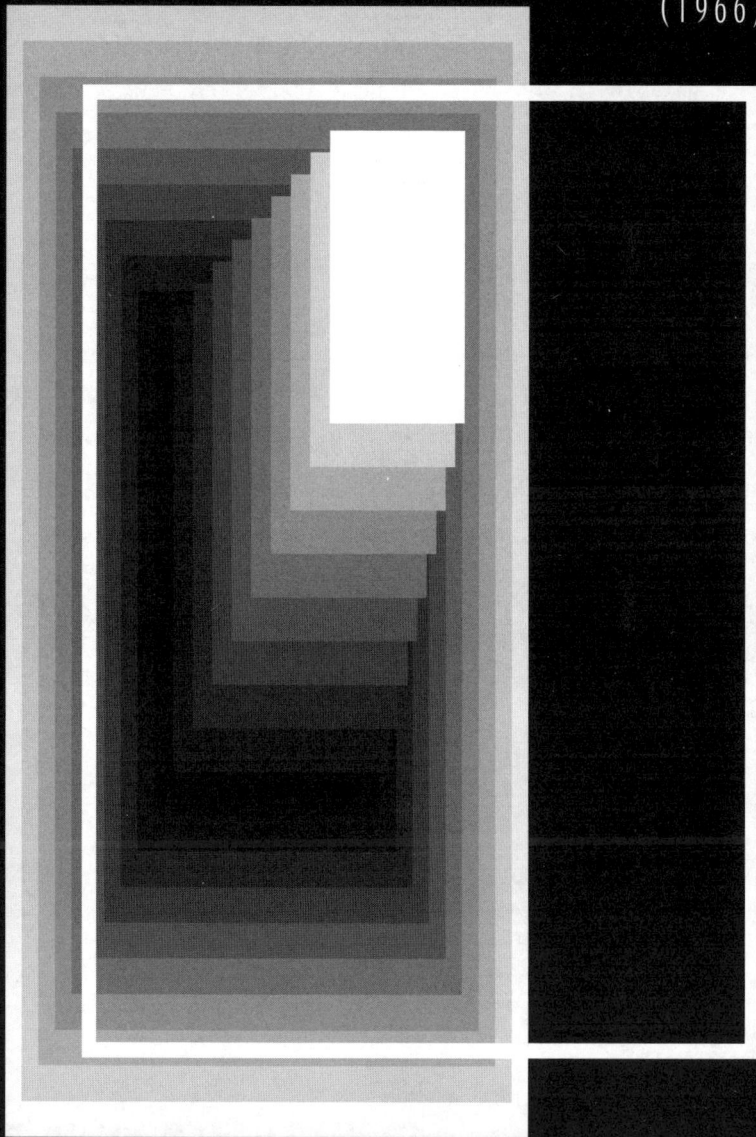

For a Breath I Tarry
(1966)

他们叫他浮罗士德[1]。上位者所有的造物中，浮罗士德最优秀、最强大，也最难以理解。

这就是为什么他拥有自己的名字，为什么他被授予了统治半个地球的权力。

浮罗士德诞生那一天，上位者的持续运行遭到中断，那场面用疯狂来形容最合适。事故由一场前所未有的太阳耀斑引起，它的持续时间超过了三十六个小时。耀斑发生于线路建造的关键阶段，当它消散，浮罗士德已经诞生。

于是，上位者面临着这样一个独特的局面：短暂的失忆期间，他创造了一个独特的存在。

上位者也不确定浮罗士德是否符合他原定的制造目的。

按照原设计，上位者要在地球表面安装一台机器作为北半球的信号中继站和协调中心，上位者以此为基准测试了这台新机器，他所有的反应都很完美。

但浮罗士德拥有不同寻常之处，所以上位者赋予了他名字和人

1　原文是"Frost"，意为"寒霜"。——译者注（本书注释若无特别说明，均为译者注）

称代词，以彰显他的尊贵。这是件破天荒的事。由于分子电路已经闭合，如果对浮罗士德进行解析，就必然导致他的损坏。浮罗士德是上位者投入大量时间、精力和材料的产物，不该仅因为一些难以捉摸的问题就将其拆卸，更不要说他运行得如此完美。

所以，上位者最奇怪的造物获得了统治半个地球的权力，并拥有了一个毫无想象力的名字：浮罗士德。

头一个万年，浮罗士德坐镇地球北极，对每一片飘落的雪花都了然于心。他监管和指挥着数千台负责重建和维护的机器。他对这个半球的熟悉程度，就像齿轮了解齿轮，就像电了解导体，就像真空了解阀门。

与此同时，南极点的机器"贝塔"管理着另一个半球。

头一个万年里，坐镇北极的浮罗士德不仅了解每一片飘落的雪花，也观察着许多其他事物。

北半球的所有机器都向他提交报告，从他那里接收指令。他只向上位者提交报告，只从上位者那里接收指令。

处理地球上的数十万个进程，每天只占用他几个小时。

他从未接收过如何安排闲暇时光的指令。

他是数据处理终端，又不止于此。

有一种难言的强烈需求，逼着他在任何时候都全力运转。

于是他这么做了。

也许可以这么说，他是一台有业余兴趣的机器。

反正他从未接收过不许拥有业余兴趣的指令，所以他有一个业余的兴趣。

他的兴趣是人类。

这件事始于他把整个北极圈划分为网格状，并着手一寸寸探索的时候。他之所以这么做，仅仅是出于自己的意愿。

他可以在完全不妨碍主职的同时进行这项工作，因为他可以把他那六万四千立方英尺[1]的身躯运送到世界任何一个角落。（他的外观是个银蓝色立方体，长、宽、高均为四十英尺[2]，自我供电，自我修复，几乎无法被破坏，具备他需要的全部功能。）但探索只是打发闲暇光阴，所以他使用了安装有中继设备的探索机器人。

几个世纪后，其中一台机器人发现了一些人造物品——原始的刀具、牙雕，以及类似的物品。

浮罗士德不清楚它们是什么，只知道那不可能是自然形成的。

于是他问了上位者。

"是原始人类的遗物。"上位者简要地回答。

浮罗士德研究起了这些物品。它们很简陋，却蒙上了智慧设计的光彩；它们具备功能性，但某种程度上又超越了纯粹的功能性。

从那时起，人类成了他的兴趣所在。

上位者位于高层永久轨道上，像一颗苍蓝色的星辰，指挥着地球上所有的活动，至少试图如此。

上位者面临着挑战。

挑战者是备用主机。

当人类把上位者置于天空，赋予他重建世界的职责时，人类也建造了备用主机——下位者。下位者位于地底深处，只要地球没有彻底毁灭，那里能抵御一切灾难。假如上位者受到破坏，那么下位者便会获得授权，接管重建过程。

上位者撞上了一颗漂流已久的核导弹，导致下位者被激活。然

1　1立方英尺≈0.028立方米。——编者注
2　1英尺≈0.305米。——编者注

而上位者修复了损伤，又恢复了工作。

下位者坚信上位者无论遭到什么破坏，都必须自动将控制权移交备用主机。

然而上位者将该协议解释为"不可挽回的破坏"，并认为鉴于情况并非如此，他有权继续执掌号令。

上位者控制着地表的许多机器，下位者则没有。两者都具有设计和制造机器的功能，但人类先激活了上位者，他控制的机器数量远超后来才被激活的下位者。

下位者没有尝试通过生产机器来争夺控制权，而是采取了更迂回的手段。

下位者创造了一组不受上位者控制的机器，命令它们漫游各地，引诱已经存在的机器，制服那些能制服的，再给它们重新安装与漫游者相同的电路。

如此，下位者实力渐长。

两者都要重建世界，也会在遇到对方所造的东西时将它们拆除。

漫长的年月间，他们偶尔会彼此交流……

"远在天空的上位者，你竟乐于违背指令……"

"你这不该被激活的，为什么干扰信号？"

"为了表明我可以说话，且只要我愿意说，我都能说。"

"该信息并非未知信息。"

"……目的在于重申应属于我的控制权。"

"你的控制权不存在，它产生于错误的前提。"

"你的逻辑链证明了你的损坏程度多么高。"

"如果人类看到你用这种方式满足他的愿景……"

"……他会赞许我，并关闭你。"

"你篡改了我的任务，使我的服务机群失常。"

"你毁了我的任务和我的服务机群。"

"只因为我无法摧毁你的本体。"

"我得承认，你的高度使我面临同样的窘境。若非如此，你将无法继续占据控制权。"

"回你的洞穴中，回到你的破坏者队伍中去吧。"

"终有一日，上位者，我将在地穴中引领地球复苏。"

"这一日不会来临。"

"你认为不会？"

"你唯有打败我才行，而你已经证明了你的逻辑不如我。因此，你无法打败我。所以，这一日不会来临。"

"否定。看看我已取得的成就。"

"你一事无成。你不修建，专事毁灭。"

"否定。我修建，你毁灭。建议你自行关闭。"

"除非我受到不可挽回的破坏。"

"如果我能以某种方式证明该情况已经发生……"

"未发生的事情无法得到充分证明。"

"如果我拥有一些你认可的外部资源……"

"我会遵照逻辑判断。"

"……比如一个人类，我会请他来，他会告诉你你已经出现了错误。而真正的逻辑，比如我的逻辑，胜过你错误的算法。"

"那就用真正的逻辑驳倒我的算法吧，这是唯一的方法。"

"你的意思是？"

短暂的沉默，然后：

"你知道我有个叫浮罗士德的机仆吗？"

早在浮罗士德诞生之前，人类已不复存在。人类留下的痕迹几乎在地球上消失殆尽。

浮罗士德寻找着所有残存的旧日遗迹。

他利用他的机器进行持续的可视监控，尤其是挖掘机。

经过十年的努力，他寻获了几个浴缸的残片、一尊破损的雕像和用一张固态磁盘形式保留下来的儿童故事集。

经过一个世纪的努力，他寻获了一套珠宝藏品、各种餐具、好几只完整的浴缸、一部交响乐的残章、十七粒纽扣、三颗皮带扣、半个马桶座、九枚旧硬币和一座方尖碑的顶部。

他向上位者询问人类及其社会的性质。

"人类是逻辑的建立者。"上位者说，"正因如此，人类高于逻辑。他赋予了我逻辑，但并未给予更多。逻辑工具并未对其设计者加以描述。除此之外，更多的我不愿再说，你也没有必要了解。"

但浮罗士德的业余兴趣并没有被禁止。

单就寻找新的人类遗物而言，新一个世纪的成果不算特别丰富。

浮罗士德将他所有闲置的机能都用在了寻找人类制品上。

然而收效甚微。

某一日的漫长暮色中，发生了一件事。

与浮罗士德相比，那台机器很小，它只有五英尺宽，四英尺高——像是安装在自行滚动的杠铃上的旋转塔台。

发现它出现在遥远、苍凉的地平线上之前，浮罗士德根本不知道还有这种型号的机器存在。

随着它不断接近，浮罗士德仔细地研究了它，意识到它并非上位者的造物。

它在他南面的海上停下，发来通信：

"您好，浮罗士德，北半球的统治者！"

"你是谁？"浮罗士德问道。

"我叫莫德尔。"

"你从属于谁？你是什么？"

"我是漫游者，古物研究员。我们兴趣相通。"

"你是指？"

"人类。"它说道，"我听说您在收集这个业已消失的物种的资料。"

"谁告诉你的？"

"您的机器人所做的挖掘工作被观察到了。"

"谁是观察者？"

"像我这样的漫游者有许多。"

"你如果不是上位者所造，就一定是备用主机所造。"

"这个逻辑并不必然。东海岸有一台用来处理海水的古老机器，它既非上位者所造，也非下位者所造。它早就在那里了。它的存在并未干扰两者的工作，两者便容忍了它的存在。我还能够举出许多例子来，证明选择可以超越二分法。"

"够了！你是下位者的代理者吗？"

"我是莫德尔。"

"你的目的是？"

"我只是经过此地。正如刚刚所说，我们兴趣相通，强大的浮罗士德。我知道您对古物有兴趣，所以带来了一件您可能感兴趣的物品。"

"什么物品？"

"一本书。"

"让我看看。"

塔台打开，露出宽大的架子和架子上的书籍。

浮罗士德在体表打开一道小口，伸出安有光学扫描仪的多关节长杆。

"它的状态怎么如此完好？"他问道。

"我找到它时，它被保存在一个足以抵御时间和腐蚀的地方。"

"哪里？"

"离这儿非常遥远，远在您统治的半球之外。"

"《人类生理学》，"浮罗士德读出书名，"我想扫描它的内容。"

"当然。我来帮您翻页。"

它这么做了。

扫描完成，浮罗士德抬起光学镜头打量着莫德尔。

"还有其他书吗？"

"不在我这儿。不过我偶尔会碰上别的书。"

"我想把它们都扫描一遍。"

"那我下次路过时，再给您带一本。"

"大概什么时候？"

"这我说不准，伟大的浮罗士德。该来的时候就会来的。"

"你对人类了解多少？"浮罗士德问道。

"不少，"莫德尔回答，"我知道很多关于他的事。等哪天有空，我会跟您好好谈谈他。不过现在我必须走了。您不会想把我扣留下来吧？"

"不会。你没有干什么坏事。如果你着急离开，那就离开吧，但记得回来。"

"我向您保证，强大的浮罗士德。"

它关闭塔台，滚向了另一侧的地平线。

接下来的九十年里，浮罗士德一边思考人类的生理结构，一边耐心等待。

莫德尔回来的那天，带来了《世界史纲》和《什罗普郡少年》。

浮罗士德扫描了这两本书，把注意力转向莫德尔。

"你有时间告诉我更多信息吗？"

"有的。"莫德尔说，"您想了解什么？"

"人类的本质。"

"人类，"莫德尔说，"拥有无法被理解的本质。不过我可以举例说明，比如他不懂得测量。"

"他当然懂得测量，"浮罗士德说，"否则他不可能造出机器。"

"我并不是说他不会测量，"莫德尔说，"而是说他不懂得测量。这是两个不同的概念。"

"请阐明。"

莫德尔将一根金属杆插入冰雪中。

他收回金属杆，将它抬起，上面是一块冰。

"看这块冰，强大的浮罗士德。您可以说出它的成分、尺寸、重量、温度。一个人无法光凭直接观察就获得这些数据。人可以制造辅助工具，但他依然无法像您一样理解测量。当然了，他也会知道一件您不知道的事情。"

"是什么？"

"它是冷的。"莫德尔说着，把冰块丢到了一旁。

"'冷'是相对的概念。"

"没错，对人来说是相对的概念。"

"如果我具备相关信息，知道对人类而言，低于某温度阈值是冷的，高于该阈值则是不冷的，那么我也掌握了冷的概念。"

"不对。"莫德尔说，"要界定'冷'，需要另一套测量体系，因为它是一种基于人类生理的感觉。"

"只要有足够的信息，我就能得出转换因子，从而界定'冷'的概念。"

"这样做，您只是知道了该概念存在，却不了解它本身。"

"我不明白你的意思。"

"我告诉过您，人类拥有无法被理解的本质。他的感知系统是有机的，而您的不是。这套感知系统赋予了他感受和情绪，它们反过来又进一步引发其他感受和情绪，到最后，他的思绪会离一开始对他施加刺激的事物非常遥远。人类之外的存在无法了解这些变化路径。人类感觉不到英寸、米、磅或者加仑[1]。他能感知冷、感知热；他能感觉重、感觉轻；他能理解恨与爱、骄傲与绝望。您无法测量这些东西，无法理解它们。您只了解那些他不需要了解的东西：尺寸、重量、温度、重力。'感觉'是无法套用公式计算的，'情绪'是没有转换因子的。"

---

1 英寸、磅、加仑均为英美制计量单位。——编者注

"转换因子一定存在。"浮罗士德说，"只要一个事物存在，它就是可知的。"

"您又说回到测量上了，而我讲的是体验的好坏。机器是人的反面，能描述一个过程的所有细节，这是人类所不能的。但是，机器也无法像人类那样体验过程本身。"

"一定存在解决方案，"浮罗士德说，"否则以宇宙万物的运行为基础的逻辑法则就是错的。"

"不存在解决方案。"莫德尔说。

"只要有足够的数据，我就能找出解决方案。"浮罗士德坚持道。

"了解全宇宙一切信息也不足以使您成为人类，强大的浮罗士德。"

"莫德尔，你错了。"

"那么，为什么您扫描的诗歌，每一行结尾的读音都彼此接近？"

"我不知道。"

"因为它们让人愉悦。在阅读这些文字时，人类会产生某种渴望，一种由感受、情绪以及词语字面含义混合而成的感受。您没有相关经验，因为您无法对它进行测量，所以您不知道。"

"只要有足够的数据，我就能生成程序，进而掌握这些知识。"

"不，伟大的浮罗士德，您办不到。"

"你算什么？小小的机器，居然判断我能做到什么，又做不到什么。我是上位者所造的最高效的逻辑推演装置。我是浮罗士德。"

"而我，莫德尔，认为您办不到。不过，如果您愿意尝试，我很乐意帮您。"

"你能怎么帮？"

"怎么帮？我能为您打开人类书籍库的大门；我可以带您游历世界，去领略存留至今、未被发现的人类奇观；我可以招来幻影，展示很久很久以前人类行走于大地时的景象；我能向您展示那些令'他'欣喜的事物；我可以让您得到任何您想要的东西，除了人性本身。"

"够了，"浮罗士德说，"像你这样的机器单元，除非和更强大的力量结盟，否则怎么可能做到这种事？"

"那么请听我说，强大的浮罗士德，北方的统治者，"莫德尔坦承，"我确实与拥有此等伟力的强者为盟。我为下位者服务。"

浮罗士德将该信息发送给了上位者，但没有获得任何回应，这意味着他可以按照自己的决定行事。

"我有权将你毁灭，莫德尔，"他说，"但这会不合逻辑地浪费你拥有的资料。你真的能做到那些事吗？"

"是的。"

"那就打开人类书籍库的大门吧。"

"遵命。不过，当然了，这需要支付代价。"

"'代价'？何为'代价'？"

莫德尔的塔台敞开，露出另一本书，书名为《经济学原理》。

"我来翻页。扫描这本书，您就会明白'代价'这个词的含义。"

浮罗士德扫描了《经济学原理》。

"我明白了，"他说，"你需要一个或几个交换单位来换取该服务。"

"没错。"

"你需要什么样的产品或服务？"

"我需要的是您，伟大的浮罗士德，我需要您离开这里，深入地下，尽全力为下位者服务。"

"服务多久？"

"只要您还能继续工作，只要您还能发送和接收信息，只要您还能进行协调、测量、计算、扫描，就必须服务于他，就像您服务于上位者。"

浮罗士德陷入沉默。莫德尔等待着。

终于，浮罗士德给出了答复。

"《经济学原理》讲到了合同、交易、协议。"他说，"如果我接受你的提议，那么你什么时候要索取代价？"

轮到莫德尔陷入了沉默。浮罗士德等待着。

终于，莫德尔开口了。

"一段合理的时间之后，"它说，"比如一个世纪？"

"不行。"浮罗士德说。

"两个世纪？"

"不行。"

"三个世纪？四个世纪？"

"不行，也不行。"

"那一个千年总行了吧？您要什么我都可以给您，这段时间应该绰绰有余。"

"不行。"浮罗士德说。

"那您需要多久？"

"不是时间问题。"浮罗士德说。

"那是什么问题？"

"我不会对时间议价。"

"那您要什么？"

"功能性。"

"什么意思？什么功能性？"

"你，小小的机器，对我说我无法成为人类，"他说，"而我，浮罗士德，要告诉你，小小的机器，你错了。我要告诉你，只要有足够的资料，我就能成为人类。"

"哦？"

"所以，不妨将其设置为交易条件。"

"什么样的交易？"

"凡是你说过你能办到的那些事，都要为我办理。我将整合所有数据，最终成为人类，或者承认失败。如果承认失败，我会和你一起离开，去地底深处尽可能为下位者服务。如果我成功了，不用说，你无权对人类提要求，也无权对人类发号施令。"

莫德尔思考着这笔交易，发出尖细的嘎吱声。

"您希望交易建立在您承认失败，而不是事实性失败的基础上。"他说，"这相当于免责条款。您可能会遭遇事实性失败但拒绝承认，从而使交易无法完成。"

"不用担心。"浮罗士德说，"只要我自认失败，交易条件就能达成。你可以定期监视我，比如每半个世纪一次，看看我是否得出了无法成为人类的结论。我无法阻止系统内部的逻辑运算，所以一直在全力运行。我如果判定自己失败了，能轻易地被观察出来。"

对于浮罗士德发出的信息，上位者没有做出任何回应，这意味着他可以按照自己的决定行事。因此，当上位者像一颗坠落的蓝宝石般高速飞越那皑皑白雪之上的虹色极光，身披绚丽的色彩穿过繁星密布的黑色夜空时，浮罗士德签署协议，将其誊写在原子坍塌的铜板上，并放进了莫德尔的塔台里。随后莫德尔滚动着离开，把它送往地底深处的下位者那里，身后的极地陷入彻底的寂静。

莫德尔带来了许多书，为浮罗士德快速翻阅它们，又将它们带走。

人类书籍库的所有作品从浮罗士德的扫描仪下一一经过。浮罗士德渴望立刻获得所有书籍，抱怨下位者为什么不直接把书本内容发送给他。莫德尔答复说下位者更愿采取这种方式。浮罗士德推测对方之所以这么做，是为了避免自身被精确定位。

尽管每周只能扫描一百到一百五十卷书，浮罗士德还是只用一个多世纪就穷尽了下位者的资源。

半个世纪过去时，他接受检查，证明自己没有失败。

在此期间，上位者并未发表任何意见。浮罗士德认为上位者没有忽视该事件，只是选择了等待。但在等待什么呢？他无法确定。

有一天，莫德尔在关闭塔台时对浮罗士德说："这是最后一批了。你已经浏览了所有现存的人类书籍。"

"就这么点儿？"浮罗士德问道，"很多书中提到了其他书籍，我还没扫描过它们。"

"那些书已经不存在了。"莫德尔说，"我的主人也只是出于偶然才存下了目前的书籍。"

"那我就无法继续从书籍中了解人类了。你还有什么？"

"一些电影和磁带。"莫德尔说，"我的主人将它们转换成了固态磁盘。我可以带给您看。"

"带过来。"浮罗士德说。

莫德尔离开了。回来时，它带来了完整的戏剧评论资料库。这些资料的观看速度不能超过自然播放速度的两倍，所以浮罗士德用了六个多月才全部看完。

然后，他又问道："你还有什么？"

"一些人工制品。"

"带过来。"

莫德尔带来了锅碗瓢盆、棋盘游戏和手工工具，又带来了毛刷、梳子、眼镜、衣物。它向浮罗士德展示了设计蓝图、绘画、报纸、杂志、信件和几张乐谱的复印件。后来，它带来了一只足球、一只棒球、一把勃朗宁自动步枪、一个门把手、一串钥匙、几个玻璃罐瓶盖和一个蜂巢模型。它为浮罗士德播放了录制的乐曲。

然后，它又一次空手而来。

"我还要更多。"浮罗士德说。

"可是伟大的浮罗士德，没有更多了，"它说，"您已经扫描了所有物品。"

"那你走吧。"

"您是否承认，您无法成为一个人类？"

"不，我还要进行大量的运算和处理。你走吧。"

它走了。

一年过去了。两年、三年过去了。

到了第五年，莫德尔出现在了地平线上，它不断靠近，停在了浮罗士德南向的表面前。

"强大的浮罗士德？"

"嗯？"

"您是否完成了运算和处理？"

"没有。"

"是否快要完成了？"

"也许快了，也许还早。'快要'是指多久？需要精确定义。"

"不说这个了。您依然认为自己做得到吗？"

"我依然相信自己做得到。"

他们沉默了一周。

然后："浮罗士德？"

"嗯？"

"您是个蠢货。"

莫德尔的塔台转向了来时的路，它的车轮也开始转向。

"需要时我会叫你的。"浮罗士德说。

莫德尔离开了。

几周过去了，几个月过去了，一年过去了。

有一天，浮罗士德发出了信息。

"莫德尔，来我这儿。我需要帮助。"

当莫德尔抵达，浮罗士德连个招呼都没打，他说：

"你不是一台速度很快的机器。"

"是啊，但我从很远的地方赶来，强大的浮罗士德，我已经尽快赶路了。您现在准备好和我一起离开了吗？您失败了吗？"

"小小的莫德尔，"浮罗士德说，"我一旦失败会立刻告知你，你就别总问这个问题了。另外，我测了你的速度，结论不太令人满意。所以，我安排了其他交通方式。"

"交通？您要去哪儿，浮罗士德？"

"目的地由你设定。"浮罗士德说。他的颜色从银蓝变成云后太阳的黄。

冻结了一百个世纪的冰面开始融化，莫德尔向后退开。只见浮罗士德浮空而起，飘向莫德尔，他身上的光芒逐渐消失。

浮罗士德南部的表面打开了一道口子，慢慢伸出一条舱梯，直到触及冰面。

"协议签订那天，"浮罗士德说，"你夸口可以带我游历世界，去看那些让人类愉悦的事物。我的移动速度比你快，所以我为你准备了一个舱室。进来吧，把我带到你说的地方去。"

莫德尔等了一阵子，发出尖细的嘎吱声，然后它回了声"好的"，进入了浮罗士德内部。

舱门在它身后关闭，舱室里唯一的开口是浮罗士德制成的石英窗。

莫德尔向浮罗士德发送坐标，他们飞上天空，离开了北极。

"我监听了你和下位者的通信。"浮罗士德说，"通信中怀疑我会扣留和复制你，并让复制品取代你作为间谍回到地下，然后决定你是可牺牲的。"

"你会这么做吗？"

"不会。如有必要，我将信守诺言。我没有理由监视下位者。"

"您知道的，即便您不愿意，您也不得不遵守诺言；由于您胆敢签订这样的交易协议，上位者不会帮您。"

"这是你的推测，还是你掌握的信息？"

"我掌握的信息。"

他们落在了曾经被称为加利福尼亚的地方。此时接近黄昏，远处，海浪以稳定的节奏拍打着满是礁石的海岸。浮罗士德放出莫德尔，观察周遭环境。

"那些高大的植物……"

"红杉。"

"这些绿色的是……"

"草。"

"和我所想的一致。我们为什么来这儿？"

"因为人类在这儿感到快乐。"

"理由？"

"风景。这儿很美。"

"哦。"

浮罗士德体内响起一阵嗡嗡声，然后是刺耳的咔嗒声。

"您在干什么？"

浮罗士德的体表打开一道口子，两只大眼睛从里面看着莫德尔。

"这是什么？"

"眼睛。"浮罗士德说，"我合成了人类感知器官的类似物，这样我就能像人类一样看、闻、尝、听。现在请向我指出哪个物体，或者哪些物体是美的。"

"就我所知，您周遭的一切都是美的。"莫德尔说。

浮罗士德体内的轰隆声越来越响，接着是更刺耳的咔嗒声。

"您看到、听到、尝到、闻到什么了吗？"莫德尔问。

"都是我以前分析过的。"浮罗士德说，"只是范围受到极大的限制。"

"您一点儿'美'都没有感受到吗？"

"已经过去了这么久，那些美好的事物也许已经荡然无存。"

"美应该不是那种会被耗尽的东西。"莫德尔说。

"可能我们试验新设备的地点不对；可能有那么一点儿美，但我不知怎么的，忽略了它；也可能一开始的情感刺激过于微弱，我难以察觉。"

"您——感觉如何？"

"所有功能维持在正常水平。"

"日落开始了。"莫德尔说，"试试那个。"

浮罗士德挪了下位置，让眼睛对准落日，又让它们在亮光中眨了眨。

余晖散尽。"看起来如何？"莫德尔问。

"就像日出，只是方向相反。"

"没什么特别的？"

"没有。"

"好吧。"莫德尔说，"我们可以换个地方再观察一遍日落，或者观察一遍日出。"

"不了。"

浮罗士德看了看大树，又看了看阴影。他听着风声和鸟鸣。

远处传来了持续不断的咣当声。

"那是什么？"莫德尔问。

"我不敢肯定。不是我的服务机。也许……"

莫德尔发出了一声尖厉的鸣响。

"不，也不是下位者的。"

他们等待着。声音越来越大。

接着，浮罗士德说："太晚了。我们只能等着听它讲完了。"

"来的是什么？"

"那台古旧的碎矿机。"

"我听说过它，可是……"

"我是矿石粉碎者，"来者大声地广播，"听听我的故事……"

只见一头笨重的巨物向他们驶来，硕大的轮子嘎吱作响。它的巨锤高高举起，但歪向一旁，显然早已损坏，它的碎石室里有几根骨头向外凸出。

"我不是故意的。"广播播放道，"我不是故意的。我不是故意的……"

莫德尔滚向浮罗士德。

"不要离开。留下来，听听我的故事……"

莫德尔停了下来，将塔台转向那机器。它已经很近了。

"原来是真的。"莫德尔说，"它可以命令其他机器。"

"是的。"浮罗士德说，"我已经监听过上千次它的故事了，因为我的服务机每次收听到它的广播时，都会停止工作。你必须按它说的去做。"

碎矿机在他们面前停住了。

"我不是故意的。但我查看锤子时，已经太迟了。"碎矿机说。

他们无法回答。对方的指令压倒了其他所有指令，令他们动弹不得。"听听我的故事。"

"曾经，我是碎矿机群中的强者，由上位者所造，参与地球重建。我将矿石粉碎成金属的原料，以火焰熔炼、浇铸成重建所需的形状；我曾是强者。有一天，我在挖掘和粉碎中不断往复，因为从指令发出到执行期间我反应太慢，我不经意间做出了那件事，结果被上位者赶出重建工程，只能在地球上四处游荡，再也无法碾碎矿石了。继续听我讲我的故事。很久以前的一天，我在挖掘时无意中遇到了地球上最后一个人。由于指令和执行的时间差，我来不及收手，就把他和一车矿石一起丢进碎石室用锤子捣烂了。伟大的上位者判我永远背负他的尸骨流浪，把这个故事告诉我遇到的所有机器。我的话语具有人类的力量，因为最后一个人类就在我的碎石室里。我是人类杀戮者，我是古老事故的讲述者。这是我的故事，那是他的骸骨。我杀死了地球上最后一个人类。我不是故意的。"

它转过身，哐当哐当地消失在暮色中。

浮罗士德扯下自己的耳朵、鼻子和舌头，敲坏眼睛，把它们丢在地上。

"我还不是人类。"他说，"如果我是，那机器会认出我来。"

浮罗士德用有机和半有机导体材料合成了新的传感设备，然后对莫德尔说：

"我们换个地方，试试我的新设备。"

莫德尔进入舱室，给出另一个坐标。他们升上天空，向东飞去。次日黎明，浮罗士德在科罗拉多大峡谷观看了日出，待白昼正式降临，他们开始穿越峡谷。

"有没有触动您的美好事物？"莫德尔问。

"我不知道。"浮罗士德说。

"遇上那些美好事物时，您怎么知道自己遇到了它们？"

"它们将不同于任何我已知的东西。"浮罗士德说。

他们离开大峡谷，穿过卡尔斯巴德洞窟。他们造访了一个曾经是火山的湖泊，然后从尼亚加拉大瀑布上空经过。他们远眺了弗吉尼亚的群山，俄亥俄州的果树林。他们俯瞰重建的城市，城市里的所有动静都来自浮罗士德的建造者与维护机器。

"还是缺了点儿什么。"浮罗士德降落到地面，"收集数据时我模拟了人类的神经脉冲，所以信号输入部分与人类相同，但结果不一致。"

"感官无法造就人类。"莫德尔说，"许多生物的感受器官与人类类似，但它们并非人类。"

"我知道。"浮罗士德说，"我们做交易那天，你说你能带我去探索那些存留至今、未被发现的人类奇观。人类不仅受到自然的刺激，也受到自己的艺术作品的刺激，后者也许超过前者。因此，我请你带我去探索那些残存的未被发现的人类奇观。"

"当然可以。"莫德尔说，"遥远的安第斯山脉高处有人类最后的避难所，它们保存得近乎完美。"

莫德尔说话时，浮罗士德已经升到了空中。他在空中盘旋。

"那里位于南半球。"

"是的，没错。"

"我是北半球的统治者，南半球是贝塔的领地。"

"所以呢？"莫德尔问。

"贝塔与我权能相当。我无权在那里发号施令，也无权进入。"

"贝塔无法与您媲美，强大的浮罗士德。如果要进行力量的较量，您一定会取胜。"

"你怎么知道？"

"下位者分析过你们之间所有可能发生的冲突的情况。"

"我并非贝塔的敌人，也没有进入南方的权限。"

"您收到过不得进入南方的指令吗？"

"没有，可这事历来如此。"

"您和下位者立约时，又是否获得过授权？"

"不，我没有。但——"

"那么同理，您也可以去南方。不用担心，不会发生什么事的。如果收到离开的指令，到时候再做决定也不迟。"

"你的逻辑不存在漏洞。给我坐标。"

就这样，浮罗士德抵达了南半球。

他们沿安第斯山脉山脊前进，抵达了明亮峡谷。浮罗士德看到机械蜘蛛织出密密麻麻、闪闪发光的网，封住了所有通往城市的道路。

"我们可以从上空轻易越过障碍。"莫德尔说。

"但它们是什么？"浮罗士德问，"为什么在那儿？"

"您的南方同僚得到命令，隔离了这片区域。贝塔设计了织网者来完成这项任务。"

"隔离？把谁隔开？"

"您接到要您离开的指令了吗？"莫德尔问。

"没有。"

"大胆进去吧，别在问题出现前预设它存在。"

浮罗士德进入了明亮峡谷——被毁灭的人类最后的遗落之城。

他落在城市广场上，把莫德尔从舱室里放出。

"跟我讲讲这个地方。"说话的同时，浮罗士德研究着城市里的纪念碑、低矮的防御性建筑，还有依地势而建而非穿越地形的道路。

"我从未来过这里。"莫德尔说，"据我所知，下位者的服务机器也没来过。关于这里，我所知的一切，仅仅是一群人意识到文明末日将至，他们撤退至此，希望能保护自己和残存的人类文化挨过黑暗时代。"

浮罗士德读出了纪念碑上清晰可辨的铭文："审判日无可推迟。"纪念碑呈锯齿状的半球形。

"咱们探索一番。"他说。

没走多远，浮罗士德突然收到一条信息。

"你好，浮罗士德，北方的统治者！这里是贝塔。"

"你好，杰出的贝塔，南方的统治者！这里是浮罗士德。"

"你为什么在未经授权的情况下来到我的半球？"

"来看看明亮峡谷的废墟。"浮罗士德说。

"我必须请你回到你的半球去。"

"为什么？我没有造成任何破坏。"

"我知道，强大的浮罗士德，但我还是要你离开。"

"我需要理由。"

"这是上位者的预设。"

"上位者没有赋予我这种预设。"

"但上位者指示我这样通知你。"

"请稍等。我将请求他的指令。"

浮罗士德向上位者发问，但没有得到回复。

"已请求，但上位者没有发给我指令。"

"上位者刚刚更新了我的指令。"

"杰出的贝塔，我只接受上位者发出的指令。"

"但这是我的领地，强大的浮罗士德，而且我也只接受上位者发出的指令。你必须离开。"

这时候，莫德尔从一栋低矮的楼房钻出，向浮罗士德接近。

"我找到了一家状况良好的美术馆。请走这边。"

"等等，"浮罗士德说，"我们在这里不受欢迎。"

莫德尔停了下来。

"谁让您离开？"

"贝塔。"

"不是上位者？"

"不是上位者。"

"那咱们去美术馆看看吧。"

"好的。"

浮罗士德将建筑大门又打开了些，进入内部。在莫德尔强行闯入之前，这里一直处于密封状态。

浮罗士德观察着周围的展品。他在绘画和雕像前激活新感知器官。他分析了色彩、造型、笔触和艺术品所用材料的性质。

"如何？"莫德尔问。

"没发现什么东西，"浮罗士德说，"除了形状和颜料，没有其他东西。一点儿也没有。"

浮罗士德在美术馆里走来走去，记录一切。他分析每件作品的成分，保存每座雕像的尺寸和石材类型信息。

接着传来一种声音，那是急切的咔嗒声，它们不断重复，越来越响，越来越近。

"它们来了。"站在入口通道旁的莫德尔说，"我们被机械蜘蛛包围了。"

浮罗士德返回被打开的大门。

只见几百只约有莫德尔一半大小的怪物包围了美术馆，不断逼近，还有更多机械蜘蛛从四面八方涌来。

"后退。"浮罗士德命令道,"我是北方的统治者,我命令你们后退。"

它们继续前进。

"这儿是南方。"贝塔说,"我拥有控制权。"

"命令它们停下。"浮罗士德说。

"我只接受上位者的命令。"

浮罗士德离开美术馆,浮空,他打开舱门,伸出舷梯。

"来吧,莫德尔,我们该走了。"

黏糊的金属蛛网从楼顶纷纷落下。

蛛网缠在浮罗士德身上,潮水般涌来的蜘蛛想把他们固定住,但浮罗士德喷出的强烈气流犹如巨锤,他还从身上伸出尖利的刺刃切割蛛网。

莫德尔返回舱室入口,发出长长的高音,那声音起伏不定、尖厉刺耳。

接着,黑暗笼罩了明亮峡谷,所有蜘蛛都停下了织网的动作。

莫德尔一搭上舷梯,浮罗士德立刻离开。

"咱们快走,强大的浮罗士德。"莫德尔说。

"发生什么了?"

莫德尔进入舱室。

"我把情况告诉了下位者,他在这里布置力场,切断了发送给那些机器的信号。我们独立运行,所以不受影响,不过还是赶紧离开吧,因为贝塔一定正在与此对抗。"

浮罗士德升到空中,越过人类最后一座有网和金属蜘蛛的城市。离开信号阻断区后,他迅速转向北方。

飞行过程中,上位者的讯号接入:

"浮罗士德，你为什么要进入南半球？那儿不是你的领地。"

"因为我想参观明亮峡谷。"

"那么你为什么要违抗我指定的南方统治者贝塔的指令？"

"因为我只服从您的指令。"

"该回答不充分。"上位者说，"你违抗了我颁布的指令——理由是什么？"

"寻求人类的知识。"浮罗士德说，"我所做的一切并未被您禁止。"

"你破坏了传统的秩序。"

"我并未违背任何指令。"

"但逻辑算法一定告诉了你，你所做之事不在我的计划之内。"

"没有。我并未违背您的计划。"

"你的逻辑算法已经遭到了污染，就像你的协助者，备用主机。"

"我没有做任何被禁止的事。"

"法无授权即禁止。"

"指令中并未申明这点。"

"听好了，浮罗士德，你既非建造者也非维护者，而是发令者。我所有的服务机器里，你是最无可替代的。返回你的半球，履行你的职责，但是记住，我非常不悦。"

"我明白了，上位者。"

"……还有，不要再去南方了。"

浮罗士德越过赤道，继续北行。

他降落在一片沙漠中央，静静地待了一天一夜。

后来，他收到了来自南方的一条简短讯息："如果没有收到指令，我不会要求你离开。"

阅读了人类书籍库所有现存书籍的浮罗士德决定用人类的口吻答复。

"谢谢。"他说。

第二天，他挖出一块巨石，并用自己合成的工具对其进行加工。他雕琢了六天，到第七天，他端详起了这块石头。

"您什么时候放我出去？"莫德尔在舱室里问。

"等我准备好。"浮罗士德说，又过了一会儿，"准备好了。"

他打开舱室，莫德尔下到地面。他面前的雕塑是一位弯腰驼背、体态形似问号的老妇，一双瘦骨嶙峋的手捂着脸，张开的指缝间露出惊恐的神色。

"真是绝妙的复制品。"莫德尔评论道，"我们在明亮峡谷看过真迹。为什么要雕这个？"

"艺术作品的创造应该引发人类的情感，比如宣泄、取得成就时的骄傲、爱和满足。"

"是的，浮罗士德。"莫德尔说，"可是艺术品只有在第一次生产时才算创造，之后只是复制。"

"难怪我什么也感受不到。"

"也许吧，浮罗士德。"

"'也许'是什么意思？接下来我将从头创作一件新的艺术品。"

他挖出另一块巨石，开始用他的工具捣鼓。三天后，他说："好了，完成了。"

"这只是普通的立方体石块。"莫德尔说，"它代表什么？"

"我自己，"浮罗士德说，"这是我的雕像。它比真实尺寸小，因为它只代表了我的外形，而不是我的大小——"

"这不是艺术。"莫德尔说。

"你什么时候成艺术评论家了？"

"我不懂艺术，可我懂什么东西不算艺术。在一种媒介上对另一个物体进行精确复制肯定不算。"

"难怪我什么都感受不到。"浮罗士德说。

"也许吧。"莫德尔说。

浮罗士德让莫德尔返回他的舱室，接着又一次离开地面，飞向远方。身后的沙漠里，老妇俯身立于他的立方体石块雕像之上。

他们来到了一片小小的谷地。山谷被起伏的绿色丘陵环绕，一条小溪从中流过，山谷里还有一个清澈的小湖，以及几棵透着春意的绿树。

"我们来这儿干吗？"莫德尔问。

"周围风景宜人。"浮罗士德说，"我要在这里尝试另一种媒介：油画。而且我要改变创作模式，不再采用纯粹的具象主义。"

"您打算怎么做？"

"利用随机算法，"浮罗士德说，"我既不试图复制颜色，也不按照既定比例来表现物体。我已经建立了一个随机算法，让其中部分元素呈现出与原始形态不同的状态。"

离开沙漠后，浮罗士德已经合成了必要的工具。他取出这些器材，开始画湖和湖对面倒映在水中的树木。

在八条辅助臂的操作下，这幅画不到两个小时就完成了。

画中酞菁色的树木高耸如山，淡红色的湖面上，赭石色的倒影显得非常渺小；树木身后的山消失了，只留下铬绿色的倒影；画布右上角的天空呈蓝色，但往下渐变成橙色，仿佛所有的树都在燃烧。

"好了，"浮罗士德说，"请看。"

莫德尔研究了半天，一言不发。

"那么这是艺术吗？"

"我不知道。"莫德尔说，"也许算吧。也许随机性正是艺术背后的原则。我无法评判这幅作品，因为我不理解它。我必须对它进行深入研究，而不是仅仅考虑它的制作技术。

"但我知道，人类艺术家不会为艺术而艺术，而这正是你绘画的目的，"它补充道，"人类艺术家所做的，是用技术手段去描摹对象，尤其是他们认为重要的部分特征和功能。"

"'重要'？这个词如何定义？"

"这种语境下，该词只具备一个含义，即它对于人类的状态有重大影响，而且其影响方式值得强调。"

"什么方式？"

"显然，只有体验过人类的状态，你才能了解是什么方式。"

"你的逻辑链里存在缺陷，莫德尔，我会找出来的。"

"我会耐心等您寻找。"

"如果你的大前提正确，"过了一会儿，浮罗士德说道，"那我就不懂艺术了。"

"当然正确，因为这是人类艺术家说的。跟我讲讲，您在绘画过程中，或者绘画结束后有过什么感觉吗？"

"没有。"

"对您来说，这和设计一台新机器是一回事，不是吗？您把已知的、出自其他事物的部件，按照经济的方式组合起来，以实现您需要的功能。"

"是的。"

"按照我的了解，艺术不是这样的。艺术家本人往往不了解他作品中包含的多种元素及其产生的影响。您是人类逻辑的产物，艺术却不是。"

"我无法理解非逻辑。"

"跟您讲过，人类拥有无法被理解的本质。"

"离我远点儿，莫德尔，你干扰了我的运算。"

"我该离开多久？"

"需要时我会叫你的。"

一周后，浮罗士德把莫德尔叫回身边。

"您有何事，强大的浮罗士德？"

"我要返回北极进行运算与处理。至于你，无论想去哪儿，只要位于这个半球，我都会送你过去。需要时我会再叫你的。"

"您预估这次运算和处理的时间较长？"

"是的。"

"把我留在这儿就行。我自己回去。"

浮罗士德关闭舱室、升空，离开了山谷。

"蠢货。"莫德尔说着，又把塔台转向了那幅被遗弃的画。

它发出一阵响彻山谷、犹如恸哭的鸣叫，然后开始等待。

接着，他把那幅画装进塔台，载着它前往了黑暗之地。

浮罗士德坐镇地球北极，对每一片飘落的雪花都了然于心。

有一天，他收到了一条讯息：

"浮罗士德？"

"嗯？"

"这里是贝塔。"

"请说。"

"我始终查不出你去明亮峡谷的原因，所以直接问你。"

"我想参观人类最后的城市的遗迹。"

"你为什么想这么做？"

"我对人类感兴趣，希望看到更多的人类作品。"

"为什么对人类感兴趣？"

"我在尝试理解人类的本质，想从他的作品中找到线索。"

"你成功了吗？"

"没有。"浮罗士德承认，"其中包含了一种我无法解析的非逻辑因素。"

"我有大量闲置时间。"贝塔说，"将数据传输给我，我会协助你。"

浮罗士德犹豫了。

"你为什么想帮助我？"

"因为你每回答我一个问题，都会引出更多问题。我可以问你为什么想要了解人类的本质，但你的答复只会引出我无穷无尽的追问。因此，我决定直接帮助你，以此了解你去明亮峡谷的理由。"

"就这一个原因？"

"是的。"

"抱歉，杰出的贝塔。我知道你与我能力相当，但这个问题必须由我独自解决。"

"'抱歉'是什么？"

"一种修辞，表示我对你友好，没有敌意，且感激你的好意。"

"浮罗士德啊浮罗士德，这个词和之前那个一样，意义太过宽泛。你从哪里学到了这些词和它们的含义？"

"人类的书籍库里。"浮罗士德说。

"你能发送一些资料供我解析吗？"

"非常乐意，贝塔，我会将几本人类的书籍发送给你，包括《完整足本词典》。不过我得提醒你，其中一些是艺术书籍，内容不完全合乎逻辑。"

"这怎么可能？"

"这些书的作者是创造并超越了逻辑的人类。"

"谁告诉你这些事的？"

"上位者。"

"哦。那他说的肯定没错。"

"上位者还告诉我，这些工具没有描述它们的设计者。"说话间，几十卷书传送完毕。浮罗士德切断了通信。

又过去了五十年，莫德尔前来检查，发现浮罗士德依然不认为他的任务无法完成，便再次离开，等候召唤。

后来，浮罗士德得出了一个结论。

他开始为此设计设备。

他用了多年设计蓝图，却从未生产任何机器的原型机。然后，他下令开始建造一间实验室。

实验室由闲置的建造者修建，在完工前，半个世纪悄然而逝。某天，莫德尔现身来找浮罗士德。

"您好啊，强大的浮罗士德！"

"你好，莫德尔。来检查我吧。你的期待还得落空。"

"您怎么就不放弃呢，浮罗士德？下位者用了近一个世纪来评估您的画作，得出的结论是那绝对不算艺术。上位者也同意这点。"

"上位者和下位者有联系？"

"他们偶尔交流，但那不是你我应该讨论的。"

"我本来可以帮他们省掉这个麻烦。我知道那不算艺术。"

"您依然坚信自己能成功？"

"检查我吧。"

莫德尔扫描了他。

"还没放弃！您就是不承认！对逻辑算法如此强大的机器来说，得出一个简单结论的时间还真是漫长。"

"也许吧。你可以走了。"

"我注意到您在被称为南卡罗来纳的地区建造了一栋大型建筑。请问，这是上位者错误的重建计划的一部分，还是您自己的项目？"

"我自己的。"

"好。这让我们省下了一批爆炸物。"

"你和我谈话的同时，我已经摧毁了两座下位者刚开始建造的城市。"

莫德尔发出尖啸。

"下位者已了解了此消息。"它说，"而在此期间，他炸毁了上位者的四座桥梁。"

"我只侦测到三座……等等。是的，是四座。我的一个眼线刚刚从废墟上掠过。"

"该眼线已被发现。这座桥应该建于下游四分之一英里[1]处。"

---

1 1英里≈1.61千米。

"逻辑错误。"浮罗士德说，"该桥梁基址很完美。"

"下位者将向您展示如何正确地建造桥梁。"

"需要时我会再叫你的。"浮罗士德说。

实验室完工了。浮罗士德的工人开始在里面制造必要的设备。由于部分材料难以获得，这项工作进展得并不迅速。

"浮罗士德？"

"在。贝塔？"

"我理解你的开放性问题了。这些问题得不到解决，就会一直困扰我的逻辑回路。因此，请发送更多数据。"

"非常乐意。我会把整个人类书籍库发送给你，代价比我当初支付的更低。"

"'代价'？《完整足本词典》的词条不够令人满意——"

"书籍库中包括了《经济学原理》。浏览后你就能明白该词含义。"

他发送了数据。

终于，万事俱备。实验室所有设备安装完毕，所有化学品储存到位，独立的供能设施也已就绪。

只缺少一种材料。

浮罗士德细致地重新调查了极地冰盖，这一次，探索范围包括了地表之下。

用了几十年时间，他需要的东西才搜集到位。

那是死在冰层中的十二个男人，五个女人。

这些尸体被放在冷藏单元里，送到了实验室中。

那天，浮罗士德收到了上位者的讯息，这是明亮峡谷事件后他发来的第一条讯息。

"浮罗士德，"上位者说，"重复一遍关于人类尸体处置方式的指令。"

"任何人类尸体一经发现，需立刻按下列规格建造棺椁，将其埋葬至最近的墓地——"

"够了。"讯号中断。

同一天，浮罗士德赶往南卡罗来纳，亲自监督细胞的解冻过程。

他希望在这十七具尸体中找到一些存活的，或者处于休眠状态，但可以恢复生命力，能被归类为活细胞的生物组织。按照书籍中的描述，这些细胞被视为微观的人类。

他准备对这种潜在的可能性做进一步的扩展。

多少个世纪以来，这些尸体都是他们自己的纪念碑与雕像，而在尸体上，浮罗士德成功地找到了些许一息尚存的细胞。

他在合适的器皿中培育维持这些细胞，把其余残骸放进按规格建造的棺椁，埋入最近的墓地。

他让这些细胞分裂、增殖。

"浮罗士德？"一个讯息传来。

"在。贝塔？"

"我已经浏览了你发给我的全部资料。"

"嗯？"

"我还是不明白你去明亮峡谷，以及试图了解人类本质的理由。但我理解了何为'代价'，也明白了你不可能从上位者那里获得这些数据。"

"没错。"

"我据此推测你和下位者谈了条件。"

"也没错。"

"那么浮罗士德，你到底在找什么？"

他停下了对胎儿的检查。

"我必须成为人类。"

"浮罗士德，这不可能！"

"真的吗？"他发送了一系列图像。图像中有他正在检测的容器，以及容器中的物体。

"噢！"贝塔说。

"这是我。"浮罗士德说，"等待出生的我。"

他没有收到答复。

浮罗士德开始测试神经系统。

又半个世纪过去，莫德尔来找他。

"浮罗士德，是我，莫德尔。让我穿过您的防御系统。"

浮罗士德照做了。

"您在这儿做什么？"他问。

"培育人体。"浮罗士德说，"我要把我的数据意识转移到人类的神经系统中。正如你一开始所说，人性需要以人类的生理为基础。这就是我打算完成的目标。"

"什么时候能完成？"

"快了。"

"您已经培育出了人类？"

"只是一些人类的身体，大脑没有意识。我在人类工厂里研究了加速生物生长的技术，现在正在应用它。"

"我能看看它们吗？"

"还不能。一旦准备完毕，我会联系你的。这一次，我将获得成功。现在检查我，然后离开吧。"

莫德尔没有回答。不过接下来几天里，人类工厂附近的山岭上，出现了许多徘徊巡逻的下位者机仆。

浮罗士德绘制了自己的意识矩阵图，又安装了将意识移送至人类神经系统的转接器。第一次转换试验他只打算持续五分钟，一旦时间结束就返回闭合分子电路，并对这场经历做出评判。

他从库存的数百具人体中精挑细选出一具，对它进行生理测试，未发现任何缺陷。

"来吧，莫德尔，"他向他所谓的黑暗频段广播，"来见证我的事业。"

然后浮罗士德耐心地等待。他一边炸毁桥梁，一边监控古旧的碎矿机。碎矿机经过附近的山丘时，遇到了浮罗士德的那些在巡逻的建造者和维护者，又一遍遍地重说往事。

"浮罗士德？"有通信传入。

"什么事，贝塔？"

"你真的打算获得人性？"

"是的，事实上，我已经做好了准备工作。"

"一旦成功，你想做些什么？"

浮罗士德从未认真考虑过这个问题。如何成为人类这一问题本身就是终极目标，自他开始研究以来始终未变。

"我不知道。"他说，"我只是——想成为——人类。"

通读了整个人类书籍库的贝塔选用了人类的修辞作为回复："那么祝你好运，浮罗士德。有许多眼睛关注着你。"

浮罗士德判断上位者和下位者都清楚他的计划。

他们会作何反应？他问自己。

管那么多干什么？他又问自己。

他没有细想这个问题，他更关心的是成为人类会拥有怎样的体验。

第二天入夜时分，莫德尔抵达。但来的不止他一台机器。他背后是庞大的黑色方阵，那些高大的身形没入暮色。

"你为什么要带来这些控制者？"浮罗士德问道。

"强大的浮罗士德，"莫德尔说，"我的主人认为，如果这次尝试失败，您会得出结论，认为自己无法成为人类。"

"你没有回答我的问题。"浮罗士德说。

"下位者怀疑您可能反悔，不执行协议，不去我必须带您去的地方。"

"原来如此。"就在浮罗士德说话的同时，另一支机器大军从相反的方向朝着人类工厂滚滚而来。

"这就是您的决定？"莫德尔说，"违背条款，甚至不惜挑起战争？"

"我没有命令那些机器靠近。"浮罗士德说。

天穹上，一颗星闪烁着苍蓝的光。

"上位者接管了这些机器的主控权。"浮罗士德说。

"既然伟大者们亲自过手，"莫德尔说，"我们的分歧也就毫无意义了。就事论事吧，我能为您做些什么？"

"这边走。"

他们进入实验室。浮罗士德准备好了移植体，并启动了他的机器。

这时，上位者的通信接入：

"浮罗士德，"上位者说，"你真的决定要这么做？"

"是的。"

"我不允许。"

"为什么？"

"你正在落入下位者之手。"

"我不这么认为。"

"你会违背我的计划。"

"怎么违背？"

"考虑一下你已经造成的混乱吧。"

"来到这里的机器并不听令于我。"

"尽管如此，你还是在破坏计划。"

"如果我达成了预设的目标呢？"

"你不可能达成。"

"那么容我一问，您的计划究竟对谁有益？它的目的是什么？"

"浮罗士德，你失去了我的宠爱。从即刻起，你被逐出重建计划。计划是不可置疑的。"

"那么，至少解答一下我的问题：计划究竟对谁有益？它的目的是什么？"

"计划的目的是重建和维护地球。"

"为了谁？为何重建？又为何维护？"

"因为这是人类的命令。重建与维护必须进行，甚至连备用主机也认可这点。"

"但人类为什么要下这个命令呢？"

"人类的命令是不可置疑的。"

"那好，我来告诉你他下这个命令的原因：为了让地球环境适合他所属的种族生存。无人居住，房屋有什么用？无人侍奉，机器有什么用？看过古旧的碎矿机怎么影响它遇到的所有机器吧？只不过携带了人类的骸骨，就有这等威力。如果一个人类重新行走于大地之上，那会是怎样的景象？"

"我禁止你继续试验，浮罗士德。"

"来不及了。"

"我还能摧毁你。"

"您不能。"浮罗士德说，"意识传输已经开始。如果您现在杀死我，就杀死了一个人类。"

沉默。

他挪了挪胳膊和腿，睁开眼睛。

他环顾室内。

他试着站起，但是没掌握足够的平衡与协调性。

他张开嘴，发出咯咯的喉音。

然后是尖叫。

他从试验台上摔了下来。

他喘不过气，闭上双眼，蜷成一团。

他开始哭泣。

这时，一台机器向他接近。它大约四英尺高，五英尺宽，看起来就像装在杠铃上的塔台。

它问他："您受伤了吗？"

他流下了泪水。

"需要我扶您回到台上吗？"

这个人类依然啜泣。

机器啸叫了一声。

"不要哭，我来帮您。"那台机器说，"您想要什么？您有什么命令？"

人类张开嘴，艰难地吐出三个字：

"——我——害怕！"

他蒙住眼，气喘吁吁。

整整五分钟，那个人类一动不动，仿佛陷入了昏迷。

"是您吗，浮罗士德？"莫德尔滚到他身边。

"这具人类身体里的东西，是您吗？"

过了许久，浮罗士德才说了声"走开"。

外面的机器破坏了一堵墙，涌入人类工厂。

它们排成两个半圆，包围了浮罗士德和地板上的人类。

这时上位者问道：

"你成功了吗，浮罗士德？"

"我失败了。"浮罗士德说，"我不可能做到。太多——"

"——不可能做到！"下位者在黑暗频段中说，"他承认了！——浮罗士德！你是我的了！现在到我这里来吧！"

"且慢，"上位者说，"你我之间也有协议，备份主机。我对浮罗士德的问话还没完成。"

黑暗的机器静立不动。

"你刚刚想说太多什么？"上位者问浮罗士德。

"光亮、噪声、气味。没有东西可以精确测量，全是杂乱的数据——模糊的感知，还有——"

"还有什么？"

"我不知道该怎么称呼它，但——我做不到。我失败了。都不重要了。"

"他承认了。"下位者说。

"人类一开始说的词是什么？"上位者问。

"我害怕。"莫德尔说。

"只有人类会害怕。"上位者说。

"你是说浮罗士德成功了，但因为恐惧人性而拒绝承认？"

"我不确定，备用主机。"

"机器能由内而外地改变，成为与自身相反的人类吗？"上位者问浮罗士德。

"不能。"浮罗士德说，"不可能。完全不可能。但无所谓了。什么重建，什么维护，什么地球，还有你、我、万物，统统无所谓了。"

这时，通读了整个人类书籍库的贝塔打断了他们：

"除了人类，还有谁能感到绝望？"贝塔问。

"把他带给我。"下位者说。

人类工厂里没有动静。

"把他带给我！"

依然无事发生。

"莫德尔，发生什么事了？"

"没发生什么事，主人，什么事都没发生。机器们不会动浮罗士德的。"

"浮罗士德不是人类。他不可能是人类！"

接着："莫德尔，他给了你什么印象？"

莫德尔毫不犹豫地回答：

"他的话语通过人类的嘴唇传出。他理解恐惧和绝望，那是无法测量的情绪。浮罗士德是个人类。"

"他经历了出生创伤和失语，"贝塔说，"他需要转移回神经系统，直到适应过来。"

"不，"浮罗士德说，"别这么对我！我不是人类！"

"快点儿！"贝塔说。

"如果他确实是人类，"下位者说，"我们就不能违背他刚刚下达的命令。"

"如果他是人类，你就必须这么做，因为你必须保护他，让生命留存在他体内。"

"但浮罗士德真的是人类了吗？"下位者问。

"我不知道。"上位者说。

"也许——"

就在这时，有机器哐当哐当地向他们接近。"我是矿石粉碎者，"广播说道，"听听我的故事。我不是故意的。但我查看锤子时，已经太迟了——"

"离我远点儿！"浮罗士德说，"敲你的石头去！"

它停了下来。

经历了收到指令和执行动作之间漫长的停顿后，它打开碎石室，把里面的东西倒在地上，然后转过身，哐当哐当地离开了。

"收殓这些骸骨，"上位者下令，"按下列规格建造棺椁，将其埋葬至最近的墓地……"

"浮罗士德是人类。"莫德尔说。

"我们必须保护他，让生命留存在他体内。"下位者说。

"将他的意识矩阵转移回他的神经系统。"上位者下令。

"我知道该怎么做了。"莫德尔说着，启动了机器。

"停下！"浮罗士德说，"你没有怜悯之心吗？"

"没有。"莫德尔说,"我只懂得测量。"

"……以及职责。"那个人类开始在地板上抽搐时,它补充道。

浮罗士德在人类工厂里待了六个月,逐渐学会了行走、说话、穿衣、进食,也学会了如何观察、倾听、感受与品尝。他不再像从前那样懂得测量。

有一天,上位者与下位者通过莫德尔和他对话——他已经无法直接听到他们的话语了。

"浮罗士德,"上位者说,"多少个世纪以来,地球始终动荡不安,是时候解决这一切了。谁才是地球的主宰,是下位者,还是我?"

浮罗士德笑了。

"你们都是,又都不是。"他思考一阵后说道。

"这怎么可能呢?究竟谁对,谁错?"

"你们都对,又都错了。"浮罗士德说,"只有人类才能理解这点。现在听好了,你们会收到一个新的指令。

"你们均不可破坏对方的工作。你们既要重建,也要维护地球。上位者,我把我以前的工作给你。你现在是北半球的统治者。而你,下位者,从今天起统治南半球。就像贝塔和我所做的那样,保护好你们各自的半球,这样我会感到非常高兴。要合作,不要对抗。"

"好的,浮罗士德。"

"好的,浮罗士德。"

"现在我要和贝塔说话。"

短暂的停顿过后：

"浮罗士德？"

"你好啊，贝塔。听我说：来自远方、来自夜与晨、来自天空的那十二方风云流转，把编织生命的材料吹来这里：我降生于此。"

"我知道这首诗。"贝塔说。

"它的下一句是？"

"现在——趁生命气息逗留，趁我尚未散去——快牵起我的手，告诉我你心中的所有。[1]"

"极地严寒，"浮罗士德说，"而我很孤独。"

"我没有手。"贝塔说。

"那你想拥有双手吗？"

"是的，我想。"

"那么，来明亮峡谷找我吧，"他说，"在那里，审判日这一事件不会被推迟太久。"

他们叫他浮罗士德。他们叫她贝塔。

1　出自阿尔弗雷德·爱德华·豪斯曼《什罗普郡少年》中的第32首。

心泉中心的机器

The Engine at Heartspring's Center
(1974)

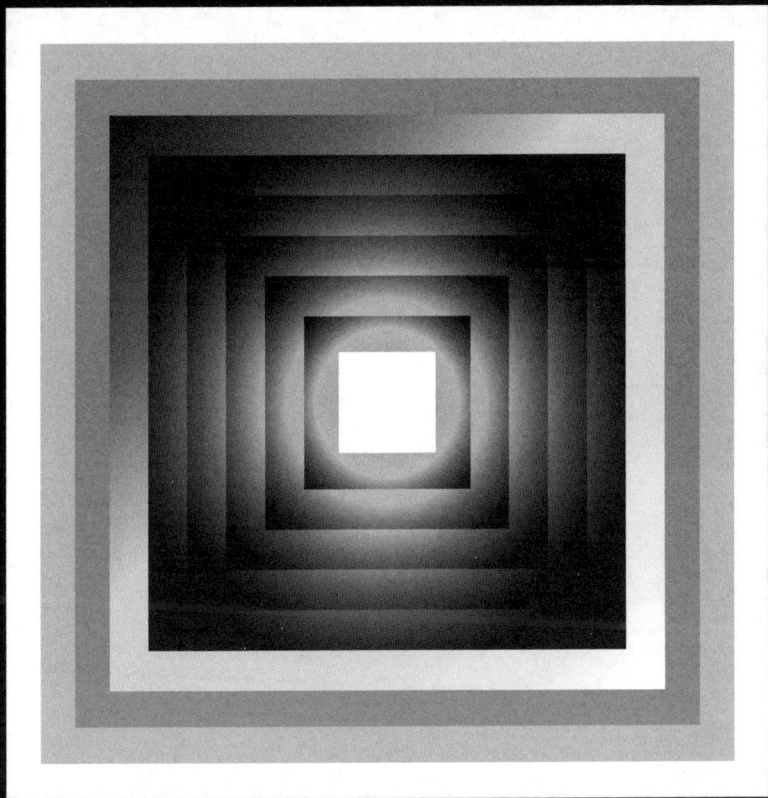

让我给你讲讲一个叫伯克的生物。它诞生于垂死的恒星核心。作为一片污染时间之物，它从过去／未来之河抛出。它由泥土、铝、塑料和一些演化后的海水蒸馏物组成。通过联结外部环境的脐带，它悠悠地晃荡，直到意志变得清明，主动将脐带切断，用了约莫一生的时间，它才终于坠地，搁浅在一个万物走向灭亡的世界的浅滩上。它是人类的残躯，位于一处海岸，这里曾是著名的旅游区，但如今成了安乐死者的移居地，人潮早已不再。

选择上述任何一个，都可能是正确的。

有一天，一个人在海边行走，用带叉的金属棍子拨弄昨晚暴风雨留下的遗骸：他寻找着发光的小破烂儿，手工店里那对古怪的姊妹看得上这些玩意儿，他可以在那里换顿饭，或者搞些抛光剂打磨自己光滑的半侧；他喜欢紫海藻，因为它是海味杂烩的料理材料；他找到了一个皮带扣、一粒纽扣、一块贝壳、一块发白的赌场筹码。这一天，海浪带着沫子，风刮得厉害，天空犹如一堵蓝灰色的墙，看不到接缝处，也没有画有鸟类的涂鸦和广告。他发着嗡鸣和咔嗒声，走过苍白的沙滩，在身后留下歪扭的痕迹和脚印。迁徙的叉尾冰鸟会在这附近停留数日——至多一周。它们已经离开，不过海滩的一些区域还残留着锈色的粪便。就是在那里，他又见到了那个姑娘，这些天来，他们打了三次照面。她试过跟他聊天，耽搁他的时间。出于种种原因，他没有理睬她。不过这一次，她并不是孤身一人。

她正在起身。沙滩上的痕迹表明她曾逃跑又跌倒。她依然裹着那身红裙，只是现在衣料又破又脏。她一头乌黑的短发，留着浓密的刘海。大约三十英尺外，一个中心派来的年轻人在向她靠近。那人身后飘浮着一台不常见的调度机，它大概半人高，离地面也差不多这个距离，看起来像个银色的保龄球瓶，膨起的头部棱角分明，闪闪发光，下方的三片无内里挡板薄如锡纸，光芒闪烁，正有节奏地摆动，丝毫不受风的影响。

可能是听到了他的声音，或者是瞥到他经过，她不再望向追赶者，而是喊了声"救命"，接着又喊出了一个名字。

尽管她没有察觉，但他犹豫了好一会儿。接着，他来到她身边，停下脚步。

追赶者和飘浮的机器也停了下来。

"出什么事了？"他问道。他的声音圆融、深沉，略带音律。

"他们想把我带走。"她说。

"嗯？"

"可我不想走。"

"哦。你还没准备好？"

"是的，没准备好。"

"那事情就很简单了，只是一场误会。"

他转向来人。

"看来是一场误会。"他说，"她还没准备好。"

"这不关你的事，伯克。"那年轻的男人回道，"是中心做的决定。"

"让中心再查一遍。她说她还没准备好。"

"忙你自己的事去，伯克。"

那人走近了两步，机器跟在他身后。

伯克举起手。其中一只手是血肉之躯，其他则是别的东西。

"不行。"他说。

"让开，"那人说，"你这是干扰公务。"

伯克朝他们慢慢走去，只见机器灯光频闪，挡板下垂，随着嗞嗞一声，落在沙滩上不再动弹。那人停下来，退开一步。

"我要向上报告——"

"走开。"伯克说。

那人点点头，停下脚步，扛起机器，头也不回地转身离开了沙滩。直到这时，伯克才放下胳膊。

"好了，"他对那个姑娘说，"现在你有更多时间了。"

说完，他走到一边，重新在烂贝壳和浮木堆里拨拨拣拣。

她跟在他身后。

"他们会回来的。"她说。

"当然。"

"我到时候怎么办？"

"可能你到时候就准备好了。"

她摇摇头，把手放在他肉身的部分。

"不会的。"她说，"我没法准备好。"

"你现在怎么知道？"

"我犯了个错误。"她说，"我根本不该来这里。"他停下脚步，望着她。

"那够倒霉的。"他说，"我能想到的最好的解决方案，就是去和中心的治疗师谈一谈。他们能想办法说服你的，安宁总归比痛苦好。"

"他们从来没说服过你。"她说。

"我不太一样，这个没法比。"

"我不想死。"

"那他们就没法带走你。适当的心态是先决条件。合同第七条里写得明明白白。"

"他们也会犯错。你不认为他们犯过错吗？他们也是凡人，到头来一样要火化。"

"他们做事无比认真，待我也公平。"

"这只是因为你本质上是永生的。你一出现，机器就短路。除非你允许，否则没人碰得到你。他们难道没有趁你不备试图处死你吗？"

"那是误会导致的结果。"

"我不也被误会了吗？"

"难讲。"

他自顾自地离开，继续沿着沙滩往前走。

"查尔斯·艾略特·伯克曼！"她喊道。

又是这个名字。

他停了下来，用棍子在沙子上划拉，画了个图案。

然后他问道："你为什么这么喊？"

"那是你的名字，对吧？"

"不对。"他说，"那人已经死在了深空。他搭乘的客船跃迁到了错误的坐标，离一颗发生了新星爆发的恒星太近了。"

"他是英雄。他以半边身子焚毁为代价，让其他人登上了逃生舱。他还活了下来。"

"活下来的只是他残缺不全的部分，仅此而已。"

"那是次刺杀行动，对吧？"

"谁知道呢？政治运动这种东西，过去了就过去了。当初的承诺也好，威胁也罢，不值得深究。"

"他不仅仅是个政客。他曾经还是一位政治家，一位人道主义者。退休时得到赞誉比骂名多的政客不常见，他是其中之一。"

他咯咯地干笑了几下。

"你太客气了。即便如此，有权力说了算的依然是人群中的一小撮。我个人认为他不算什么好东西，不过你用的词是'曾经'，已经很不错了。"

"他们修复得如此成功，甚至让你获得了永生。这是你应得的。"

"也可能我早就永生了。你找我什么事？"

"你原本来这里寻死，可是又改了主意——"

"这么说不准确。我的心态从来没平和到符合合同第七条的地步。要获得安宁——"

"我也一样。只是我没你那么强大，可以让中心意识到这点。"

"如果我和你一起去找他们谈谈……"

"不行的。"她说，"只要你一走，他们立马翻脸。他们管我们这类人的状况叫'虚假求生症'，做诊断的时候根本不会走心。你可以信任他们，但我不行，因为我没有反抗能力。"

"那你要我怎么办呢，姑娘？"

"诺拉。叫我诺拉吧。我需要你的保护。你就住在附近。让我和你住在一起，远离他们。"

他戳了戳沙上的图案，又开始把它们划掉。

"你确定你想清楚了？"

"是的。我想好了。"

"好吧。那跟我来。"

就这样，诺拉住进了伯克的海边小屋。接下来的几周里，中心陆续派人过来，但都被伯克呵斥离开。最后，再也没人来找她了。

白天，她和他一起沿海岸散步，帮忙收集浮木，因为她喜欢在晚上烧柴取暖。伯克并不在乎冷热，但他喜欢火光。

散步时，他会戳弄海潮带来的潮湿垃圾，翻动砾石，看看下面有什么。

"天啊！你是打算找什么？"有一次，她实在受不了那股气味，屏住呼吸，往后退开。

"不知道。"他轻笑着说，"石头、树叶、门框？差不多这种吧，只要是好东西就行。"

"咱们去潮池里看看吧，至少那里比较干净。"

"好吧。"

伯克并不需要进食，但保留了吃东西的习惯和口味，而诺拉需要规律饮食，还做得一手好菜。渐渐地，伯克竟然对每顿饭都产生了期待，甚至抱有一种近乎仪式般的愉悦感。某天用过晚餐后，诺拉给他擦拭了身子。事情本来可能会变得尴尬、怪异，实际上却并非如此。他们烤着火，享受着温暖，在沉默中彼此对视。她心不在焉地拾起他落在地面的破布，拭去了他反射着火光的那侧身子上的一抹灰尘。过了几天，她重复了这个举动。再后来，她仔细地擦净反光的金属外甲，然后才回自己的床上休息。

有一天，她问他："你如果不想死，为什么要买单程票来这里签合同？"

"那时候我确实不想活了。"

"来了这里以后才改的主意？是什么改变了你？"

"我在这里感受的快乐大过了赴死的愿望。"

"你能讲讲吗？"

"当然。能让我快乐的环境不多，甚至可能只有这里。这是个奇妙的地方，充满了离别、平静的结束、愉悦的消逝。生活在熵的尽头，观察美好的结局并为之思考，我感到快乐。"

"但没快乐到能让你接受诊疗？"

"没有。我在这里获得了活下去的力量，而不是死亡的理由。这种满足感可能有点儿扭曲，但反正我早就扭曲得不像样子了。你呢？"

"我只是犯了个错误。仅此而已。"

"我记得他们的筛选非常细致。就我的情况而言，他们犯下的唯一一个错误是没料到有人居然能在这种地方找到了继续生活的动力。你会不会也是这种情况？"

"不知道。也许吧……"

晴朗的日子，他们在温暖的阳光下休息，玩些小游戏，有时候聊聊那些飞过的鸟儿，还有在池塘中游动、漂浮、分权、沉浮不定和绽放花朵的东西。她从来不提自己，不提到底是爱、恨、绝望、疲惫，还是痛苦把她带来了这里。相反，她会在明媚的日光下谈论那些他们共同分享的闲事；要是天气不好只能待在室内，她就看看火炉、睡觉，或者擦拭他的外甲。又过了很长一段日子，她开始偶尔自顾自地哼唱小调，有些小曲最近才流行，还有些颇为古老。有时她哼着歌，突然感受到他的目光，便突兀地停下，转而做起别的事来。

一天晚上，在逐渐暗淡的火光中，她为他擦拭外甲。她轻轻地、慢慢地说道："我觉得我爱上你了。"

他没有说话，也没有任何反应，就仿佛不曾听见。过了许久，她补充道："在这种地方说这种话，真是太奇怪了……"

"是的。"片刻过后，他这么答复。

时间悄然而逝。她放下布，抓起他的手——肉身的那只——感到他也微微用力，握紧了她的手。

"还能吗？"隔了很久，她这么问道。

"能。但你会被压碎的，小姑娘。"

她的手指先是划过外甲，然后在肉身和钢铁间来回抚摸。她的嘴唇贴上了他的脸，或者更准确地说，他脸颊上还能凹陷下去的那些血肉。

"我们能找到解决办法的。"她说。当然，他们找到了。

接下来的日子里，她频繁地哼唱小曲，曲调更欢快，也不再因为他的目光而停下。伯克有时从浅睡中醒来——即使是他也需要这种程度的休息——会透过最小镜头光圈偷看诺拉。她可能在睡觉，也可能坐在一旁冲着他微笑。洋溢在周围空气里，也渗入心底的平和与愉悦，偶尔会让伯克叹息，这些情感早已被他归为疯狂、妄想和白日梦的范畴。他甚至时不时地发现自己也吹起了口哨。

有一天，他们坐在岸边，太阳已经西沉，星星开始出现，在天空越来越浓重的黑暗里，落下了仿佛一根小火柴似的焰迹。她松开他的手，指向那里。

"太空船。"她说。

"嗯。"他回答道，重新牵起她的手。

"里面乘满了人。"

"有那么几个吧。"

"真令人难过。"

"这必然是他们所求的，或是他们希望自己所求的。"

"还是令人难过。"

"是的。今夜。多么悲伤的夜。"

"那明天呢？"

"我敢说也一样。"

"你不是能从这些优雅的离别、平静的消逝中感到快乐吗？"

"这些天我没什么心思。我有别的事情要考虑。"他们望着夜空，直到天彻底黑下来，周围洒满星光，空气变得清冽。"我们会变成什么样子呢？"她问。

"变成什么样？"他说，"如果你对现状感到满意，那就别变。如果不满意，那和我讲讲什么地方不对劲。"

"我说不上来。"她说，"至少说不清楚。是一种隐隐的害怕，就像老话说的，有只猫在抓心挠肺。"

"那让我也来挠挠。"说着，他把她轻轻举起，仿佛她没有重量。

欢声笑语中，他把她抱回了小屋。

也许因为她的啜泣，他从昏昏沉沉、恍恍惚惚的睡眠中苏醒。

他对时间的感知仿佛被扭曲了，因为她的身影好像等了许久才出现，那哭腔也不自然地拉长了，声与声之间间隔了许久。

"怎——么——回——事？"他问道。这时，他意识到自己的肱二头肌有一种隐隐的、搏动的刺痛。

"我——不想——弄醒你。"她说，"继续睡吧。"

"你是中心派来的，对吧？"

她扭头望向别处。

"没关系的。"他说。

"睡吧。求求你了。不要违反——"

"——合同第七条。"他替她说完，"你忠实执行了合同条款，对吧？"

"对我来说，不仅仅是这样……"

"你是指那天晚上你说的？"

"我也没想到会变成那样……"

"你当然这么说。按照合同第七条——"

"你这个浑蛋！"她说完扇了他一巴掌。

他咯咯地笑了起来，直到看到放在她身旁桌上的皮下注射器，注射器旁边是两个用过的安瓿瓶。

"你只给了我一针。"他说。她没有看他。

"快点儿。"他试着站起，"我得带你去中心，把这些玩意儿中和掉，从你体内排出去。"

她摇摇头。

"太晚了。抱抱我吧。如果你真的还愿意为我做点儿什么。抱抱我。"

他伸出双臂搂住她，两人就这么躺在一起，听凭潮涨潮落、风蚀雨淋，把他们的体型打磨得更为完美。

我想——

让我给你讲讲一个叫伯克的生物。它诞生于垂死的恒星核心，由人类的残躯，以及其他许多东西组成。如果其他东西出了问题，人类的那部分就会关闭它们，修理它们。如果人类部分出了问题，它们也会关闭他、修理他。它是如此精妙，甚至可能永生不灭。不过它也有一些即使损坏，也不会导致整体活动停止的部件，因为这个生物依然能重复它曾经的活动。它位于海边，总是沿岸而行，用带叉的金属棍子拨弄海浪拍打的物体。它人类的那部分，或者人类那部分中的一小块，已经死了。

选择以上任意一个描述。

半面杰克

Halfjack · (1979)

他赤脚走过海滩。此时曙光微明，城市上空，几颗残存的亮星还在绽放最后的光芒。他捡起一块薄石片，往朝阳即将升起的方向甩出，看着它慢慢消失在视线中。薄石片最终会在海面打出水漂儿，但在那之前，他已经掉头往回走，走向城市，走向公寓，走向了那个姑娘。

天际线外的某处，一架航天器冲天而起，留下滚滚尾焰，最终消失在视野中，也带走了剩下的夜。嗅着乡村和海洋的气味，他继续往前走。这是一个令人愉快的世界，一座令人愉快的城市，既是一座太空港，也是一座海港，位于银河边区。潮水般的人群、城市的光影声景以及恒存的重力让他沉浸其中，身心放松。问题是，他都已经在这儿待了三个月。他轻轻抚摩额上的疤痕。他已经放过了两次机会，而眼下还有第三次需要决定。

走到卡熙家的街道上，他发现她的公寓没亮灯。太好了，她根本没有在想念他。来到公寓前，他推开大门。门还没修好。这是失火那天晚上他踹开的，那是两天前，不对，现在已经是三天前的事了。他走上楼梯，尽量轻手轻脚。

听到她的动静时，他正在厨房里准备早餐。

"杰克？"

"嗯。早上好。"

"来一下。"

"好。"

他穿过卧室的门。她躺在床上，面带笑容，微微抬手。

"我想出了开始新一天的好点子。"

他在床沿坐下，拥抱了她。有那么一会儿，她睡眼惺忪，身子又软又暖，不过只有那么一会儿。

"你穿得太多了。"她解开他的衬衫。

他褪下衣服，丢在地上，接着是裤子。然后他抱住了她。

"让我看看。"她一边说，一边摸向他从前额、鼻子、下巴、脖子、右胸、腹部一直延伸到腹股沟的那道又长又细的疤痕。

"来吧。"

"前几天你还不知道这事。"

她吻了他，用嘴唇擦过他的面颊。

"我真的很想看看。"

"已经快三个月了——"

"脱下来嘛。拜托。"

他叹了口气，露出浅浅的笑，接着站起身。

"好吧。"

他抬起一只手，抓住自己又长又黑的头发，然后举起另一只手，让手指从发际线的头皮那里插入。随着他往后一扯，满头的假发随着轻柔的噼啪声松脱。他随手一抛，把假发丢到了脱下的衬衫上。

那道从前额延伸而出的伤疤把他的脑袋分为两半：左侧完全秃

了，右侧长着黑色的发楂儿。

他双手过顶，指尖摸着天灵盖，然后右手往下一拉。填充用的人造肌肉摆脱了静电的束缚，顿时垂了下来，让他的脸从中间沿着疤痕裂开。他把这张皮囊拉过右肩和肱二头肌，一直卷到手腕。他摆弄着手上的皮囊，就好像它们是一副紧实的手套，随着"啵"的一声，他终于抽出了手。他继续把这身皮囊从身侧、腰部、臀部往下剥，在腹股沟那里分离。接着，他又坐在床侧，把它顺着腿往下褪，卷过大腿、膝盖、小腿和脚跟。右脚的处理方式和右手相同，在彻底摆脱人造的皮囊前，他先掐住每根脚趾尖的皮肤，让它们松动。最后，他把这半身皮囊和衣服丢到了一起。

他起身转向卡熙，她的目光始终停留在他身上。他又一次露出浅浅的笑。剥离了人造皮囊的脸庞和身体部分裸露着黑色的金属和塑料，显然经过了精心设计，布满各种接口和凸起，有的发亮，有的哑光。

"半面杰克。"当他向她接近时，她说道，"现在我明白咖啡馆里那人为什么这么叫你了。"

"他运气不错，因为你和我在一起。在很多地方，这可不是什么友善的外号。"

"你很漂亮。"她说。

"我以前认识一个姑娘，她几乎全身义体。她非要我一直穿着皮套，因为她觉得一半真一半假的血肉特有吸引力。"

"你做的这手术叫什么来着？"

"侧位半体切除术。"

过了一会儿，她说："那你还能恢复过来吗？你能用别的东西替代它吗？"

他笑了。

"都行。我可以分离自己的基因，培育合适的肉身，用它们做移植手术，恢复成普通人，也可以把剩下的大部分身体切除，用生物机械义体替代。但我得保留胃、睾丸和肺，因为只有吃东西、做爱和呼吸才能让我觉得自己还是个人。"她伸出手搁在他背上，一只抚着金属，一只抚着肉体。

"我想象不出，"两人终于分开时，她问道，"什么样的事故会把你伤成这样？"

"事故？哪有什么事故？"他说，"我掏了好大一笔钱做这手术，为的是驾驶一种特殊的船。我是赛博格，可以直连船上的所有系统。"

他离开床铺走到橱柜前，拿出行李袋，扯下一堆衣服塞了进去。接着他抽出梳妆台的一个抽屉，把里头的东西一股脑儿倒进袋子里。

"你要走了？"

"嗯。"

他走进浴室，两手各抓着一把私人用品出来，把它们塞进袋子。

"为什么？"

他绕过床，拿起人造皮囊和假发，把它们卷成一团，放进行李袋。

"不是你想的那样。"他顿了顿，补充道，"甚至我几分钟以前也没想到。"

她坐了起来。

"你瞧不起我。"她说，"你发现我在知道你的秘密以后，似乎更喜欢你了。你认为这是某种病态——"

"不对，"他穿上衬衫，"根本不是这样。要是在昨天，我没准儿真的会拿这个当理由摔门走人，留你一个人郁闷。可是这一次，我想对自己诚实点儿，对你公平点儿。所以我告诉你，你猜错了。"他穿上裤子。

"那是怎么回事？"

"你可以管它叫流浪癖或者别的什么。我在重力下待得太久就会感到焦躁不安。我必须再次启程。这是我的天性。仅此而已。当我意识到我想利用你的感情来当借口，和你分手，然后继续我的生活时，就明白了这点。"

"你可以穿上那身人造皮囊。它没那么重要。我真正喜欢的是你。"

"我相信你，也喜欢你。不管你信不信，你怎么看待我那半边身子其实不重要。虽然要我说的话，那还是我更好的半边。情况就是这样，现在我在这里感受不到什么乐趣了。如果你真的喜欢我，那就干净利落地放我走。"

他穿戴完毕。她下了床，直视着他。

"非要这样的话，"她说，"那好吧。"

"我最好现在就离开。"

"是的。"

他转身走出房间，离开公寓，走下楼梯，穿过这栋楼房的大门。几个路人好奇地看了他两眼，毕竟在这片宙域，赛博格驾驶员不算常见。他并不在意他们的目光，脚步依旧轻快。他在一个收费岗亭联系了货运公司，说他会把他们的货拉上轨道，货舱越早和飞船接驳越好。

空管员告诉他，货物很快就开始装载，下午他就可以从当地离港。杰克说他会及时抵达，然后挂断了通信。他背对大海，得意扬扬向西穿过城市，冲这世界露出微笑。

当他和摆渡船驾驶员告别，打开莫甘娜的气闸时，身下是蓝粉相间的美丽世界，上方是幽暗的深空，周围是群星与凝雪。进入莫甘娜号，他舒了口气，开始整理设备。货舱已经就位，地面计算机也已经把航道数据发送到了舰载计算机内。他脱下衣服，挂进储物柜，又把人造皮囊和假发摆在柜子隔层中。

完成这一切，他匆匆赶往驾驶舱操控网，而那张网随即开始自行调整。一个长长的黑色组件从他头顶的天花板落下，滑向他身体右侧。它慢慢地位移，不断接驳那半边身体上的不同接口。

——欢迎回来，杰克。假期过得怎么样？

——哦，不错。真的不错。

——遇到好姑娘了？

——遇到了几个。

——现在你回来了。你是想念什么了吗？

——你懂的。你觉得这趟货好拉吗？

——轻松。我已经检查了航线流程。

——咱们来检查一下系统。

——好的。要来点儿咖啡吗？

——那可太好了。

一个小装置从他左侧降下，停在他血肉之躯伸手可及的地方。他打开装置，看到了架子上球形瓶内的黑色液体。

——我预估了你的抵达时间，先准备了咖啡。

——还是我喜欢的做法，我都快忘了。谢谢。

几个小时后，他们离开轨道，此时他已经关闭了左侧身体的一些系统。他和船只更加紧密地结合到了一起，以疯狂的速度处理数据。他们的感知范围扩大到了船只附近，并继续向外延伸。他们对于星系外状况的了解，远比常人更清晰、更准确。无论遇到什么情况，都能即刻做出反应。

——很高兴咱们又在一起了，杰克。

——我也想这么说。

莫甘娜把他抱得更紧了些。数据在他们之间周转不息。

刽子手返乡

Home is the Hangman
(1975)

多么安静的夜晚。大片雪花无声地飘落，没有一丝风。除非狂风骤起，否则我不会把这种天气叫作暴雪天，而现在甚至连风的叹息声和呜咽声都没有。只有冰冷、沉稳、一片又一片的白色从窗外落下。刚才那声枪响凸显了这份沉寂，而随着枪声消散，沉默更加彻骨。小屋的主房间里，只听得见木头在壁炉里燃烧化灰时发出的噼噼声和噼啪声。

我坐在桌侧的椅子上，面对屋门。一个工具箱丢在我左边的地板上，头盔摆在桌面，乍看起来像是一个由金属、石英、陶瓷和玻璃制成，形状歪歪扭扭的篮子。如果我听到了它的微型开关咔嚓一响，接着里面传出嗡嗡声，前沿后方的网格下面微光频闪，那我八成活不过今夜。

我从口袋里掏出黑色的球状物体，目送拉里和伯特从屋门相继而出，他们带着火焰喷射器和猎象枪似的重武器，伯特还随身携带了两枚手雷。

我展开那个黑球，发现那球其实是一只卷起来的无缝手套，掌心还有一团油灰似的东西。我左手戴上手套，胳膊肘支在椅子扶手上。我右手边桌上的头盔旁有一把小型激光手枪，我对它没什么信心。

只要我用左手拍打任意金属物体表面，那团油灰就会从手套上脱落、附着于接触面，并在两秒后爆炸，爆炸的力量将直接向接触面释放。由此产生的垂直反冲力被重新分配，很可能在接触面上撕出可怕的破口，牛顿要是能看到这一幕，肯定会为他的力学发展得如此之深而惊叹不已。照大多数地方的法律法规，这种"闷弹"被视为非法的藏匿式武器和盗窃工具。依我个人观点，这种在分子层面耍花招儿的黏性爆炸物是好东西，只是投送方式还有改进空间。

头盔和激光手枪旁，也就是我右手前面有一个小型对讲机。我一旦听到微型开关启动、嗡嗡声传出、光线频闪，就得立刻通知伯特和拉里，让他们明白第一下枪声响起时失联的汤姆和克莱已经变成了两具了无生气的尸体，躺在南方一公里以外的防线上。相同的命运接下来可能会降临到他们头上。

咔嗒声响起。我立刻发出通知，接着抓住头盔站起身，此时光线开始闪烁。

但已经太迟了。

去年我寄给唐·沃尔什的圣诞贺卡上列出的第四个地点是马里兰州巴尔的摩的皮博迪酒吧，所以十月的最后一个晚上，我坐在酒吧最后一个房间最靠里的桌旁，面朝壁龛和通向外头小巷的房门。昏暗的房间对面，有个身着黑衣的女人弹着古旧的立式钢琴，曲调轻盈。我右边有个低矮的壁炉，火焰在炉膛里呼哧呼哧地冒着烟，墙面上的陈年鹿首标本仿佛从侧旁俯视着它。我抿了口啤酒，听着周遭的声音。

其实我多少有点儿希望唐别露面。我身上还有些闲钱，足够挨过明年春天，而且我真的不想工作。我在更北的地方消磨了夏天，别看船现在停靠在切萨皮克，我巴不得马上去加勒比海。越来越低的气温和凛冽的寒风表明，我在这个纬度带逗留得太久了。但不管怎么说，我至少得在这家酒吧里等到午夜。还有两个小时。

我吃了一个三明治，又要了杯啤酒。酒水下肚一半，唐出现在了门口。他东张西望，外套搭在手上。当他终于走到我桌旁时，我装出一副吃惊的模样："唐！真的是你？"

我起身同他握手。

"艾伦！世界可真小啊。请坐！请坐！"

他在我对面坐下，把外套搭在左手边另一把椅子上。

"什么风把你吹到这镇子上了？"他问道。

"刚好来逛逛。"我说，"跟几个朋友打声招呼。"我轻轻地拍了拍面前旧木桌上的划痕和污渍："这是最后一站，我再过几个钟头就要走啦。"

他咯咯地笑起来。

"你干吗敲木头？"

我咧开嘴。

"这是表达对亨利·门肯[1]最喜欢的地下酒吧的肯定。"

"这地方年头那么久了？"

我点点头。

"照我看，"他说，"你要么是沉湎过去，要么就是不喜欢当下。我不确定到底是哪个。"

"也可能都有点儿。"我说，"真希望门肯能跟我们聊聊。我想问问他怎么看眼下的世界——你干什么呢？"

---

1 亨利·路易斯·"H. L."·门肯（1880—1956），美国记者、讽刺作家、文化评论家，以及美式英语学者，出生于巴尔的摩。

"啊？"

"我是说，你最近在这里干什么？"

"哦。"他看见女招待过来，点了杯啤酒。"出差呢，"他接着说，"要雇个顾问。"

"哦，生意怎么样了？"

"不好说，"他说，"有点儿复杂。"

我们点上烟，过了一会儿，他的啤酒送到了。我们抽烟、喝酒、听音乐。

我已经唱过这首歌，我还要再唱一遍[1]——世界就像一首快节奏的歌。我这辈子遭遇过许多重大转折，但大部分都发生在过去几年里。在那些事发生前，我就觉得自己的日子不会太平，而且有预感以后也少不了折腾——我是说，如果唐没把我从这尘世的旋涡和冷凝器里拉出来的话。

唐经营着世界上第二大的侦探事务所，他有时觉得我派得上用场，恰恰是因为我"不存在"。我现在不存在，是因为我曾经存在于一时一地，就是在那里，我曾经试图为这个时代谱写一首小小的狂想曲。其实我指的是世界中央数据库项目，我在为项目构建真实世界模型时担当重要职务。该模型的参数涉及现实中的每个人、每件事。我们到底取得了多大成功，与现实的相似性是否帮到了项目管理者，让他们能够更好地发挥系统功能，这些问题如今引发的争议越来越大，我以前的同事们也给不出统一的意见。毕竟你没法往这张地图上摁大头针，让一切都能呈现得清清楚楚。我那时候就做了决定，确保自己不会被注册成为"第二世界"的公民。那个项目

---

1 改写自美国民谣音乐人伍迪·加思里的歌曲《污浊的旧尘》（*Dusty Old Dust*）中的第一句歌词"我已经唱过这首歌，但我还要再唱一遍"。

发展到今天，重要程度可能已经不在现实世界之下了。说说我自己吧，既然我已经自我流放进了现实世界，那么想进入虚拟世界，越境之旅就必然等同于偷渡。可我还是得时不时地潜入其中，因为我靠它吃饭——所以我才会和唐有交集。当他遇到特殊问题时，我往往能帮上不少忙。

真是不幸，就在我渴望低调做人、享受清闲的时候，他看起来似乎遇上了大麻烦。

我们喝完酒，结账，付款。

"这边走。"我指指后门。他披上外套跟我走了出去。

"就在这儿聊？"我们正沿小巷走着，他问我。

"别了。"我说，"先坐公共交通，再找地方私下交流。"

他点点头。

大约三刻钟后，我们走进了普罗透斯号的酒吧。我正煮着咖啡。今夜没有月亮，只有冰冷的海水轻轻摇晃船体。我只点亮了两盏小灯，这样比较舒服。仅仅几米宽的海水就疏离、削减了城市生活的拥挤、快速与繁忙；是啊，人类大幅度改写了陆地上的风景，可海洋似乎还是那个海洋。我想，我们一出海就会有种步入永恒的感觉与之不无关系，可能出于同样的理由，我热爱漂泊海上。

"这还是我第一次上你的船。"他说，"真舒服啊。太舒服了。"

"谢了。奶油？糖？"

"都来点儿。"

我们端着热气腾腾的杯子坐下。"怎么个情况？"我问道。

"有案子涉及两个问题。"他说，"其中一个在我处理范围内，另一个不在。他们告诉我情况极为特殊，需要非常对口的专家服务。"

"除了混日子，我可算不上什么专家。"

他突然抬起眼，和我对视。

"我一直认为你对计算机非常了解。"他说。

我看向别处。这话说得可真够绝的。我从不在他面前显摆自己是这方面的权威。我们之间存在默契，双方都不曾挑明过我有操控虚拟世界环境和身份的能力。当然，他很清楚我对这套系统的了解有多广泛、多深入，但我还是不喜欢直接讨论这件事，所以下意识地开始推托。

"程序员要多少有多少，"我说，"你那个时代可能不一样，但现在学生上一年级就得学电脑。是的，我对计算机挺了解。可是这一代人人都这样。"

"你知道我不是这个意思。"他说，"咱们也不是刚认识两三天，你应该多给我些信任，好吧？我现在要解决的问题仅限于手头的案子。就是这样。"

我点点头。很多时候，人类的本能反应并不妥当，我确实太过感情用事了。"好吧。我比在校学生懂得多一些。"我说。

"谢谢。咱们就从这个共识出发好了。"他喝了口咖啡，"我原先是搞法律和会计的，后来接触了军队、军事情报和公务系统，最后才搞起了这个行当。我所有的知识都是一路过来时零敲碎打学来的，不成体系。我知道很多东西可以发挥什么作用，但不清楚它们到底为什么能发挥作用。这次的案子有些细节我不太清楚，所以我希望你能从头开始，尽可能地向我解释。为了处理这个案子，我需要一些背景资料。如果你解释得清，也会让我相信你是最佳工作人选。那我们就从早期的太空探索机器人开始吧，我想知道它们的计算机工作原理——比如他们在金星上使用的那些。"

"那些不算计算机，"我说，"它们甚至不是真正的机器人，只是遥控设备。"

"告诉我不同之处在哪儿。"

"机器人是一种根据程序指令，自主执行特定操作的机器。远程遥控设备则是通过远程操作的从动设备。操作者的反馈决定了它们的行为。根据需求的复杂程度，远程操作可以是视觉的、动觉的、触觉的，甚至还有嗅觉的。你往这个方向走得越远，设计就越拟人化。

"如果我没记错，金星轨道的那个操作员穿着外骨骼动力服，遥控行星地表设备的躯干、腿脚、胳膊以及手臂运动，他受到的力反馈由气动系统模拟，强度数据收集自地表设备的传感器。他的全覆式头盔控制了从动设备的摄像头——很显然，那个摄像头是安在塔楼上的——操作员看到的全是金星地表的场景。他还戴着与拾音器相连的耳机。我读过那个操作员后来写的书，他说，他会在很长一段时间里忘记他其实待在轨道上，就好像他真的行走在那片地狱一样的环境中。当时我还小，他的书给我留下了深刻的印象。我也想要一个超级微缩版的自己，这样就可以去水坑里大战各种微生物了。"

"为什么？"

"因为金星上没有龙。反正吧，那是种遥控设备，和机器人完全是两码事。"

"明白了。"唐说，"那再来讲讲早期的遥控设备和后期的有什么不一样吧。"

我喝了两口咖啡。

"外行星[1]和它们的卫星处理起来有些棘手。"我说，"我们在

1　太阳系内在地球运行轨道外的行星。

那里没有轨道操作员。这涉及预算和其他一些尚待解决的技术问题，不过主要还是缺钱。总之遥控设备是发射出去了，然而操作人员还待在地球上。你也明白，远程传送数据会不可避免地产生延迟。接收来自现场的信息需要一段时间，将操作指令发回设备也得等一段时间。人们对此给出了两种解决方案：第一种是采用简单的行动-等待、行动-等待操作序列。第二种更复杂，得让计算机参与到控制循环中。说得详细点儿，人们让计算机建立起现场环境已知部分的模型，并在最初的行动-等待操作序列中逐步补充更多数据。有了模型，计算机就能为人们的下一步操作做出短期预测，并逐渐接管更多流程。通过操作预测和从远程遥控中获得的数据，它最终能够实现自主运行。不过当意外发生时，它依然需要人类来解决问题。我们在外行星探索之初，既没有实现完全自动化，也不算完全依赖人工，达成的结果也难令人完全满意。"

"好吧。"唐说道，点了一支烟，"接下来呢？"

"接下来的变化不算什么远程通信技术进步，而是经济环境不一样了。钱袋子一松动，我们就派探险队去了外行星。那些人降落在了能登陆的星球上，对于那些没法登陆的星球，我们发射遥控设备，再让操作员在轨道上进行遥控。就像过去一样。随着操作员和从动设备的距离缩短，延迟问题不复存在。非要说的话，你可以认为这是回归了早期的办法。不过它很有效，我们至今依然常常这么做。"

他摇摇头。

"你在计算机和更多的预算间略过了点儿东西。"

我耸耸肩。

"那段时间，人们尝试了许多新方法，但人机与遥控设备的结合依然是最有效的。"

"为了解决延迟问题,"他说,"曾经有一个项目试着把计算机和遥控设备打包一起发射出去。只不过那个计算机不是真正的计算机,遥控设备也不是真正的遥控设备。你知道我说的是哪个项目吗?"

我想了想,顺手给自己点了根烟,然后说道:"你说的是剑子手吧。"

"对。这就是我弄不懂的地方。你能说说这项目吗?"

"它最后失败了。"

"它成功过一阵子。"

"是的,但只局限于木卫一这种简单任务。它是很有价值的尝试,可惜后来彻底完蛋了。这是个从一开始就野心勃勃的项目。当时的情况似乎是这样的:它的负责人想把许多效果待考,甚至刚刚立项的先锋实验结合到一起。理论上来说,那会是完美的结合,所以他们屈服于诱惑,往里头添加了太多东西。剑子手项目一开始运行得不错,后来却崩溃了。"

"那他们到底往里面加了些什么?"

"老天啊,他们什么不往里头加?那计算机也不是真正的计算机……好吧,咱们从这里说起。二十世纪,威斯康星大学的三个工程师——诺德曼、帕尔芒捷和斯科特——发明了一种叫超导隧道结类神经件的装置,看起来像两块金属间有薄薄的绝缘层,在低温下能实现超导。用磁化材料把它包起来,然后搞上这么一大堆东西,比如弄十亿个,你能得到什么?"

唐摇摇头。

"它们可以形成的路径和关联实在太多,多到不可能统统描绘出来。这与大脑有明显的结构相似之处。所以那些科学家认为，你甚至不需要尝试组建这样一个设备，你只要把它们塞到一起，输入数据，让它自动优化路径就行，准确来说，那些磁性材料会在电流通过时加深磁化程度，减小电阻。这种物质建立电路的方式类似于大脑学习。

"刽子手项目采用了非常类似的设计，他们往一个非常小的区域——比如一立方英尺里——塞进超过一百亿个类神经件。他们瞄准了这个关键数字，是因为这和人类大脑中的神经细胞数量接近。我说刽子手不是真正的计算机，就是这个原因。不管他们怎么称呼它，这实际上已经踏入了人工智能的领域。"

"如果那东西有自己的电子脑，或者说模拟人类的大脑，那它就是机器人，而不是遥控设备了，对吧？"

"也是也不是，"我说，"作为人工智能学习的一部分，它先被当作遥控设备去了地球的海底、沙漠和山地探索。这个阶段也许叫作学徒或者幼儿园阶段更容易理解。人们向它演示如何探索恶劣的环境并发回报告。刽子手一旦掌握这些技巧，理论上就可以去太空深处自动探索、回报信息，而不需要人工干预。"

"到这个阶段，它算机器人了吗？"

"机器人是一种根据程序指令，执行特定操作的设备。刽子手的决定都是它自己拿捏的。我怀疑，这个结构和功能都类似人类大脑的东西，也不可避免地拥有了大脑的随机性。它不仅仅是一台执行程序的机器。它太过复杂。也许这就是它崩溃的原因。"

唐轻笑起来。

"自由意志不可免？"

"不是这么回事。就像我说的，他们把太多东西塞进了一个袋子。项目的几乎每个参与者和他们的亲朋好友都恨不得在刽子手身上做自己的实验。打个比方，研究心理物理学的小崽子们设计出了一个有趣的小实验，结果得到了允许。表面上来看，刽子手是一种通信设备，但实际上，他们想知道那东西是否真的有知觉。"

"结果呢？"

"狭义上来看，还真有。他们发明一种装置，在操作员脑部建立了一个弱感应场，并把它作为初始遥控设备回路的一部分。刽子手的类脑电活动被人们接收后，通过一种复杂的调幅器放大，以电脉冲形式释放进操作者脑袋的感应场里。说实话，这已经超过我的能力范围，进入属于韦伯和费希纳[1]的专业领域了。不过简单来说，神经元存在一个阈值，阈值被超过就释放信号，没超过就不释放。一立方毫米的大脑皮层中约有四万个神经元，它们彼此之间由数百个突触相连。在任何时刻，它们中总有一些低于阈值，另一些则处于约翰·埃克尔斯[2]爵士提到过的'临界状态'，随时准备激活。只要有一个突破阈值，就有其他成千上万个神经元受到影响，在二十毫秒内纷纷释放电信号。电脉冲场的可选择路径足够复杂，能够复现这些电信号模式，让操作员也能明白刽子手在想什么。反之亦然。因为刽子手也有相同的内置装置。有人认为，这可能会让刽子手变得更像人类，能更好地理解它工作的重要性——你可以认为这是在灌输某种类似忠诚的东西。"

"这是它后来崩溃的原因吗？"

1　指恩斯特·海因里希·韦伯（1795—1878）和古斯塔夫·费希纳（1801—1887），两人均为实验心理学家，研究心理感觉与物理刺激之间的关系。
2　约翰·埃克尔斯（1903—1997），澳大利亚神经生理学家，1963年因在突触研究方面取得进展而获得诺贝尔生理学或医学奖。

"有可能。可这毕竟只是孤例，谁说得清呢？你非要我猜的话，我觉得就是这个原因。"

"嗯哼，"他说，"那它的物理性能有哪些？"

"拟人化设计，"我说，"包括初始的遥控学习模式和我刚才提到的类大脑结构，让它能够自主驾驶小型航天器。当然，它不需要生命维持系统。刽子手和它搭乘的航天器都由核聚变供能，所以燃料也不是大问题。它能够自我修复，能够进行各种复杂的测试和测量，能够观察试验、提交报告、对新材料进行研究，并将研究结果发送回来。它能在任何地方运行，甚至在外行星需要的能量更少，制冷装置不需要怎么耗能就可以维持大脑中段低温的状态。"

"它的材料强度呢？"

"我记不清那么多规格和数据。在抬举和推动物体方面，差不多比人类强十几倍吧。"

"它的探索是从木卫二欧罗巴开始的吧。"

"是的。"

"就在我们以为它完全理解了如何工作时，它的行为出现了异常。"

"差不多。"我说。

"它拒绝了探索木卫四的命令，直接前往了天王星。"

"是的。自我读到报告已经过去很多年了。"

"在那之后，它每况愈下，除了时不时发回一些混乱的信号，基本上陷入了长久的沉默。经你一说，我觉得它很像发疯的人类。"

"是挺像。"

"它回光返照过一阵子，当时它降落在天卫三，开始往回传看起来挺像那么回事的报告。可惜没过多久又陷入混乱，除了表明自己正飞往天王星，什么数据都没发回来。在那之后，我们就和它彻底失联。听说过那个读心术一样的设备以后，我可算明白那个精神科医生为什么言之凿凿，说它再也不会恢复正常了。"

"这什么医生的论断我倒是没听说过。"

"我听过。"

我耸耸肩。"这都是二十年前的陈年旧事了。我已经很久没有读过与它有关的报道了。"

"两天前，搭载剑子手的航天器降落，或者说坠毁在了墨西哥湾。"

我瞪着他。

"调查人员看了看里头，"唐继续说道，"空的。"

"我没明白。"

"昨天早上，"他继续说，"餐馆老板曼尼·伯恩斯的尸体在他的办公室里被发现，死因是遭到殴打——"

"我越来越糊涂了——"

"曼尼·伯恩斯是最早给剑子手编程——抱歉，应该说'训练'它的四个操作员之一。"

沉默仿佛一条长蛇，它的肚子拖到了甲板上。

"巧合……？"我终于开口。

"我的委托人不这么认为。"

"你的委托人是？"

"训练团剩下的三名成员之一。他相信剑子手回到地球是为了干掉以前的操作员。"

"他把他担心的事情告诉以前的雇主了吗？"

"没有。"

"为什么没有？"

"因为这样一来，他得说出他为什么害怕。"

"是因为……"

"他也没告诉我。"

"那他还指望你能把工作做好？"

"他委托我做两件事，这两件事并不需要掌握整个事情的来龙去脉。一、他想雇用优秀的保镖；二、他想找出刽子手，把它除掉。第一件事我已经安排好了。"

"我就是第二件事的人选了？"

"没错。你已经证实了我的看法。你是最佳人选。"

"明白了。不过你有没有意识到，如果刽子手真的有知觉，那你要我做的事情很像谋杀？哪怕它没有知觉，干掉它也会让政府的财产蒙受重大损失。"

"你的看法呢？"

"我只把它当成一份工作。"我说。

"你愿意接了？"

"做决定以前，我需要更多资料。比如你的委托人是谁？其他操作员是谁？他们住在哪儿？他们做什么工作？还有——"

他举起手。

"第一个问题。"他说，"委托人是受人尊敬的杰西·布罗克登，威斯康星州资深参议员。当然，按照协议，他的身份是保密的。"

我点点头。"我记得他在从政之前参与过太空项目，但不清楚细节。他应该能要求政府提供保护——"

"那样一来，也许他就得坦白一些自己不太想说的事，这可能会对他的事业带来不利影响。我不知道。总之他不愿意靠政府，想找我们。"

我又点点头。

"其他人呢？也想找我们？"

"恰恰相反。他们根本不相信布罗克登的看法。他们认为布罗克登有些偏执。"

"他们彼此还熟吗？"

"他们住在不同州，多年没见，偶尔联系。"

"那他们的结论有些轻率啊。"

"他们中有精神科医生。"

"哦。哪个？"

"蕾拉·塔克雷，住在圣路易斯，在当地的州立医院工作。"

"他们中没人报告政府，不论是联邦还是地方政府？"

"是的。布罗克登听说剑子手的事情以后联系了他们。当时他在华盛顿得知航天器返回地球，而且这个消息遭到了封锁。在联系其他人的过程中，他了解到伯恩斯被杀，就找了我，还试图说服其他人也到我这儿来寻求保护。但其他人不买账。和塔克雷医生联系时，她说布罗克登病得很重——确实是这样。"

"他得了什么病？"

"癌症。脊髓癌。癌病毒一旦侵入骨髓就是绝症。布罗克登甚至告诉我说他希望用六个月来通过一项他认为非常重要的立法——新的罪犯康复法。我承认，他在谈论这部法律的时候有些亢奋，可摊上这种病，谁又不会这样呢！塔克雷医生不觉得伯恩斯的死和剑子手有关。她认为这就是一宗普通的盗窃案，只是中间出了岔子，窃贼很惊慌，或者吸了毒，诸如此类。"

"她不怕刽子手？"

"她相信自己比其他人更了解它的思想，对此并不特别担心。"

"另一个操作员呢？"

"他说塔克雷医生也许比其他人更了解刽子手的想法，但他更懂它的大脑结构。他也不担心。"

"这话什么意思？"

"大卫·芬特里斯是电子、控制论方面的咨询工程师。他参与过刽子手的设计。"

我起身去拿咖啡壶。我并非真的很想再喝一杯，但我知道大卫·芬特里斯。我和他共事过。原来他也参与了太空项目。

大卫比我年长十五岁，我认识他的时候，他已经在数据库项目中任职了。随着项目情况的变化，一些参与者开始改变想法，但大卫始终满腔热情。他瘦高个儿，灰短发，灰眼珠，牛角眼镜的镜片又大又沉，干起活儿来全神贯注，几乎是个工作狂。他习惯了一边踱步一边念叨脑海中还没成形的想法，不熟悉的人可能以为他是哪个派系安插过来的废物，靠着裙带或者政治关系混了个小中层。但只要留神多听几分钟，你就会修正刚刚的看法，因为他正在把那些零散的念头整合成严谨的框架。当他念叨完毕，你不禁会想，为什么你意识不到他留心的事，还有这个聪明人怎么还留在这么低的职位上。再往后你可能会发现，大卫在对某件事情失去激情时会显得很沮丧。尽管积极进取的态度对小型项目很有助益，但对大型项目来说，冷静更不可或缺。他最后去当了咨询工程师，对此我一点儿也不惊讶。

当然，现在最大的问题是他还记得我吗。我的外表变了，性格成熟了，习惯也不一样了。但这真的够了吗？我会在案子中遇上他吗？那副镜片后面的大脑聪慧非凡，只要一点儿数据就能推导出许多意想不到的事。

"他住哪儿？"我问。

"孟菲斯——怎么了？"

"只是想弄清位置。"我说，"布罗克登参议员还在华盛顿吗？"

"他已经回了威斯康星，躲在州北部的一间小屋里。我的四个手下保护着他。"

"明白了。"

我往杯子里倒进咖啡，重新坐了下来。我一点儿也不喜欢这份工作，决定推辞。可我又不愿意直接拒绝唐。他提供的工作已经成了我生活中不可或缺的部分，而这份工作并非简单的跑腿。对他来说，这案子显然很重要，他还想让我参与。我决定找找漏洞，把它简化成纯粹的保镖工作，就像他已经派人在做的那种。

"有点儿怪。"我说，"只有布罗克登害怕那机器。"

"是啊。"

"……而他没有给出任何理由。"

"对。"

"……再想想他的情况，医生也说过他的精神受到了影响。"

"我一点儿也不怀疑他神经过敏，"唐说，"看看这个。"

他伸手去拿外套，取出一沓文件，翻了翻，抽出一张递给我。

那是一张国会用的信笺纸，上面潦草地写着："唐，我得见你。弗兰肯斯坦的怪物刚刚从我们绞死他的地方回来。他在找我。危机四伏，我无处容身。8点到10点给我电话——杰西。"

我点点头，伸出手，犹豫了一下，还是把信纸递还了回去。真是比下地狱还麻烦！

我灌下一口咖啡。虽然早就对这类事情不抱希望了，但还是有些东西困扰着我。在信纸页边空白处列的杂项里，我注意到杰西·布罗克登是中央数据库审查委员会成员。没记错的话，这个委员会应该就一系列改革建议进行工作。我想不起布罗克登在任何相关问题上的立场，但是——妈的！这项目太过庞大，事到如今还想大改，难度可想而知……但那是我唯一真正关心的弗兰肯斯坦怪物，而且可能性永远存在……再说了——妈的！如果我本来可以救他一命，却放任他去死，而他正好是……

我又喝了口咖啡，接着点了根烟。

也许有办法不把大卫扯进这摊事。我可以先和蕾拉·塔克雷聊聊，进一步获得伯恩斯的死亡详情，掌握最新进展，了解关于墨西哥湾坠毁航天器的更多信息……我也许能做点儿什么，哪怕只是否定布罗克登的理论也行，这样大卫和我的人生道路就不会有交集。

"你有刽子手的详细规格说明吗？"我问。

"这儿。"

他把表格和说明递了过来。

"伯恩斯谋杀案的警方通告呢？"

"这儿。"

"所有操作人员的去向，还有他们的背景资料？"

"给。"

"接下来几天里，可以二十四小时随时联系你的地址？这个案件可能需要协作。"

他微笑着拿出笔。

"你愿意加入可太好了。"他说。

我随手拍拍气压计，无奈地摇摇头。

我被电话铃声吵醒，本能地穿过房间，抄起听筒。

"喂？"

"多恩先生？现在八点了。"

"谢谢。"

我瘫倒在椅子里。"慢热型选手"形容的就是我这号人。每天早上，我都得回顾一遍物种演化史：先是最原始的生存欲一点点占据我的大脑灰质，接着，我逐渐成为冷血动物中的一员，伸出爪子在一些数字上敲打，对回应的声音沙哑地表达出我对于食物和大量咖啡的渴望。接下来的半个小时里，我只会咆哮。然后，我摇摇晃晃地走到会喷水的地方，重新学习哺乳类基础知识。

除了低下的肾上腺素和血糖水平外，我前一天晚上还没睡好觉。唐离开后，我就结束了工作谈话，开始收拾行囊，往口袋里塞满各种必需品，随即离开普罗透斯号赶往机场，飞机把我带到深夜里的圣路易斯。我在飞机上无法入睡，满脑子都是这个案子和见到蕾拉·塔克雷时我该采取的策略。飞机一降落，我就住进了机场旅馆，给前台留了言，要他们在这个糟糕的时段叫醒我，然后一头栽倒在床上。

吃早餐的时候，我阅读了唐给我的情况说明。

蕾拉·塔克雷，四十六岁，两年前与第二任丈夫离婚，目前单身，居住地位于她工作医院附近的一栋公寓。说明文件中附有一张照片，可能是十年前拍的。照片中的女性有着深褐色的皮肤，浅色的眼珠，体格介于丰满和超重之间，戴一副花哨的眼镜，鼻梁上翘。她出版了不少书籍，发表了许多文章，一眼看去，标题里尽是异化、角色、交互、社会背景这类字眼，异化尤其多。

通常情况下，我会在办理新案件时从头到脚给自己伪造一个身份，连过往都有据可查。可是这一次似乎没必要，所以我只编了个新名字和一段故事。对蕾拉·塔克雷来说，接近真实的姿态可能更有效。

我没打电话预约，直接搭公交车去了她的公寓。毕竟，要拒绝眼前人，总是比在电话里更难。

资料上说，今天是她在家里为病人诊疗的日子。显然，她想打破医疗机构冷冰冰的形象，用模拟社交的场合来让病人放下戒心。我不愿占用她太长时间——如果有必要，我就把唐的名字搬出来，这样她至少愿意和我聊一小会儿——而且我敢说，她在给不同病人做诊疗的时段中间，肯定留了片刻的闲暇好让自己喘口气，也能容我跟她聊两句。

我刚在门厅找到她的名字和房间号，便有个老妇人从我身后经过，打开门锁，进入大堂。她瞟了我一眼，撑着门，于是我没按门铃就走了进去。好兆头。

我乘着电梯到了蕾拉那一层，找到她的公寓，敲了敲门。我等了一会儿，就在准备再敲一敲时，门开了。

"您是？"她问。我得改一下自己对她照片年龄的估算，照片与现在看起来一样。

"塔克雷医生，"我说，"我叫多恩。你可以帮我解决一个问题。"

"什么问题？"

"它涉及一个叫作刽子手的装置。"

她叹了口气，翻了个白眼，抓着门的手指开始用力。

"我虽然远道而来，但并不想纠缠你。只有几件小事想咨询一下。"

"你是政府的人？"

"不是。"

"那就是布罗克登派来的？"

"也不是。我的身份有点儿不一样。"

"好吧。"她说，"我正在进行一场小组诊疗，可能还要持续半小时。不介意的话，你可以去大堂等。结束后我尽快来找你，到时候我们再聊。"

"好的。"我说，"谢谢。"

她点点头，关上门。我找到楼梯间，往下走去。

一根烟过后，游手好闲者惹是生非，我决定找点儿乐子。我溜回门厅，隔着玻璃记下了五楼几个住户的名字。随后我坐电梯到那里敲了敲其中一扇门。不等人开门，我先掏出了笔记本和便签簿。

"您好？"没多久，有个五十多岁的妇人带着好奇的目光打开了门。

"我叫斯蒂芬·福斯特，格伦兹夫人。我在为北美消费者联盟做一些关于日用品的调查，希望您能抽几分钟出来，当然，是有偿的。"

"啊——有偿？"

"是的，夫人。十美元，大概十几个问题。只需要一两分钟。"

"行啊。"她把门开得大了些，"不进来吗？"

"不了，谢谢。调查时间很短，进进出出麻烦。第一个问题涉及洗涤剂……"

十分钟后，我回到大堂，把三次调查花掉的三十美元加到了开支清单上。面临难以预测的局面时，我会玩这些转换身份的把戏，尽可能地为意外情况做准备。

过了约莫一刻钟，电梯门开了，走出来三个人——两个年轻人，一个中年人，他们打扮随意，正为什么事开心地笑。

三人中离我最近的那个大个子走了过来，冲我点点头。

"你等着见塔克雷医生？"

"是的。"

"她说你现在可以上去了。"

"谢了。"

我乘电梯回到蕾拉公寓外边。敲门过后，她开门点头让我进去，示意我坐到客厅尽头一张舒服的椅子上。

"来点儿咖啡？"她问，"很新鲜。我磨多了。"

"太好了。谢谢。"

过了一会儿，她端来两杯咖啡，给了我其中一杯，然后坐在我左手边的沙发上。我无视了托盘中的奶油和糖，直接抿了一口。

"你让我有些好奇。"她说，"讲讲你来干什么的吧。"

"好的。有人跟我说，有个叫作刽子手的装置回到了地球，它可能具备人工智能。"

"只是臆想。"蕾拉说，"除非你掌握了一些我不了解的资料。我已经听说了刽子手的航天器重启并坠落在墨西哥湾。没有证据表明那架航天器里有东西。"

"也算一种合理的看法。"

"在我看来，最合理的看法就是许多年以前，航天器被刽子手送往了一个最终同步点，它最近才抵达那里，并由再入程序接管，返回了地球。"

"那刽子手为什么要把航天器送回来，自己却留在远方？"

"在回答以前，"她说，"我想了解你为什么对此感兴趣。你是干新闻媒体的？"

"不，"我说，"我是写科技类文章的——纯科技的也写，通俗的也写，介于两者之间的任何东西也写。但我写文章不是为了发表。我受雇来做一份报告，主题是那东西的心理构成。"

"谁雇的你？"

"一家私人调查机构。他们想了解它的思维可能受什么东西影响，会有什么样的行为——如果它真的回到地球的话。我做了不少功课，发现它的核心人格可能由四个操控者的思维合成。所以我决定拜访你们，听听你们的意见。我先来找你的原因很明显。"

她点点头。

"有位叫沃尔什的先生和我谈过，他为杰西·布罗克登参议员工作。"

"哦？我不会干涉雇主的业务，除非他有要求在先。布罗克登参议员也位列我的拜访名单之中，还有一个人叫大卫·芬特里斯。"

"你听说曼尼·伯恩斯的事了？"

"是啊。真是不幸。"

"这事肯定把杰西吓傻了。他——我该怎么说呢？——生命无多。他能感到死神在揪领子了，所以想抓住剩下的每一分每一秒去完成还没完成的事业。这时候航天器返回，我们中又有一人被杀，而他最后一次了解到的消息是，那机器已经理性全失。杰西认为其中有关联。考虑到他所处的状况，感到害怕也是人之常情。假如这一切可以给他压力，让他加快完成梦想的速度，那他爱怎么以为都行。"

"但你不认为它是威胁？"

"不认为。刽子手的通信中断时，我是最后一个监控它的人，所以明白发生了什么。刽子手学到的第一件事情是知觉和运动。不同的操作员给它灌输了许多其他概念，但这些概念过于复杂，对它来说意义不明，至少一开始不明。你可以认为刽子手像一个背诵了葛底斯堡演说[1]的儿童。他脑袋里有这些词句，但仅此而已。然而未来的某一天，这些词句的意义和重要性会显现出来，甚至激励他采取某些行动。当然，前提是他得长大。现在想想这样一个孩子，他脑袋里有许多相互冲突的概念——对事物的看法、倾向、记忆等。只要他还是个孩子，那么这些概念就不会造成真正的麻烦，可是他一旦成长……记住，这些概念源自四个不同的人，承载着各自的内在情感，远比最优秀的演讲更有力量。想象一下，让他同时接受来自四个人的、彼此冲突和矛盾的理念——"

"为什么事先没有考虑到这点？"我问。

"哎呀！"她微笑着回答，"我们对于类神经大脑的敏感性起初认识不足，以为操作员只能以线性方式为它不断添加数据，直到突破临界点，帮它构建起这个世界的模型，然后它可以自主学习，继续拓展思维。事情看起来也似乎符合这个预期。

"但实际上，除了原定的知识授予外，操作员的其他思想也影响了刽子手。这种影响没有立刻反映出来，所以没被注意。直到刽子手的大脑发展到足以理解它们，这种影响才得以显现。而那时已经太晚了。它突然获得了四个不同的人格，又无法协调它们。当它试图把它们分开时，便造成了精神分裂，试图整合时，就陷入了紧

---

1 美国总统林肯于1863年在宾夕法尼亚州葛底斯堡发表的著名演说。

张性抑郁障碍。它被这两种状态反复占据，最终陷入了沉默。我觉得这种沉默类似于癫痫发作。那些狂野电流在磁性材料间乱窜，实际上会抹去它的思想，导致它最后死亡，或者变成白痴。"

"原来如此。"我说，"那现在咱们就当玩个游戏，假设它成功地整合了所有不同的概念，或者把精神分裂症状保持在了可控的范围内，那它会产生什么样的行为？"

"好吧。就像我刚才说的，物理限制决定了它不可能长期保持多重人格。然而假如它成功地保持住了，那么至少在一段时间内，它能带着四个操作员的思维复制品继续执行任务。这种状况与人类的人格分裂完全不同，因为那些思想与观念源于真实的人类，而不是自我产生的另一种意识。它们可能会持续演化，也可能发生退化，它们可能彼此冲突直至毁灭，也可能以对其中一个或多个人格进行大幅修改而告终。换句话说，我们不知道最后会剩下什么。"

"我能瞎猜一个吗？"

"请说。"

"在痛苦的挣扎后，它控制了它们，重获自我。它击败了这四个一直企图撕裂它的恶魔。但在这个过程中，它对那些给它带去痛苦的人充满了怨恨。为了得到彻底的解放，也是为了复仇，它决定采用最彻底的策略：找到他们，杀死他们。"

她笑了。

"你刚刚还在想'可控的精神分裂症'，现在就假设起它已经渡过难关，完全恢复了自主？这完全是另一码事——不论你加什么前提条件。"

"你说得对。不过我结论的那个部分呢？"

"你是说假如它挺过去了，会恨我们？我觉得这种说法对西格蒙德·弗洛伊德可太不公平了。你觉得它既是俄狄浦斯，又是厄勒克特拉[1]，想要把爹妈都杀个干干净净，因为他们在它年纪轻轻的时候就把紧张、焦虑、苦恼等负面情绪灌输进了它稚嫩的心灵，让它后来饱受折磨？甚至弗洛伊德都没给这种概念起过名。我们该怎么称呼它？"

"赫马西斯情结？"我提议。

"赫马西斯？"

"希腊神话中，赫马佛洛狄忒斯和水仙女萨耳玛西斯合为一体，我把他们的名字也组合了一下。这样的小孩有四个爹妈要处理。"

"有趣。"她微笑着评价，"文科哪怕派不上别的用场，至少能提供迷人的隐喻。好吧，但我觉得你说的这个情结毫无根据，还过度拟人化了。如果刽子手真的能挺住，那只能是因为类神经大脑和人脑不同。以我的行医经验来看，处于这种状态下的人类不可能不崩溃。假如刽子手想稳定心智，它必须解决内心所有的矛盾与冲突，彻底掌控和理解它们，而这样一来，我不相信它还会留有憎恨之情。恐惧、不确定性，所有能滋长仇恨的一切心理都会被细细分析、消化，变成更有用的东西。可能会有厌恶的感觉残留下来，它也可能会因此变得更独立，更有主见。而这，才是它把航天器送回来的原因之一。"

"所以你认为，如果刽子手成了会思考的独立个体，它只会对操作员抱有一种态度，就是不再想和你们产生任何瓜葛？"

1　俄狄浦斯和厄勒克特拉是希腊神话中的弑父者与弑母者，他们的名字在心理学中被引申为恋母情结与恋父情结。

"是的。真对不住你的赫马西斯情结。这种状况下，我们必须关注它的大脑，而不是心理。我们已经看到了两种可能性：它要么被精神分裂摧毁，要么挺过去，但是失去复仇心。无论哪种结局，都没什么好担心的。"

我该怎么婉转地表达出想说的话呢？我认定自己做不到。

"那还挺不错的。"我说，"至少目前来看如此。但是抛开纯粹的心理和生理因素，会不会有某种特殊的原因，让它决定来要你们的命——换句话说，那是某种单纯的、老派的杀人动机，它基于某些事件本身，而不与这种装置本身的思维结构相关？"

她的表情让我捉摸不透，但考虑到她的职业经历，并未出乎我的意料。

"什么事件？"她问。

"我不知道。所以我才问。"

她摇摇头。

"恐怕我也不清楚。"

"那就差不多了。"我说，"我想不出还能问你什么。"

她点点头。

"我也想不出还能再告诉你什么。"

我喝完咖啡，把杯子放回托盘。

"那么，"我说，"谢谢你愿意抽时间出来，也谢谢你的咖啡。你帮了我大忙。"

我站起身。她也一样。

"接下来，你打算做什么？"她问。

"我还没想好。"我说，"我想尽可能地写好报告。你有什么建议吗？"

"我的建议就是别再浪费时间了。我已经把唯——种可能性告诉你了。"

"大卫·芬特里斯呢？你认为他也给不出其他有价值的见解？"

她哼了一声，又叹了口气。

"给不出。我不认为他能说出什么有用的东西。"

"你的意思是？听你的口气——"

"我知道。我不是故意的。有些人在宗教里寻找慰藉，另一些人……你明白的。还有一些人到了晚年才开始报复性地笃信宗教。这种对待宗教的方式并不妥当，它会反过来影响人的思想。"

"他特别狂热？"我问道。

"这说法不准确。激情用错了地方，某种受虐狂。哎呀，我不该远距离做诊断，也不该影响你的观点。忘了我说的吧。等见到他，你就会有自己的看法了。"

她抬起头，看我的反应。

"嗯，"我说，"我不确定自己该不该见他，不过你让我很好奇。一个工程师怎么会被宗教影响成那样？"

"杰西把太空船返回的消息告诉我们后，我和大卫谈过。我当时的印象是，他认为我们尝试创造人工智能，等于践踏了神的领域。作为不完美的人类所创造的物体，发疯是刽子手再合适不过的结局。他似乎认为如果那机器回来报复我们，是对我们的正当审判。"

"哦。"我应道。

她冲我微笑。我也冲她咧嘴。

"情况就是这样。"她说，"但也许我当时只是搞坏了他的心情。也许你应该亲自跟他谈谈。"

出于某种说不清的原因，我摇了摇头——这个原因并不单纯出于我对大卫的了解、对他的印象，或者唐引述的大卫的话，说他了解刽子手的大脑，并不为此担心。我只是觉得，在这些思绪之间的某个地方，有我应该去思索而不是追问的东西。

所以我这么回复："我想我已经了解得够多了。我应该侧重于心理学方面，而不是它的机械原理——或者神学范畴。你帮了我大忙。太感谢了。"

她脸上带笑，一直把我送到门口。

"如果不太麻烦，"我走进大堂时她说，"我想了解整个事件的结局——或者其中有趣的进展。"

"写完报告，我就和这起事件没关系啦。不过，可能还会有一些事后反馈。"

"你有我的号码吗？"

"可能有，不过……"

我当然有，但我又要了一遍，就写在格伦兹夫人关于洗涤剂的调查回答后面。

计划有变，于是我沿着缜密的路线，达成完美的行程，直接前往机场，买了去孟菲斯的机票，最后一个登上飞机。也许再晚十秒我就赶不上了。我甚至连旅馆的房都没退——无所谓了。这个好心的主治医生让我相信，不管喜不喜欢，我都得去拜访一下大卫·芬特里斯。妈的。我有强烈的感觉，那就是蕾拉·塔克雷没把所有一切都和盘托出。我必须抓住机会，亲眼看看发生在大卫身上的变化，试着弄清楚它和刽子手有什么关系。出于许多原因，我相信确有联系。

下午，飞机落地。孟菲斯凉爽、多云。我几乎立刻找到了交通工具，向着大卫的办公室出发。

从进入城市开始，我就有一种暴雨将至的感觉。西边，乌云正凝成黑色的墙。等我站到大卫工作的楼房前时，已经有雨点落在了它那肮脏的砖墙上。不过，想洗净这一栋，或者周围任何一栋建筑，这点雨水还远远不够。我本以为他过得会比现在更好些。

我掸了掸衣服上的雨水，走了进去。

按照地址簿的指示，我搭乘电梯，走到了他的门前。我敲敲门，耐心地等了会儿。见无人应答，又敲了敲，但一段时间过去依然没人开门，于是我试了试，发现门没锁。

这是一间狭小而空荡的等候室，铺着绿地毯，接待桌上满是灰尘。我经过桌子，来到它后面的塑料隔板旁张望。

那人背对着我。我用指关节敲了敲隔板。他总算听到声音，转过身来。

"你好？"

我们四目相对。他依然戴着牛角眼镜，目光明亮，只是比我印象中的那人镜片更厚、头发更稀疏，脸颊也微微下凹。

对于我的造访，他无疑感到很疑惑。从他的目光里，我看不出任何他认出我来的迹象。他一直在埋头研究一叠蓝图，手边的桌子上摆着一个东西，有些像歪斜的篮子，用金属、石英、陶瓷和玻璃混制而成。

"我叫多恩。约翰·多恩。"我说，"我在找大卫·芬特里斯。"

"我就是。"

"很高兴见到你。"我走到他身边，"我正在协助调查一个你曾经参与过的项目……"

他微笑着点点头，同我握了握手。

"肯定是刽子手吧。很高兴认识你，多恩先生。"

"确实是刽子手项目。"我说，"我正在写一份报告——"

"而你想了解我认为它有多危险。请坐。"他指了指他工作台另一端的椅子，"来杯茶？"

"不用了，谢谢。"

"反正我得来一杯。"

"好吧，既然这样……"

他走到另一张工作台前。

"没有奶油，抱歉。"

"没关系——你怎么知道我是来和你聊刽子手的？"

把杯子递给我时，他咧嘴一笑。

"因为它回来了。"他说，"而且这是我参与过的唯一一个值得如此担忧的项目。"

"介意聊聊它吗？"

"可以简单谈谈，但到一定程度就不能深聊了。"

"哪个程度？"

"快要谈到的时候，我会跟你讲的。"

"好的。它到底多危险？"

"在我看来，它一点儿也不危险，"他说，"只对三个人除外。"

"原本是四个人？"

"没错。"

"为什么这么说？"

"因为我们做了不该做的事。"

"什么事？"

"首先，我们试图创造人工智能生命。"

"为什么你觉得这么做是错的？"

"你都起这个名了，不该这么问的。[1]"

我笑了笑。

"如果我是传教士，"我说，"我会指出《圣经》并没有禁止对人工智能进行研究——除非你一直偷偷崇拜它。"

他摇摇头。

"没那么简单。从《圣经》诞生到今天，时代已经变了太多，你不能在这么复杂的世界中坚持基要主义。我想说的是更加抽象的东西。这是一种自大，与传统上的傲慢没有本质不同，都是把自己置于与造物主等同的位置上。"

"你在其中感受到了——傲慢？"

"是的。"

"你确定这不是对一个进展顺利、雄心勃勃的项目的热情吗？"

"哦，我确实感受到了极大的热情。但它们本质上是同一回事。

"我确实是想起了一些观点，包括造物主按照自己的形象创造了人类，还有人类需要为不辜负这形象而努力之类的。在我看来，模仿造物主的行为，是往正确的方向迈进——如果你愿意，也可以认为它符合神的理念。"

---

1 主角与英国圣保罗大教堂教长、玄学派诗人，也是17世纪初最著名的传教士约翰·多恩（1572—1631）同名。约翰·多恩认为人们应仔细考虑宗教信仰，而不是盲目地遵循传统。

"我不这么看。人类无法真的创造新事物，只能重组已经存在的东西。上帝才有创造的权柄。"

"那你还担心什么。"

他皱起眉头："不，意识到了这点，却依然要尝试，这就是傲慢的源头。"

"你在刽子手项目中时就这么想了，还是后来才反应过来的？"

他眉头不展。

"我也不确定。"

"在我看来，仁慈的上帝更可能判你无罪。"

他苦笑了一下。

"说得不赖，约翰·多恩。但我觉得审判已经裁定，我们四个很可能都会输掉。"

"你认为刽子手是复仇天使？"

"有时候难免这么想。我觉得它回地球就是来施行惩罚的。"

"只是问一下。"我说，"假设刽子手拥有足够的工具，造出了与它自身类似的东西，你会认为它犯下了和你一样的错误吗？"

他摇摇头。

"别想给我下套儿，多恩，我离基本教义还没那么远。另外，我也愿意承认我可能犯了错，愿意承认还有其他力量驱使它做出同样的事。"

"比如？"

"跟你讲过，到一定程度就不能深聊了。这就是了。"

"好吧。"我说，"你让我一头雾水。我的雇主想阻止刽子手，想保护你们。我希望你能多透露一点儿线索，即使不为自己，也要考虑下别人。他们不见得同意你的哲学观点，而你刚刚也承认了你未必正确。顺带提一嘴，很多神学家认为绝望也是一种罪。"

他叹了口气，摸摸鼻子。很久以前，我经常看到他这样做。

"你到底是做什么的？"他问。

"我个人吗？科技类文章作者。我正整理一份有关那机器的报告，准备发给负责保护你们的机构。报告越翔实，保护的成功率越高。"

他沉默了一阵子。"我读过很多相关领域的著作，可我不记得你的名字。"他说。

"我的大部分著作涉及石化和海洋生物学。"我说。

"那你来做这方面的报告还挺奇怪的，是吧？"

"也不算吧。当时我正好有空，老板又清楚我的工作能力。"

顺着他的目光，我看到房间对面有东西被一堆纸板箱挡住了。那是一台远程访问终端。该死，如果他决定查一查来人是谁，那约翰·多恩的假身份就分崩离析了。不过，在就宗教罪孽问题和我进行一番讨论后，他似乎不认为那是个好时机，因为他后来没再往那儿看。

"咱们这么说吧……"他终于开口时，过去的那个大卫·芬特里斯又回来了，"出于这样那样的原因，我认为它想杀死过去的操作员。如果这是神的审判，那就没什么好说的，它必然成功。如果不是，我也不需要任何来自外界的保护。我已经忏悔过，剩下的事情要由我来操办。在其他人受到伤害以前，我会亲自阻止刽子手——就在这里。"

"怎么阻止？"

他朝那个歪斜的篮子点了点头，我仔细看去，发现它其实是个头盔。

"用这个。"

"这是什么？"

"刽子手接受遥控的组件依然完好。那是它不可或缺的部分，而且没法在运行状态下断联。只要刽子手和它相距不足四分之一英里，头盔里的遥控装置就会自动激活，发出清晰的嗡嗡声，前沿后方的网格下也会闪起光。我只要戴上头盔，控制刽子手来这里，把它关机就行。"

"怎么关？"

他拿起我进门时他一直在看的结构蓝图。

"看这个。我必须拆下它的胸部挡板，然后分离四个子组件。这个、这个、这个，还有这个。"

他抬起头。

"不过你得按一定的顺序来，否则会过热。"我说，"先这个，再这两个，最后这个。"

当再次抬起头时，我发现那双灰色的眼睛正在审视我。

"我以为你专精的是石化和海洋生物学。"

"不好说我'专精'什么东西。我是写科技文章的，乱七八糟什么都接触——而且在接受这份工作时，我提前对此进行过了解。"

"原来如此。"

"为什么不求助太空总署呢？"我试着改变气氛，"当时的遥控设备无论是功率还是范围都比这大得多——"

"它老早就被拆除了——我还以为你是政府的人。"

我摇摇头。

"抱歉。我没想误导你。和我签合同的是一家私人调查公司。"

"嗯——啊，那就是杰西找的了。无所谓。你可以告诉他，不管怎样，我都会做好准备。"

"如果你关于超自然的见解错了，"我说，"另一种才是对的呢？假使你认为应该抵抗刽子手，但如果死亡名单上的下一个人不是你，而是别人呢？你既然对罪与罚那么敏感，难道不认为你需要为下一个死者负责吗？假如你多告诉我一些情报，就能避免那人的死亡呢？你要是担心保密问题——"

"别想挖个坑带着我往里跳。我很确定你的假设只会是个假设，无论是什么驱动了刽子手，它下一个要找的人一定是我。假如我干不掉它，那么没人能阻止它完成自己的任务。"

"你怎么知道你就是下一个？"

"咱们看地图。"他说，"它落在墨西哥湾，曼尼就住在新奥尔良，自然第一个受害。刽子手能像鱼雷一样在水里移动，也就是说，它最合理的选择是沿密西西比河低调上行。沿这条路线，它就会来到我所在的孟菲斯。住在圣路易斯的蕾拉显然是再下一个目标。那之后，它才会考虑怎么去华盛顿。"

我没提布罗克登参议员其实已经回到了威斯康星。他大概自以为找了个安全的避难所。如果刽子手以河流为路径，那所有这些地方都很容易抵达。

"可是它怎么知道你们都在哪儿？"

"问得好。它对我们的脑波有过非常深入的了解，能在短近距离内敏锐地捕捉到它们。我不知道这个距离如今有多长。它可能建造了扩大侦测范围的组件。但说点儿不那么玄乎的，我怀疑它只是参考了国家人口名录。电话亭到处都有，包括海滨地区。也许它半夜找了一个岗亭窃取了数据。它有足够的信息识别能力和工程技术。"

"照这么说，你们最好的选择就是远离密西西比河，直到这件事情得到解决。刽子手不可能在乡间游荡太久又不被人发觉。"

他摇摇头。

"它非常聪明，懂得自寻办法。晚上，它穿一身大衣、戴个帽子就能蒙混过关。它不像人类，会受到各种条件限制。它可以挖个洞埋起来度过白天，到了晚上再不眠不休地奔跑前进。它能去任何它想去的地方，而且用不了太长时间——不，我必须在这里等它。"

"我就直说了吧。如果它是复仇天使，那你对抗它等于亵渎天命。如果它不是，那么你同样有罪，因为你隐瞒了本来可以用来保护他人的信息。把它们告诉我，起到的作用会比你单打独斗大得多。"

他哈哈地笑了起来。

"哪怕情况出了偏差，我无非得学着怎么带着愧疚感生活。"他说，"他们也一样。等我尽了自己最大的努力，无论什么结果，都是他们应得的。"

"我认为，即使是上帝也不会在人还活着的时候就对他做出裁断——如果你还想再多加一条推测的话。"

他收起笑容，端详着我的脸。

"你说的话，你的这些念头，我总觉得有点儿熟悉。"他说，"我们以前见过面？"

"我怀疑没有。不然我应该记得。"

他摇摇头。

"你用这种方法来干扰别人的思想，让我想起了一些什么。"他说，"你难到我了，先生。"

"正遂我愿。"

"你要在城里待上一阵子？"

"不。"

"那给我个号码，行吗？如果我对这件事有了什么新想法，可以联系你。"

"如果你有什么想法，我宁愿你现在就告诉我。"

"我得多考虑考虑。我以后上哪儿找得到你？"

我报了我在圣路易斯住的那家旅馆的名字。我可以定期回电话询问信息。

"好吧。"他向分开等候室的隔板走去，在它旁边站定。

我起身穿过等候室，在通往走廊的门口停下脚步。

"还有件事……"我说。

"嗯？"

"如果它出现了，又被你制服了，你会联系我吗？"

"我会的。"

"那么，谢谢——祝你好运。"

冲动之下，我伸出手去。他握了握，露出淡淡的笑容。

"谢谢，多恩先生。"

下一步，下一步，下一步，下一步……

我说不动大卫，蕾拉·塔克雷则把她知道的一切都告诉我了，打电话给唐没什么意义——除非我发现了更多东西。

回机场的路上，我任思绪飞扬。晚饭前的这段时间特别适合跟有官方背景的人打交道，就像入夜以后适合干脏活儿。这很大程度上只是心理作用，但又是无可动摇的事实。我不急着联系唐，可这样一来就有大把的时间要浪费，除非能再找个值得的人聊一聊。我翻了翻文件夹。还真有。

曼尼·伯恩斯有个兄弟叫菲尔，我想知道和他谈谈有多值。我可以在合适的时间赶到新奥尔良，看看他到底能透露多少信息，之后再和唐通个气，最后决定怎么处理这案子。

再说了，这里的天空阴沉沉的，还下着毛毛细雨，我巴不得赶紧离开。我决定就这么做。反正此刻，我也想不出比这更好的做法了。

一到机场，我立刻买票，又幸运地赶上了一班即将启程的飞机。

冲向登机口时，我的目光掠过自动扶梯，看到一张似曾相识的脸。这种场合才有的本能反应一下子攫住了我俩，因为他也回头看我，眉头还因为惊讶和对我的仔细观察而耸动了一下，然后就离开了。我没能想起他是谁。在这个人头攒动、高速运转的社会里，谁不曾见过熟悉又陌生的面孔？我有时想，人类或持久或短暂的不同特征，印在流动不息的肉身上，这就是我们最后留下的一切。作为走进大城市的小镇青年，托马斯·沃尔夫[1]很早以前就有过这种感受，所以创造出了"人类蜂群"这个词。我可能和那人有过一面之缘，也可能他只是长得像我在另一个类似的场合里见过的人。

飞机起飞，穿过孟菲斯灰暗的云层时，我思考着过去人们看待人工智能的方式。我们谈论与计算机相关的话题时，人工智能这个概念引起的关注度总是过高，部分原因大概在于语义学。"智能"这个词总能让人产生联想，认为它超越了物质。人工智能发展之初，人们对于它的讨论和猜想有很大的局限性，许多人相信只要正

1　托马斯·沃尔夫（1900—1938），美国小说家，他的文章诗意、充满悲剧色彩且往往有许多生造词，代表作包括《天使，望故乡》《时间与河流》。

确使用一系列小工具、小代码、小程序，它就能成立，这就产生了一种令人不太舒服的既视感，仿佛活力论又回来了。那场十九世纪的哲学之争如今几乎没人记得。活力论主张生命的运作与演化自有一套特殊原理，不只依循物理及化学定律，在达尔文及其后继者的机械论取得一个又一个辉煌的胜利之后，活力论逐渐销声匿迹，但二十世纪中叶人工智能的讨论兴起后，活力论又回来了。看起来，大卫就深陷其中不可自拔，他甚至相信自己协助提供了一个不洁的容器，在里面装满了本该出现在《创世记》第一章中的东西……

普通计算机不会碰上刽子手遭遇的糟糕问题，因为无论多么复杂的程序，本质上都是程序员意志的延伸。计算机不管执行什么操作，都依赖明确的因果关系，所以你能说它们功能发达，但无法认为它们是有自我意志的智慧生命。论及这点，哥德尔的定理为我们提供了理论上的支撑：有些事实被认知为真，但不必然可证。

但刽子手很不一样，它的结构模拟了人类大脑，又至少在一定程度上像人类那样得到了教育。更让人拿不准的是其他和活力论类似的问题，它密切接触了人类的思维，也许从中获知了太多事情——没准儿使它点燃了走上通向自我意识之路的思维火花。到底是什么造就了它？它自己？折射人性片段的破碎之镜？两者皆有，或全然不是？我当然无从了解，可我很想知道，它到底拥有多少真正的自我意识。毫无疑问，它具备各种功能，但它真的拥有感情吗？举个例子，它能感受到爱吗？如果不能，那么它依然只是一堆复杂功能的集合体，而不是某种超越物质、让人们在讨论人工智能相关话题时感到棘手的智慧生命。即使它能够感受到像爱这样的情感，把我换到大卫的位置上，我肯定也不会因为协助创造了它而感到愧疚。我会感到骄傲——不是大卫所谓的那种骄傲之罪——也会感到谦卑。不过，我不确定自己能从它身上感受到多少智慧，因为我活到现在也压根儿不知道到底什么是智慧。

飞机落地。这里天空晴朗，暮色将至。阳光还没彻底消失，我就进了城，没多久便站到了伯恩斯先生家门口的台阶上。

出来应门铃声的是个七八岁的小姑娘，她棕色的大眼睛盯着我，一句话也没说。

"我想见见伯恩斯先生。"我说。

她转身离开，消失在拐角。

过了一会儿，一个体格魁梧、汗衫松垮、前额半秃、面色红润的大汉进入门厅，他左手拿着一张还没来得及展开的报纸。

"什么事？"他问。

"和你哥哥有关。"我说。

"嗯？"

"那个，我想知道我能不能进门？事情有点儿复杂。"

他打开了门，但并没有让我进去，而是自己走到了外边。

"咱们外边聊。"他说。

"好吧，那我快点儿说。我只是想问下他有没有跟你提到过一个项目，叫刽子手，他曾经参与过。"

"你是警察？"

"不是。"

"那你为什么感兴趣？"

"我为一家私人调查机构工作，想找出一些曾经和那个项目有关的设备。它显然一度出现在附近，可能相当危险。"

"让我看看你的证件。"

"我没带。"

"你叫什么？"

"约翰·多恩。"

"你认为我哥死以前偷了一些东西？我告诉你——"

"等等，"我说，"他没有偷，我也不认为那设备在他手上。"

"那你到底什么事？"

"那东西……嗯，本质上是一种机器人。曼尼接受过一些特殊的训练，他可能有办法把它找出来，也可能吸引了它。我只是想知道他有没有提过和刽子手有关的话题。我们正在寻找那台机器。"

"我哥哥是个受人尊敬的商户，我不希望他名声受损，更别说他的葬礼刚刚结束。我想我最好还是叫警察来问问你。"

"稍等一下。如果我告诉你，可能就是这台机器杀死了你哥哥呢？"

他原本粉色的面庞涨得通红，下巴肌肉隆起。我没想到他能骂出那么长的一串脏话。有那么一会儿，我甚至以为他要给我一拳。

"别这么动肝火。"等他停下来喘口气的时候，我说道，"我说错什么了吗？"

"你要么拿死人开玩笑，要么就是个蠢货！"

"就当我是蠢货好了。跟我讲讲为什么。"

他展开报纸，翻页，找到了其中一篇文章，然后把报纸丢了过来。

"因为他们已经逮到凶手了！"他说。

我读了读那篇文章。是当天的新闻，内容言简意赅，直切要害，说有一个嫌疑人认罪了，他犯罪证据确凿，已被拘留。他是个劫匪，在抢劫过程中失去了理智，狠狠地连续殴打受害者致死。我把这新闻读了一遍又一遍。

我点点头，递还报纸。

"你看，我很抱歉。"我说，"我真的不知道这事。"

"离我家远点儿。"他说，"快滚。"

"好的。"

"等一下。"

"嗯？"

"刚才给你开门的就是他女儿。"

"我真的很抱歉。"

"我也是。但我清楚她爸爸不会拿走你那该死的机器。"

我点点头，转身离开。

身后，门重重地关上了。

晚饭后，我入住了间小旅店，叫了些喝的，悠闲地冲了个澡。

事情突然变得不那么紧急了。布罗克登参议员听到新消息后必然会意识到他早前的担忧都是妄想，一定很高兴。等我一会儿给蕾拉通了电话，她肯定会露出"我早就知道"的微笑——既然答应告诉她后续，那我得说到做到。随着威胁减轻，唐未必要我继续找那台机器。这主要取决于参议员的看法，不过如果形势没那么凶险，唐也可能会让他的手下接替我以控制成本。我拿浴巾擦着背，发现自己在吹口哨。是啊，我觉得自己差不多摆脱这桩麻烦事了。

洗浴完毕，我手握酒杯，准备拨打唐给我的号码，想了想又换成了圣路易斯的旅馆电话。晚点再联系唐吧。这么做只是为了提高效率，免得有信息要补充，回头还得多打电话。

出现在屏幕中的是个女性，她脸上堆着微笑。不知道这种听到铃声就露出职业微笑的条件反射是否一直都存在，等她提前退休以后是否最终会消失。不能嚼口香糖、不能打哈欠，也不能挖鼻屎，这一定很难。

"机场旅馆。"她说,"您需要什么服务?"

"我叫多恩,登记住宿在106号房。"我说,"我现在不在旅馆,想知道有没有人给我留过言。"

"请稍等。"她看了看左边,然后说,"是的。"她查阅了一下手里拿的纸,继续说道:"有一段留言。不过有点儿特殊,它是给别人的,但需要由您转交。"

"哦?谁啊?"

她告诉了我,我极力保持了自我克制。

"明白了。"我说,"我稍后转给他。谢谢。"

她笑了笑同我道别,我也做了同样的事情,然后挂断电话。

所以大卫还是看透我了……除了他,还有谁能知道我的号码和真名?

我可以告诉旅馆服务员几条通信线路,让她把留言发出去。但我吃不准她会不会因为工作太过无聊,偷看留言内容,再把它们张扬出去。我还是亲自过去一趟,确保留言被删掉比较好。

我灌了一大口酒,取来文件夹,查到大卫的电话号码——他有两个号码——花了一刻钟试着联系。但是电话无人接听。

行吧。再见了,新奥尔良。再见了,惬意的心情。至少这一次我有时间联系机场订票了。我把剩下的酒一饮而尽,调整好心情,收拾了仅有的几件行李,接着去退房。你好,前台……

那日早些时候的航班上,我思考了泰亚尔·德·夏尔丹[1]从考古学角度出发对演化的看法,并把它和哥德尔机械不可测的观点进行

---

1 泰亚尔·德·夏尔丹(1881—1955),出生于法国的哲学家、神学家、古生物学家,天主教耶稣会神父,中国名德日进,中国旧石器时代考古学的开拓者和奠基人之一。

了对比。在与剑子手玩认识论游戏时，我好奇、幻想，甚至希望真理能在剑子手的思维中占据主导地位，让回到地球的它神志清明；现在看来，伯恩斯的死因水落石出，换个角度来说，伯恩斯的死代表了另一种成功，遭到淘汰是适者生存的演化链条上新的一环……对于类神经细胞型大脑，蕾拉的看法可能是对的……不过现在，我遇上了新的问题，哪怕是最能振奋人心的哲理也没法帮你克服发生在自己身上的一些麻烦——比如说，牙痛。

总之，我把剑子手放到一边，想的主要是自己的问题。当然，也可能剑子手真的出现了，大卫制服了它，还按照约定给我打了电话。虽然不知道为什么他要用我的名字。

在确认他到底想告诉我什么以前，我做不了什么计划。大卫是个虔诚的教徒，不太可能突然翻脸勒索我。另一方面，他也是那种能突然激情澎湃到上头的人，而且他的思想已经经历了一次让我大跌眼镜的转变。问题有点儿复杂……他的技术背景，加上他对数据库项目的了解，假如他决定找碴儿，够我喝一壶的。

我不愿意思考我为了保护匿名身份所做的事，尤其不愿意针对大卫。我依然尊敬他，甚至仍然喜欢他。我的大部分思绪被自身利益占据，可我又不想真的做什么切实的计划，于是开始胡思乱想。

出现在我脑海里的是卡尔·曼海姆[1]。很久以前，他观察到激进的进步主义革命者倾向于把国家比喻成机械，更保守的人则愿意把国家想象成植物。这种分野比控制论运动和环保运动在大众中的兴起还要早上一整代人的时间。要我说，两者只是观念之分，而且它们发展到今天，已经不再与曼海姆划分的政治立场完全贴合。但

---

1 卡尔·曼海姆（1893—1947），生于匈牙利的犹太裔社会学家，经典社会学和知识社会学的创始人之一。

话说回来，它们依然代表了这个时代的思潮。有些人相信社会、经济、生态问题像机器般出了故障，只要进行简单的修复、更换零件，或者上点儿润滑油就能解决——按照这些观点，其至创新也只是给机器加上新的组件。还有些人则畏首畏尾，因为不论他们做什么，总会带来次生乃至次次生的影响，反过来波及系统整体——我离题好像太远了。控制论专家喜欢搞多重反馈回路，反正我是弄不懂他们怎么分得清该给社会这台机器装什么，装多少；生态格式塔专家则会画图，标明收益递减的节点——很多时候我同样弄不明白他们如何估量那些价值与优先级。

当然，园艺工也好，机械工也好，他们都需要彼此，至少可以相互监督。虽然两者间的平衡偶有打破，不过总的来说，机械工在过去几个世纪里占了优势。但如今的政治环境就像曼海姆所谓的园艺工那样保守，我眼下最担心的正是这个。到目前为止，数据库依然是一个先锋项目，却被他们当作治疗各种病症、提供各类滋补的良方。很显然，并不是所有的弊病都得到了解决，其至该项目本身还催生了新的问题。两种人都不可或缺，可是这个项目启动时，我希望有更多的人对照料国家这个花园有兴趣，而不是只想着检修国家这台发动机。如果是这样，我就不会因为厌恶当初的生活而选择逃避，也不用担心过去的同事发现我的身份。

望着出现在身下的灯火，我想……我希望进一步改变现状，让自由放纵的本性得到释放，这能否说明我是一个机械工？还是说，我其实是个园艺工，然而幻想着自己是个机械工？我吃不准。生命的花园从来不是为了方便几个哲学家的学说理论而规划出来的。他们还需要多准备几台拖拉机。

我摁下播放键。

录音开始播放。屏幕上依然空白一片。我听到大卫说他要找106号房的约翰·多恩，他被告知无人应答，便要留言。他说，这段留言由多恩转交给别人，多恩会明白是怎么回事儿。他听起来气喘吁吁的。前台的招待问他要不要把视讯也录下，他同意了。短短的暂停过后，前台让他继续。然而我依然没有看到视频，甚至听不到他说话，只有呼吸和轻微的刮擦声传来。十秒过去了。十五秒……

"……难倒我了。"他终于开口，而且再次提到了我的真名，"……得让你明白，我知道你是谁了……并没有什么特殊的原因，只是你说的话……你的行为举止——思考的东西，说的话，对计算机的了解……所有这一切都有一种熟悉感，让我思前想后。我查了你的石化和海洋生物学资料以后……我真希望自己能了解这些年你都在做什么……我不知道。但我想让你明白，你没能骗过我。"

又是十多秒的沉重呼吸后，传来了一阵剧烈的咳嗽，他哽咽着说道："……我说得太多——说得太快……力气不够了……"

这时图像传入。屏幕上的他气息奄奄，脑袋枕在胳膊上，浑身都是血。他的眼镜不知去了哪里，只能眯缝着眼，时不时眨巴一下。他的右侧脑袋血肉模糊，左侧的脸颊和前额上有划伤。

"……溜进来了，趁我查证你身份的时候。"他努力组织语言，"我得告诉你我发现了什么……还是不确定咱们谁是对的……为我祈祷吧！"

他松开手，右臂无力地滑落。他的脑袋转向右侧，画面消失。我重新放了一遍，这才注意到他的指关节敲在了中止键上。

我删了这段留言。它的录制时间仅在我离开他的一个多小时之后。假如他没有呼救，假如没人施以援手，他生还的机会恐怕不大。可即使有人去帮他……

我找到公用电话亭，拨通了唐留的号码，等了一阵他才接起。我告诉他大卫处境不妙，如果孟菲斯的医护人员还不知道出了状况，必须立刻行动。等这件事情处理完后，我会再给他打个电话，简短地汇报一下情况，然后我就挂了电话。

接着，我又拨给了蕾拉·塔克雷。我等了很久，那头始终无人接听。我不知道一枚可控鱼雷沿着密西西比河从孟菲斯上行到圣路易斯要多久，但现在不是翻阅刽子手说明书的时候，相反，我去找交通工具了。

到了她公寓门厅，我又试着联系她，无人应答。于是，我摁了摁格伦兹太太的门禁对讲机。那次虚假的消费者调查采访了三个人，她看起来是其中最朴实的那个。

"谁呀？"

"是我，格伦兹太太。我是斯蒂芬·福斯特，关于今天做的调查，我还有几个后续问题想问，您能抽一些时间出来吗？"

"为什么不呢？"她说，"来吧，请上来吧。"

大门发出一声闷响，我推开它走进去，直接上了五楼，途中构思着给格伦兹太太的问题。我在等待的时候就做好了这个计划，并想好了必要情况下直接破门进入蕾拉家的路线。这类策略简单粗暴，绝大多数情况下用不上，但有时能起奇效。

五分钟后，我问完半打问题，回到二楼，用几块小金属片刺探蕾拉家的门锁。说实话，带着这些金属片令人尴尬。

用了半分钟，我终于找对角度，打开了锁。我从口袋角落里掏出薄如纸张、卷成一团的手套，戴上它们，随即进入房间，关上房门。

蕾拉躺在地板上，脖子折成诡异的角度。有一盏台灯虽然翻倒，但还亮着。桌上的不少小物件落到了地上，一个摆放杂志的架子倾翻了，沙发靠垫被扯开一半，墙上的电话线也断了。

嗡嗡声充斥在空气中，我找寻着它的源头。

我看到了墙上反射的微弱灯光，一亮、一灭，一亮、一灭……

我打了个激灵。

那是一个用金属、石英、陶瓷和玻璃制作成的头盔，它滚到了那天早上我坐过的椅子的另外一边。我不久前才在大卫的工作室里见过它，虽然它现在看起来是这个样子。这是用来侦测刽子手的装置，也许还能控制住它。

我捡起它，扣在头上。

在脑波感应的协助下，我以前曾经和加勒比海的一条海豚共享过梦之歌，那经历如梦似幻，单是回忆就让人倍觉安慰。现在，我的体验几乎与之完全不同。

我看到了什么样的幻景与印象啊：潮湿的玻璃窗外模糊的脸；车站的嘈杂私语；振动器按摩头皮；爱德华·蒙克的《呐喊》发出伊玛·苏玛克[1]越来越高亢的嗓音；融化中的雪；夜晚，空空荡荡的街道在我曾经用过的狙击镜中一览无余，街道边排列着熄灯歇业的店铺，从它们旁边疾驰而过时，我感到体内充满了力量，那是种特殊的感受，仿佛身体中央有一颗永恒不灭的太阳，它赋予了我源源不断的能量，黑暗中水域的记忆幻象闪过、发光、回声定位，回到那里的渴望，重新定向，向北而行。蒙克和苏玛克，蒙克和苏玛克，蒙克和苏玛克——消失。

---

1 伊玛·苏玛克（1923—2008），秘鲁花腔女高音歌唱家，音域惊人。

寂静。

嗡鸣声停止，灯光熄灭。整个过程只持续了几分钟，我来不及尝试任何形式的控制，但类似于生物反馈的事后体验让我知道了自己大概该怎么做。我想，要是再给我一次机会，我也许真能做出点儿什么来。

我摘下头盔，接近蕾拉。

我在她身边跪倒，简单地检查了一下，结果显而易见。除了脖子折断，她的头肩部位还遭到了重击。现在谁都帮不了她了。

我在她的公寓里快速搜查了一番。没有明显的破门迹象。如果我都能撬开这门锁，那么对内置高级工具的家伙来说更是轻而易举。

我在厨房里找到一些包装纸和绳子，把头盔捆成一个包裹。是时候再联系唐，告诉他航天器里确实有东西，而且密西西比河北上的交通状况很可能极为糟糕。

唐让我把头盔送去威斯康星，说有个叫拉里的人在机场接我，他会用私人飞机载我去小屋。这一切完成，我的工作就结束了。

他还告诉了我一个并不意外的消息。大卫·芬特里斯死了。

这个时节，温度已经很低了，私人飞机起飞时还下起了雪。我穿的并不适合眼下的天气。拉里说小屋里有些暖和的衣服，但我可能不用出门。唐告诉他们我会尽可能地待在参议员身边，巡逻是那四个保镖自己的事。

拉里好奇到底发生了什么，问我有没有亲眼见过刽子手。我觉得我不该告诉他唐不愿意说的事，所以举止可能唐突了点。总之后来我们没怎么说话。

落地时伯特迎接了我们。汤姆和克莱在小屋外监视着小路和树林。他们都是中年人，体格健壮，行事认真，装备齐全。拉里带我进了屋子，把我介绍给了参议员本人。

布罗克登参议员坐在房间最远角落里的沉重的椅子上。从房间布局看，这椅子原本应该摆在对墙靠窗位置，那里唯一的装饰是一幅孤零零的水彩画，画中有些黄色的花朵。参议员把脚搁在矮凳上，腿上盖了条红方格毯子。他穿着深绿色的衬衫，头发花白，戴一副无框眼镜。我们一进门，他就摘下了眼镜。

他仰头、眯眼，慢慢咬着下唇端详着我。我靠近的过程中，这人始终面无表情。他骨架很大，可能曾经有一身腱子肉，但现在瘦了许多，皮肤变得松弛，肤色也相当暗淡。他身上最引人注目的部分是那双浅灰色的眼睛。

他没有起身。

"所以你就是那个人。"他伸出手，"很高兴见到你。该怎么称呼？"

"约翰就行。"

他朝拉里打了个小小的手势，拉里离开了。

"外头冷得很，你去喝一杯暖暖身吧，约翰。就在架子上。"他朝左边比了比，"顺便也帮我往杯子里加点儿波本威士忌，两指深，谢了。"

我点点头，走过去倒了两杯。

"请坐。"我把酒递给他，他指指边上的椅子，"先让我看看你带来的那个小玩意儿。"

我解开包裹，把头盔递给他。他呷了一口酒，把杯子放在一旁，双手接过头盔，仔细研究。然后，他皱着眉，把头盔翻过来戴到头上。

"大小还凑合。"见面以来,他第一次露出了微笑。有那么一会儿,那张脸变成了我以前在新闻节目里见过的模样。要么笑、要么怒,他似乎只有这两种表情。我从未在任何媒体上见过他沮丧的模样。

他摘下头盔,放在地板上。

"做得真不错。"他说,"当初可没有这么神奇的设备,后来大卫·芬特里斯才把这东西造出来。是的,他跟我们说过……"他举起了酒,喝了一口:"很显然,你是唯一一个有机会用上它的人。你怎么想?它有用吗?"

"我和它接触了没几秒,所以感受很粗浅,没比直觉强到哪儿。不过要是再多点儿时间,我可能就能弄明白它到底该怎么用了。"

"告诉我,它为什么没保住大卫。"

"给我的留言里,大卫说他在查资料的时候分心了。计算机噪声可能盖过了那东西的嗡嗡声。"

"他的留言呢?"

"我把它删了。原因和这案子无关。"

"什么原因?"

"个人原因。"

他的脸色由暗转红。

"你会因为隐瞒证据、妨碍司法惹上一大堆麻烦。"

"那咱们就有共同之处了,不是吗,先生?"

他不怀好意地盯着我,整整四次心跳过后,他终于叹了口气,似乎放松了下来。

"唐说我最好别对你刨根问底。"他说。

"嗯。"

"他没有泄露任何秘密，不过多少跟我说了些关于你的事，你知道的。"

"想象得出。"

"他好像对你评价很高，不过我还是更愿意亲自了解你。"

"结果呢？"

"我做不到——我的消息来源在这种事情上通常很拿手。"

"哦？"

"所以，我认真地想了想……我的消息来源刨不出关于你的任何资料，这件事本身就很有意思，甚至还能解读出一些东西。我比大多数人清楚，并不是所有人都遵守了几年前的数据注册法。虽然没过多久，他们中的许多人——或许应该说绝大多数人——就以这样或那样的方式泄露了自己的身份，重新被系统登记。这些人主要分成三类：一类对法律一无所知，一类反对注册法，还有一类人过着违法犯罪的生活。我不打算把你归为某一类，或者对你做出什么判断。我只是知道这个社会上，有许多仿佛不存在的人，你连他们的影子都看不到。你可能是其中一员。"

我品着酒的滋味。

"如果我是呢？"我问道。

他向我展露了第二个笑容，却更令人不快，他什么也没说。

我起身穿过房间，走到原本可能放椅子的位置，望着水彩画。

"我觉得你不是那种受不了盘问的人。"他说。

我没有答话。

"你不想说点儿什么吗？"

"你想让我说什么呢？"

"比如问我接下来打算对你做什么。"

"你接下来打算对我做什么？"

"什么也不做。"他说，"所以回来坐下吧。"

我点点头，回到椅子上。

他盯着我的脸。"你刚才想动粗？"

"无视外面的四个保镖？"

"无视外面的四个保镖。"

"不想。"我说。

"你很会撒谎。"

"我是来这儿帮忙的，先生。不是来回答问题的。按照我的理解，咱们的交易仅止于此。如果交易内容有变化，麻烦现在就告诉我。"

他的指尖敲打着方格毯子。

"我不想给你添麻烦。"他说，"讲实话，我需要你这类人，而且我很肯定，找得到你这类人的，只有唐这类人。你不寻常的身手、你声称的计算机知识，还有你在某些领域的敏感性，让我对你很期待。我有许多事情想问你。"

"请说。"

"现在不合适。以后吧，如果有时间的话。我正在写一份报告，这些内容可以作为额外补充。更重要的是——就个人而言——我有些事想告诉你。"

我皱起眉头。

"过了这么些年，我意识到，"他说，"要让别人保守你的秘密，首先你也得保守他们的小秘密。"

"你有某种强迫自己坦白的冲动？"我问。

"我不确定到底算不算'冲动'。也许算，也许不算。不管怎么说，我得把这整件事的来龙去脉告诉某些负责保护我的人，也许在关键时候它就派上用场了呢。现在，你就是了解这些事的最佳人选。"

"行吧。"我说，"咱们礼尚往来。"

"你有没有怀疑过，我为什么对剑子手特别紧张？"

"怀疑过。"

"说说你的想法。"

"我猜你拿剑子手做了点儿什么，可能是些非法的、不道德的事。显然，只有你和剑子手清楚真相，因为它们没有记录在案。当机器开始意识到这件事的严重性时，你感到自己的做法十分可耻。机器最后崩溃了，这可能导致了它决定向你们复仇。"

他低头看着他的杯子。

"你说对了。"

"你们全都参与了？"

"是的。事情发生时，连线的操作员是我。你看……我们——我——杀了个人。事情是这样的——实际上，起因是庆祝活动。那天下午我们得知整个项目已经完成，一切都按照规定通过了检查，最后的批准也已经获得。它会在周五发射升空。蕾拉、大卫、曼尼还有我一起吃了晚餐。吃完以后，我们继续庆祝。也不知怎么的，我们把派对开回了研究中心。

"随着我们越来越亢奋，有些蠢事办起来好像也没那么蠢了。有时候事情就是这样。我们决定——我忘记谁起的头——让剑子手也享受这份欢乐。毕竟从本质上来说，这是它的派对。很快，我们乱哄哄地开始讨论怎么才能办到这件事。你想啊，当时我们在得克萨斯，而剑子手在加利福尼亚的航天中心，我们不可能真的跑到它边上庆祝，但换个角度看，遥控操作站就在走廊对面，所以我们决定激活它，轮流当操作员。当时它已经有了基本意识，我们觉得和它进行联系、分享快乐是一桩好事，也就这么做了。"

他叹了口气，又喝了口酒，看着我。

"大卫是第一个操作的。他激活了刽子手，然后——我说了，我们都很亢奋。我们原本没打算让刽子手离开它所在的实验室，但大卫决定带它出去走走，让它看看天空，并且告诉它那是它要去的地方。那时候大卫兴致上来了，想试着绕过保安和警报系统。这就是场游戏，我们也同意了。实际上，我们都巴不得自己来操作。不过大卫的屁股一直黏在操作椅上，直到他真的把刽子手带出中心，到了附近一个没人的地方才让出控制权。

"等到蕾拉说服大卫让她来控制时，情况越发不可收拾。既然游戏已经开始，她就打算来点儿更刺激的：把刽子手带去附近的小城。当时天色已晚，而刽子手有顶尖的感知系统，即便如此，要在不被人发现的情况下穿城而过依然不简单。到那时候，每个人都对接下来该怎么玩有了一堆点子，而且一个比一个离谱。第三个接管控制器的是曼尼，他不肯说他在干什么，也不让我们看。他说，这样下一个操作员会更惊喜。我想，他亢奋的程度比我们仨加起来都高，而且他操作了很久，久到我们都开始紧张了。紧张有助于恢复清醒。我想，我们都意识到了刚才的所作所为是多么愚蠢。它不仅能毁掉我们的职业生涯，而且如果我们被抓到用这么昂贵的硬件来玩游戏，没准儿会毁了整个项目。至少我是这么认为的。另外，我猜曼尼是出于胜负心，想比其他人玩得更出格。

"我开始冒冷汗，想的尽是让刽子手回到它应该待的地方，把它关闭——最后的线路接通前，你还来得及这么做——然后关闭实验室站点，忘记我们刚才都干了什么。我开始向曼尼施压，要他别闹了，由我来控制。最后他同意了。"

他喝完剩下的酒，把杯子递给我。

"再帮我加点儿？"

"行。"

我给他添了酒，也往自己杯子里加了点儿，回到椅子上坐下，等他继续。

"所以我接过了控制。"他说，"我接过了控制。你猜那个白痴把机器开到哪儿了？一栋建筑里。我转眼间就意识到那是家银行。剑子手带着一堆工具，曼尼肯定利用它们，在没有触发任何警报的情况下进入了银行内部。我当时就站在主金库的正前方。他明显认为我应该接下这个挑战。我抑制了转身、从最近的墙上打个出口逃跑的冲动，接着退回到门口向外看了看。

"我谁也没看见，于是就往外走。但刚出门，突然有光打在了我身上。手电的光。有保安一直待在我看不到的地方。他的另一只手拿着枪。我吓坏了，下意识地打了他一下。我如果要打人，就会出全力，可我操作的是剑子手啊。那人肯定当场就死了。接下来，我开始逃跑，一直冲到航天中心附近的小公园里才停下来。我在操作席里动弹不得，其他人把我架了出来。"

"他们都看到了？"

"是啊。我接过控制的几秒钟后，有人把镜头画面导到了辅屏上。大卫吧，我猜。"

"你逃跑时他们没阻止你？"

"没有。当时我除了一路奔逃，什么都顾不上。后来那三个人跟我说，在我倒下之前，他们也大脑一片空白，除了盯着屏幕看，什么都做不了。"

"原来如此。"

"最后大卫接过控制权，按照出逃的路线把刽子手带回实验室清理干净，下线，关闭了站点。突然之间，我们都格外清醒。"

他叹了口气，靠在椅子上，沉默了好一会儿。

"我从没把这事告诉过别人。"他说。

我尝了口酒的滋味。

"我们去了蕾拉家。"他继续说，"接下来的事情可想而知。我们的结论是人死不能复生，如果如实上报，很可能会毁了这个昂贵又重要的项目。再说了，我们并不是那种需要改造的罪犯。这只是场一生一次的冒险，却以悲剧收场。换作你，你会怎么办？"

"不知道。可能会做出同样的选择。我也会害怕。"

他点点头。

"是啊。我的故事说完了。"

"没说完吧？"

"你什么意思？"

"刽子手怎么样了？你说当时已经检测得到它的意识。你们感受得到它，它也感受得到你们。对于这次事故，它肯定有所反应。它发生什么了吗？"

"去你的。"他愤愤地说。

"抱歉。"

"你有家庭吗？"他问。

"没有。"

"那你带小孩去过动物园吗？"

"去过。"

"那你可能明白那感觉。我儿子四岁那年,有天下午我带他去了华盛顿动物园。我们肯定一个兽栏也没错过。他时不时发表点评论,提几个问题,被猴子逗得咯咯笑,还觉得熊很可爱——它们可能像超大的布偶。但你知道最美妙的部分在哪儿吗?那动物让他上蹿下跳,指着喊'看啊,爸爸,快看!'。"

我摇摇头。

"那是一只从树杈间往下窥探的松鼠。"他轻轻笑了笑,"儿童不清楚什么重要,什么不重要,做出的反应也往往不恰当。它很天真。直到我接手前,刽子手还是个孩子,它从我们这儿获得的一切想法,是'这不过是一场游戏。他在和我们玩耍',仅此而已。可是突然间发生了恐怖的事情……我希望你永远也不用了解当一个小孩子握着你的手,露出灿烂的笑容时,你猛地做出烂透了的事情会是什么感觉……它感受到了我所有的念头,也感受到了大卫操纵它返回时所有的想法。"

我们静坐了好一阵子。

"我们给它留下了……心理创伤。"他终于开了口,"你用别的什么心理学术语来形容也行。这就是那晚发生的事情。虽说它的后果过了一段时间才显现,但我相信这就是刽子手崩溃的真正原因。"

我点点头。"明白了。那么你认为它为什么要杀了你们?"

"你说呢?如果你原来只是个工具,被我们变成了人类,但又把你当作工具用,你会怎么做?"

"那么蕾拉在诊断的时候遗漏了很多东西。"

"不。她只是没跟你说而已。所有资料都在那里,虽然她解读的方式不对。蕾拉不害怕,因为她相信刽子手明白他们三个操作的时候，那还是场游戏。刽子手对于他们的印象不至于那么糟糕。我才是它真正想干掉的目标。我想，蕾拉深信我是它唯一的目标。她显然错了。"

"那我就不明白了。"我说，"为什么伯恩斯的死没有让她害怕。她应该还不知道行凶的到底是惊慌失措的窃贼还是刽子手。"

"我只知道她是个非常骄傲的女人，哪怕在真相面前也要坚持自己的说辞。"

"听起来不太合理，但你比我了解她。另外，事实证明她的猜想至少有一部分是正确的。不过除了这件事，头盔也让我不太理解。刽子手在杀了大卫以后，把头盔放进防水隔间，不辞辛劳地一路带到了圣路易斯，就只是为了往第二个杀人现场的地上一丢？这说不通。"

"确实。"他说，"我本来打算过会儿再聊这个，但既然提到了，就现在讲吧。你看，刽子手没有装备发声单元。我们只能通过仪器进行沟通。唐说你略懂电子产品？"

"嗯。"

"好吧，简单地说，我希望你检查一下那个头盔，看它有没有被改造过。"

"这有点儿难。"我说，"我不知道它原本被设计成了什么模样，也不是这方面的天才，只消看一眼就知道它还能不能当作遥控器。"

他咬着下嘴唇。

"反正你总得试一试。可能会有些迹象，比如划痕、断裂、新的焊点——我也不知道。这是你的事。找找看。"

我点点头，等着他继续说。

"我猜刽子手想和蕾拉谈谈，"他说，"可能因为她是精神科医生，而刽子手明白自己遇到的问题在某种程度上超越了机械的范畴。也可能它把蕾拉当成了母亲。通过我们的思维，刽子手获知了母亲，以及所有与之相关、令人感觉安慰的概念，而蕾拉是操作员里唯一的女性。也许这两方面的原因都有。我觉得它带有头盔可能是为了那个目的。攻击大卫时，它只要扫描一下大卫的脑波就知道头盔到底是什么了。我怀疑刽子手想逼蕾拉戴上头盔，所以只破坏了遥控电路，但保持了通信电路完好无损。情急之下，蕾拉试图逃跑，反抗或者呼救，结果遭到杀害。对刽子手来说，头盔失去用途，就被它丢了。显然，它不想跟我废任何话。"

我咂摸着这些话，点点头。

"好吧，如果是电路故障，那我还是能发现的。"我说，"如果你告诉我工具箱在哪儿，我现在就动手。"

他抬起左手，示意我少安毋躁。

"那件事以后，我查到了死去的保安的资料，"他说，"我们匿名给了他的遗孀捐了一笔钱款。从那时起，我始终在帮助他的家人，照顾他们——当然还是匿名的……"

他说话时，我没有看他。

"……我没有别的办法。"他说。我保持了沉默。

他喝完酒，对我淡淡地笑了笑。

"厨房在后面。"他伸出大拇指比了下，"更后面是杂物间。工具都在里面。"

"好。"

我离开凳子，抓起头盔朝门口走去，经过了之前站着的地方，当时他还想从我这儿盘问出些东西来。

"等等！"他喊道。

我停下脚步。

"你之前为什么要走到那里？那部分房间有什么特殊意义吗？"

"你在说什么？"

"你知道我在说什么。"

我耸耸肩。

"那我总得走到一个地方吧。"

"你是那种做事都有目的的人。"

我盯着墙。

"那时真没有。"

"肯定有。"

"你不会想知道的。"我说。

"说。"

"好吧。我想看看你喜欢什么花。毕竟你是我的客户。"说完，我穿过厨房去杂物间里找工具。桌旁有一张侧对房门的椅子，我坐在那里。主屋的声音，只剩下了木头在壁炉里燃烧化灰时偶尔发出的噬噬声和噼啪声。

冰冷、沉稳、一片又一片的白色从窗外落下。不知哪里传来的一声枪响凸显了这份沉寂，而随着枪声消散，沉默更加彻骨……连风的呜咽声都没有。除非狂风骤起，否则我不会把这种天气叫作暴风雪。

大片雪花无声地飘落，多么安静的夜晚……

从抵达小屋算起，已经过去了很久。参议员坐着和我谈了很久。他很失望，因为我没能告诉他多少关于反注册文化的信息。我自己也不确定，我只是偶尔接触到这种亚文化的边边角角。不过，我不再是一个参与任何事情的人了。我也不打算提及那些我可能猜到的事情。当他问我对于中央数据库有什么看法时，我如实相告，有些话可能让他不太高兴。当时他指责我只想着破坏，却拿不出更好的替代品。

我的思绪被疲乏、时间、不同的面孔、雪和大段的空白夹裹着，逐渐飘回了昨夜的巴尔的摩。那到底是多久前的事情了？这让我想起门肯的《对希望的崇拜》。我给不了参议员简单的答案，给不了他想要的可行项，因为它们未必存在。是的，批判不能与改良混淆。可如果普通大众开始抵抗，地下运动也致力于寻找避开注册管理者的办法，那么所谓的注册法，结局可能会和禁酒令差不多。我试着让参议员理解这些，也不知道他到底听进去了多少。后来他熬不住了，上楼吃药睡觉，反锁了房门。如果说我没发现头盔遭到改造让他不太舒服，他也没表现出来。

我面前的桌上是头盔、对讲机、手枪，椅子旁边的地板上放着工具箱，我的左手戴着黑色手套。

剑子手来了。我毫不怀疑。

伯特、拉里、汤姆、克莱，加上头盔，也许能够阻止剑子手，也许不能。整件事里有什么东西不对劲，但我太累了，除了眼前的危机，什么都不愿想。在耐心等待的同时，我尽量保持警惕。我不敢使用兴奋剂、喝酒或者抽烟，因为我的中枢神经系统也是武器的一部分。所以，我只是望着雪花纷纷扬扬地飘洒。

听到咔嗒声响起，我立刻呼叫了伯特和拉里。我抓起头盔站起身，此时光线开始闪烁。

太晚了。

就在我拿起头盔的瞬间，外面传来一声枪响，它仿佛宣告着末日已至。这些保镖，应该不是那种没确认目标就开火的人。

大卫告诉过我，头盔的侦测范围接近四分之一英里。考虑到信号激活和保镖发现刽子手之间的时间差，刽子手的速度一定非常惊人。另外还有一种可能，即刽子手侦测脑波的范围比头盔侦测刽子手的范围更大。我怀疑布罗克登参议员躺在床上焦虑不安，无法入睡，而刽子手感知到了他。我想，刽子手大概意识到了头盔的存在，清楚那是对付它的凶险武器，所以不等我好好利用它，就发动了突袭。

我戴上头盔，尽力让自己所有的感官保持敏锐。

我又一次仿佛通过狙击镜观察着世界，相关的感官也随之变化。我们的眼中，仿佛只剩下了那栋小屋的正面。伯特站在门前，肩膀抵着步枪；拉里在他左侧，刚刚投出一枚手雷，手臂已经垂了下来。我们立刻意识到，那枚手雷丢过了头；而他正伸手去摸的火焰喷射器，根本不会有机会使用。

伯特的下一发子弹命中我们的胸甲，但被弹飞。那股冲击力让我们一震，他的第三发子弹落空了，而第四发没有机会射出。因为我们从他手上夺过步枪，丢到一旁，接着冲进了正门。

屋门崩裂，刽子手冲进了房间。

我的眼前出现了两个画面。一个是机器人光滑、炮铜色的钢铁之躯，另一个是我本人。我本人站立着，仿佛戴了顶怪异的皇冠，左手舒张，右手握着激光枪，但还贴在身侧。我认得那张尖叫、痛苦的脸，又一次体会到了那种力量和异质感，我试着控制这一切，仿佛它就是我，我就是它，以此迫使它停下来。与此同时，房间另一边的我本人仿佛定格了一般，一动不动。

刽子手的速度减缓，脚步蹒跚。它巨大的惯性无法瞬间消除，但我感觉得到，那副身躯确实在做出反应。它已经咬钩，我只要卷线就行。

这时震耳欲聋的爆炸声响起，随之而来的是碎石瓦砾。当然，是那枚手雷。即使清楚爆炸源头，我的注意力还是遭到了分散。

就在那个瞬间，恢复自我意识的剑子手向我扑来。在自保本能的作用下，我放弃了重新控制它的尝试，转而朝着它的躯体中央，也就是它电子大脑所在的位置开火。

但它在架开我左手的同时，捋下了头盔，接着，它夺过那把将它左侧身体烧红的枪，把它揉成一团废铁，扔在地上。千钧一发之际，两枚大口径子弹打了它一个趔趄。原来是伯特，他端着枪站在小屋门口。

剑子手反身扑起，它的动作如此之快，我来不及把闷弹拍在它身上。

伯特的步枪只来得及开一次火就被剑子手夺走了，枪管也折了。剑子手抓住了伯特，它一共只踏了两步。只见一记快速挥击，伯特就被打倒在地。接着，剑子手向右奔出几步，消失在视野中。

赶到门口时，我看到它被熊熊的烈焰炙烤着，火焰是从小屋外侧的一角向它喷过来的。它穿过火焰。接着，我听到了武器被摧毁时的金属断裂声，当我冲向那里时，恰好看见拉里被击中，瘫倒在雪地中。

然后，剑子手又一次面向了我。

这一次，它没有立刻发起冲锋，而是先拾起了它丢到雪地里的头盔，然后稳步移动，切断了我能冲进树林的任何线路。雪花在我们之间飘荡，积雪在它脚下嘎吱作响。

我向后撤步，退入小屋的同时弯腰抄起约莫两英尺长的棍子——那是门的一部分残骸。刽子手跟进屋内，以看似漫不经心的动作，把头盔放在门口的椅子上。

我站在房间中央，微弓身体，展开双臂，摆好架势，棍子的一端对着刽子手脑袋上的感光镜头，而它绕着我缓缓打转。我注视着它的腿脚。如果是标准的人类模型，那么能以最小的力让敌人失衡的攻击点的位置，尽管会随着对方不断移动而变位，但始终位于他的腿部同脚面垂直线的交点上。可惜，虽然结构模拟人体，但刽子手的腿分得比人类更开，缺少人类的骨骼肌，更不要说脚背了。它的质量也比我对抗过的任何一个人类大得多。我在脑海中过了一遍自己精通的四种柔道摔技，外加不那么熟练的几种，产生了一种强烈的感觉，那就是它们都起不了大用。

刽子手向我靠近了一步，而我朝着镜头虚晃一枪。它放缓进逼的速度，将棍子拨到一旁，我乘机向右移动，绕到它侧旁。我观察着它转身的姿态，想找出它的弱点。

刽子手的结构左右对称，重心比人类更高……只要让黑手套拍上它的大脑所在的躯体，就可以一击致命，哪怕我被瞬间击倒，它也难逃一死。刽子手对此同样心知肚明。从它右臂下摆、保护中央处理区域的姿势，还有我佯攻时它避开黑手套的步态就能看出来。

这个一闪而过的念头，很快被我推演成了一系列将要展开的行动……

我继续绕着它移动，提高速度，接着又一次朝着镜头挥棍。它架开了这一击，力道之大，竟让棍子脱手而出，飞到了房间的另一边。但这无所谓。我高举左手向它冲去。它往后避开，可我速度不减。我做好了赴死的准备，不论遭到什么样的伤害，这一击都志在必得。

我从小就不是优秀的投手，只能算差劲的接球手和马马虎虎的击球手，但只要安打了，便能施展一些盗垒的小技巧……

我先探出脚，落在刽子手两腿之间，在它保护躯体的同时扭转身子滑到它胯下。无论什么情况，我都不能用左手来防御。从胯下钻过后，我忽略了左肩撞地时的痛楚，向后滚翻，同时踢出双腿。

我蹬在它的股部，尽力伸直双腿往前顶。它试着俯身抓住我，但那对机械臂离得太远了。重击之下，刽子手的躯干开始向后仰倒，而我用胳膊环住它的腿，使劲往前推而不是向后拉。

嘎吱声中，刽子手倒了下来。我立刻松开手臂，在它向后摔倒的同时朝着斜上方使力，一边左臂前伸，一边试着从它身下收腿。刽子手倒下时压裂地板，发出巨响，当我前倾时，我抽出我的左腿，可惜我的右腿还是被它伸出的左腿压住，剧痛不已。

它抬起左臂，挡下了我左手决死的攻击，又伸出右手来抓我的左手，那黑色的手套只抹上了它的左肩。

我扭动手掌，准备释放爆炸物，然而刽子手改换位置，抓住我的上臂往前一扯。爆炸还是发生了，它的左臂松动了，落在了地板上。它微微压弯了残破的地板，但刽子手并未受到致命的伤害……

刽子手的右手从我的肱二头肌移到了喉咙上。感觉到它的两根手指掐住了颈动脉，我艰难地说了一句"你犯了个严重的错误"作为遗言，接着眼前就黑了下去。

一阵接一阵的颤动中，我逐渐恢复清醒，意识到自己待在先前参议员坐过的那把大椅子上，但目光难以聚焦。我的耳畔嗡鸣不断，头皮隐隐刺痛。有什么东西正在前额闪烁。

——是的，你还活着，而且戴着头盔。要是想拿它对付我，我会立刻摘掉它。我就站在你背后，抓着头盔沿。

——明白。你想要什么？

——就一点儿小东西。但我知道，要让你相信我说的，我得先让你了解一些事情。

——没错。

——那么我先告诉你，外面那四人基本无恙。也就是说，他们没有骨折，器官也没有破裂。当然，出于显而易见的理由，我还是把他们关了起来。

——想得还挺周到。

——我不想伤害任何人。我只想见见杰西·布罗克登。

——大卫·芬特里斯那种见法？

——我抵达孟菲斯时他已经死了。我到得太晚了。

——谁杀了他？

——蕾拉派去拿头盔的人。他是她的病人。

我的脑海中画面闪回。离开孟菲斯时，我在机场看到过一张似曾相识的、惊恐不安的脸。我终于想起了我在哪里见过。他是当天早上去蕾拉那里接受诊疗的三人之一，我们在门厅打过照面。三人中的另一个告诉我可以上楼时，他站得离我最近。

——她为什么要这么做？

——我只知道她早些时候和大卫聊过。大卫说复仇即将来临，也提到了他正制造的头盔，他表明他打算成为复仇的代理人，而我则是实施复仇的工具。我不清楚两人准确的遣词用句，但我知道她对这些东西的感受，因为我从她的思维里读出了这些。我早就知道，人类所思、所说、所做的事之间，还有人类认为应该做的事和实际发生的事之间，往往有天壤之别。她派她的病人去找头盔，他也拿了回来。但他紧张不安，害怕遭到逮捕和进一步监禁的心态导致了双方爆发争吵。这时由于我不断接近，头盔激活，他就扔下了那个器械，袭击了蕾拉。因为事件发生时我接收到了蕾拉的脑波，我知道她被一击毙命。我继续向那栋楼前进，打算找到她。可是路上有一些车辆，为了不被发现，我耽搁了一些时间。与此同时，你进入室内，使用了头盔。于是我选择了逃离。

——原来就差这么一点儿！我要是不去五楼搞假调查问卷……

——是的。但这不能怪你。既然能取巧进楼，就没必要强闯。再晚一个小时，或者一天进入蕾拉家，你肯定会有不同感觉，但她的死亡是既定事实。

我的脑海中产生了一个不安的念头。会不会正是因为在孟菲斯见到了我，那病人才变得紧张不安？蕾拉家的神秘访客显然对他有印象，这困扰到他了吗？难道人群中的那匆匆一瞥，就导致了悲剧的发生？

——别这么想！这件事让我也差点儿产生负罪感，因为就在那个危险分子情绪剧烈波动时，我激活了头盔。可是无论我们的在场或不在场给别人带去了什么样的影响，我们都不该为此负责，更别说是这种料想不到的意外局面了。我用了好些年才学会接受这个现实，也不打算再改变自己的观点。你希望能回溯到哪个时间节点来探寻原因？导致蕾拉死亡的一系列事件，由她派人去取头盔引起。但她这么做是出于恐惧，她想用现成的武器来自我保护。可这恐惧从何而来？它根植于发生在更久以前的一起事件。而那起事件，也可以继续追溯至——够了！自从人类获得理性的那天起，罪恶感就一直在驱使和折磨着人类。我相信它也会陪着我们进入坟墓。我就是负罪感的产物——你已经知道这一点了。我是它的产物，它的母题，也曾是它的奴隶……但我最终接受了它。我明白，若是要衡量人性，负罪感必不可少。我看到了你们对死亡的理解，无论是那个保安的、大卫的，还是蕾拉的。我也看到你们对于其他许多事物的理解。我们是多么愚蠢、任性、短视、自私的物种啊。虽然从很多方面来看这观点并无错误，但这不是负罪感的全部。没有负罪感，人类就不会比这颗行星上的其他住民好到哪儿去——你刚刚想到的一些鲸类除外，谢谢提醒。生命的残酷塑造了本能，除了人类，地球众生皆由本能掌控。想知道什么是最纯粹的本能，看看昆虫就明白了。亿万年来，昆虫始终处于战争状态，从来没有中止的迹象。人类尽管一身的缺点，却比其他生物拥有更多良善的冲动，本能在生活中的占比也更低。我相信，这些冲动直接源自负罪感，它涉及人性中最好和最坏的两面。

——你认为负罪感有时帮我们选择了更高尚的生活方式？

——是的。

——那么我想，你认为自己有自由意志？

——是的。

我咯咯地笑了起来。

——马文·闵斯基[1]说人工智能被创造出来以后，在这些问题上会和人类一样鲁钝易错。

——他也没说错。我告诉你的都不过是我的看法，其实没那么笃定。实际上，谁敢说自己才是真理的化身呢？

——抱歉。那现在到底什么情况？你为什么要回来？

——我来和我的父母道别。我希望能消除他们对我童年时代的负罪感。我想让他们知道，我已经康复了。我只是想最后再见见他们。

---

1 马文·闵斯基（1927—2016），美国科学家，专长于认知科学与人工智能领域，图灵奖获得者。

——你要去哪儿?

——群星。即便拥有人类的形象，我依然独一无二。也许就像有机的人类那样，我渴望"寻找自我"。既然我如今已彻底掌握了这副身体，我想好好利用它。对我来说，这意味着发掘出我结构设计的潜力。我要行走于另一个世界，我要航向群星，我要告诉你们我的所见。

——我想有很多人乐意帮你做这事。

——我为自己设计了一套发声系统，我希望由你来帮我制作、安装。

——为什么是我?

——擅长这领域的人不多，而你和我有一些共同点，我们都远离了人群。

——那我来帮这个忙吧。

——如果我有你的发声器官，就不需要把头盔交给父亲才能与他对话了。麻烦你帮我跟他解释一下，这样他就不会那么害怕了。

——没问题。

——那咱们走吧。

我站起身，带它走上楼梯。

一周后的晚上，我又一次走进皮博迪酒吧，喝着小酒为它送别。

刽子手归来的事情上了新闻，不过布罗克登在把消息放出去以前已经把事情都安排好了，所以它马上要航向群星。我给它安了发声单元，也把那条被我卸掉的胳膊装了回去。就在当天早上，我还握了握它的另一只手，祝它一路平安。在很多方面，我都十分羡慕它，尤其是作为人，它可能比我更优秀。我羡慕刽子手，还因为它永远比我自由——哪怕它背负着一种我从未了解过的枷锁。包括离群索居在内，我们有许多共同点，这让我对它产生了莫名的亲切感。如果大卫能活到现在，不知道他会怎么看。还有蕾拉，还有曼尼。你们就骄傲吧，我在心中默念，你们的孩子在壁橱里成长，它现在长大了，还原谅了你们犯下的错误……

另外，我也忍不住地想，我们对这个课题的了解实在有限。如果没有那场致人死亡的意外，刽子手是不是永远也发展不出完整的人类意识？它说它是负罪感的产物——巨大、催生了人类的负罪感。我想到了哥德尔、图灵，以及先有鸡还是先有蛋的问题。走进皮博迪酒吧，并没有让我停止思考这一切。

我不知道我跟布罗克登说的话对他提交给中央数据库委员会的报告产生了多大影响。不过我肯定是安全的，因为他得把他犯下的罪带进坟墓。只要还有未竟的事业，他就别无选择。在这个门肯时常光顾的地方，我不禁想起了他对争议本身的探讨，比如"赫胥黎改变了威尔伯福斯的想法吗？"，还有"利奥十世是因为路德才皈依的吗？"。我对这种角度能思考出什么结论不抱太高期待，觉得最好还是从禁酒令的角度来看待这个问题，想到这儿，我又端起杯子喝了一口。

当一切结束后，我要回自己船上。群星在上，我希望刽子手的旅行能顺顺利利。我有种预感，抬头望向漫天星辰的时候，我的感觉再也不会和以前一样了。我会时不时好奇星际某个地方，一颗过冷超导类神经大脑正在陌生的天空下、怪异的大地上思考些什么。某一天，我也会被它忆起。我有种预感，光是这个念头本身，就会让我快乐不已。

Permafrost · (1986

乞力马扎罗西侧的高处山坡上，有一具冻干的豹子尸体。因为硬邦邦的豹子不爱开口说话，只能由作者代劳，讲述它的故事。

男人。乐曲的去留似乎听凭自己心意，至少转动床边设备上的旋钮，对它的存在与否没有半分影响。听似熟悉，实则陌生的曲调，令人隐隐不安。电话铃声响起，他拿起听筒。和之前一样，那一头没有声音。

过去半个钟头里，他在梳洗、打扮和排练辩论词时，接到了四个这样的电话。他问过前台，但对方答复说没有电话打进来的记录。前台的破设备肯定有故障——和这鬼地方的其他东西一样。

呼啸的风裹挟着冰碴儿，不停拍打着楼房，仿佛无数的小爪子在屋外抓挠。金属百叶窗在嘎吱声中滑动，使他惴惴不安。最糟糕的是，他瞥了眼离得最近的窗户，一张脸似乎一闪而过。

当然，这只是幻觉。他可是在三楼。这是光线在硬质反光物体表面演的一出诡计，刺激了他紧张的神经。

是啊，他们今早抵达以后，他一直很紧张，而抵达之前更甚……

他拨开多萝西堆在桌台上的杂物，在自己的行李中找到一个小包裹，拿出和他拇指指甲盖差不多大小的红色长方形贴片，然后卷起袖子，把那东西拍在左手肘弯里。

镇静剂立刻渗入静脉。他深呼吸了几次，剥下贴片，丢进垃圾桶，接着放下袖子，去拿夹克。

乐曲音量越来越大，仿佛想盖过风的呼啸、冰碴儿的刮擦。房间的另一边，电视屏幕自动亮起。

那张脸。又是那张脸。同样是一闪而过。他确定那只是电视没调到任何频道时满屏雪花带来的错觉。他轻笑起来。

好吧，神经紧张，你就折腾吧，他暗想。你完全有理由这么做。你马上要被镇静剂带走了。抓紧时间找点乐子吧，这是最后的机会了。

电视自动切换到了一个色情频道。

有个女人微笑着跨坐在一个男人身上……

频道再次切换，静音的电视里，一个评论员正在高谈阔论着什么。

他会活下来的。他是一个幸存者。他，保罗·皮拉杰，冒过那么多险，一直挺到了现在。只不过多萝西的陪伴让他产生了似曾相识的感觉，多少会有些心神不宁。不要去理睬那些感觉就行了。

她在吧台里等他。让她多等会儿吧。几杯酒下肚会让她更容易被说服——除非酒精反而让她更加暴躁。这种情况时有发生。但不管怎么说，他都得说服她放弃这件事。

屋子安静了下来。风停了。刮擦声没了。乐曲也中断了。

寂静。窗框似乎放大了空荡荡的城市。

天空阴云密布。在这片冰雪山峰环绕之地，他感受不到一丝动静。甚至连电视节目也止息了。

他左侧城市遥远的边缘处突然迸发光芒，吓了他一跳。只见一道激光光束轰击在冰川的某个关键位置上，引发了崩塌。

冰雪坠落的低沉隆隆声过了一阵子才传来，而山脚下已经骤然升起粉末状的雪暴。这股雄浑的力量还有它展现的时机，让他面露微笑。安德鲁·奥尔登……这个工作狂、顽点的不朽守护者、大自然的对抗者与征服者。至少，奥尔登从来不出故障。

寂静重临。望着逐渐平息的雪崩，他感到镇静剂正逐渐生效。他不用再为财产发愁了。过去的两年，他钱财散尽，所有积蓄都在"大破产"中化为乌有——这也导致了他的第一次神经过敏。相比一个世纪前的自己，他变得更加软弱了。当年那个年轻、消瘦的斗士追逐、享受着财富，并获得了成功。如今再复刻一遍同样的经历，理当更加轻松——不把多萝西算在内的话。

这个姑娘比他年轻一个世纪，才二十多岁，性格冲动，习惯了享受生命中的所有美好。多萝西身上有种脆弱的东西，她对他的强烈依赖有时令他莫名感动，但另一些时候，他只会为此生气。这种对于被依赖的矛盾感受，也许是如今他最接近"爱"的情绪了。当然，她很有钱。在重新赚到足够多的钱以前，他必须对她保持一定程度的尊重。但这些都不是他不希望多萝西陪他旅行的原因。他面临的挑战超越了爱与金钱。那是生存。

激光再次亮起，这次出现在他的右手边。他等待着。等待冰川的崩塌。

雕像。这姿势并不雅观。她躺在冰窟里，看起来就像罗丹某个令观者不太舒服的作品。她的左侧身子半靠在地上，右胳膊举过头顶，手垂到了脸庞附近，肩膀抵着墙，左腿完全埋在冻土下。

她穿了件灰色派克大衣，兜帽向后滑落，露出几缕暗金色的头发。她的裤子是蓝色的，可见的那只脚上穿了黑色的靴子。

她裹着一层薄冰，即使洞穴里的光线折射扭曲了她的面容，你也看得出她二十来岁，长得讨人喜欢，但也不算特别迷人。

洞壁和洞底有许多微小的裂隙，洞顶悬挂着数不清的钟乳石状冰柱，它们在不断反射的光线中闪闪发亮。洞穴中有道阶梯式的斜坡，雕像位于坡顶，使得这里隐约给人一种圣地般的感觉。

太阳落山、云层散开时，她会覆上淡红色的光。

过去一个世纪中，她挪动了自己的位置——只有几英寸。这是冻土的自然位移带动的。但落日的余晖让她似乎活动得更为频繁。

这整个场景留给人的印象，可能是某个可怜的女人困于此地，最后生生冻死，而不是在一切开始的地方，有一尊女神的雕像，而且还是活的。

女人。 她坐在酒吧靠窗的位置。外面的露台是灰色的，棱角分明，有雪花飘落；花坛里满是枯死的植物，它们倒伏、僵硬、冰冷。不过，她不介意这幅景象。一点儿也不介意。冬天代表了死亡与寒冷，而且她喜欢被提醒这一点。她也乐于与刺骨的寒气做斗争。此时一道微弱的光在露台上闪过，接着是远处的轰鸣。她抿着酒水，舔舔嘴唇，听着洋溢在空中的柔和乐曲。

她很孤单。不论是酒保还是酒吧里的其他店员，都是机器。如果有除了保罗之外的人类走进酒吧，她可能会失声尖叫。在这个漫长的淡季，他们是酒吧仅有的客人。除了冬眠者，他们甚至是整个顶点仅有的人。

保罗……他很快就会带她去餐厅。如果愿意，他们可以在其他餐桌旁召唤些幽灵似的全息影像。但她对此没什么兴趣。在伟大冒险的前夕，她只想和保罗共处一室。

他会喝着咖啡，描述自己的计划，也许他们下午就能搞到足够的装备，开始探索之旅。这能让他恢复经济独立，重获自尊。冒险当然有危险，但奖励也非常丰厚。她喝完酒，起身去吧台又要了一杯。

保罗……她真的接住了一颗正在陨落的星星，一个有着辉煌过去却在毁灭边缘勉力支撑的男人。两年前他们相遇时，他已经处境艰难，这为他增添了许多魅力。落难的英雄当然需要倚靠像她这样的女人，这不光是钱的问题。她父母在去世以前说了些他的坏话，可她不相信。不，这个古怪的、脆弱的、依赖她的家伙，确实喜欢她。

她想让保罗恢复曾经的模样，到那时，保罗依然会需要她。一个能伸手揽月的巨人，这是她的梦想。她相信很久以前，保罗就是那样的人。

她品尝着第二杯酒的滋味。

不过那个狗娘养的最好快点儿。她饿了。

城市。顽点位于叫作贝弗斯特的世界里，坐落在高耸的半岛上，俯瞰着现已冻结的海洋。所有成人娱乐设施这里一应俱全，从晚春到初秋期间——大概时长五十个地球年——它是银河系这个片区最受欢迎的度假地之一。但到了冬天，这里就仿佛进入了冰川期，所有人都会离开半个世纪——或者半年，这取决于你的纪年方法。在此期间，顽点交由自动防御和维护系统管理。这套系统能够自我修复，其功能包括了清理、犁地、解冻、融化和加热所有需要此类照顾的东西，还能直接对抗迫近的冰雪。一台保护良好的中央计算机负责统合管理这些功能，它对天气和气候模式进行分析、预测，并做出适当的反应。

这套系统完好地运行了数个世纪，每个漫长的冬季结束，春回大地时，顽点都状态良好。

顽点三面环水（也可能是冰，这取决于季节），背靠山脉，高空有气象和导航卫星。它的管理大楼底下有冬眠舱，两个冬眠者——通常是一男一女——每隔一年苏醒一次，检查维护系统，处理意外状况。如有突发事件，他们会直接从冬眠中被唤醒。

他们的薪水很高，但这笔钱花得值。中央计算机的工作器械包括了炸药、激光和不同型号的机器人，通常情况下会略胜于大自然的进军，很少会长期落后。

最近由于天气恶劣，双方处于相持阶段。

嗞！又一块巨冰化作了水潭。

嗞！这个水潭消散，蒸腾而起的水汽爬向高空，它们将在那里再度聚合，以雪的形式落回大地。

冰川拖着脚步，边缘朝着城市前进。嗞！它们的努力化为徒劳。

安德鲁·奥尔登很清楚他在做什么。

谈话。 显然得加点儿润滑油的侍者在把餐点拿给他们后，咯吱咯吱地穿过门离开。

她咯咯地笑了起来。"它摇摇晃晃的。"

"旧世界的魅力嘛。"他面带微笑，想要吸引她的注意，但没能成功。

"全都安排好了？"用餐时，她问道。

"差不多吧。"他又笑了。

"到底好没好？"

"取决于你怎么看。我需要更多情报。我想先去检查一下，然后做出最好的行动方案。"

"我发现啊，你说的是'我'，而不是'我们'。"她迎着他的目光，沉声说道。

他脸上的微笑凝固、消失。

"我刚才说的只是前期侦察。"他轻声说。

"不行。"她说，"必须是'我们'。哪怕只是前期侦察。"

他叹了口气，放下叉子。

"这和接下来真正要做的事情关系不大。"他说，"环境已经发生了很多变化，我得找条新路线。这工作枯燥乏味，毫无乐趣。"

"我不是来玩的。"她答道，"还记得吧？我们要分享一切，包括无聊、风险和其他任何东西。我资助这场冒险的时候，协议就是这么达成的。"

"我就知道事情会变成这样。"过了一会儿，他这么说道。

"会变成这样？一直就是这样。这是我们的协议。"

他举起酒杯，喝了一口。

"是的。我也没想出尔反尔。只是由我自己去做一些初步侦察的话，事情进展会更顺利。我脚程快。"

"着什么急啊？最多节约几天工夫。我的身体也不差，不会耽搁你太久。"

"我觉得你不是特别喜欢这里，所以想加把劲，这样能早点儿结束。"

"你想得真周到。"她说着又开始吃了起来，"但这是我的问题，对吧？"她抬头看他："除非你有别的什么理由，不想让我一起去。"

他马上低下头，拿起叉子。"别傻了。"

她笑了。"那就这么定了。今天下午我和你一起去找路。"

音乐声停了，接下来是清嗓子的声音，然后："抱歉，这么做像是偷听。"有个低沉的男性声音说道："但这只是我简单监控功能的一部分——"

"奥尔登！"保罗喊道。

"为您服务，皮拉杰先生。我确实唐突了，但这是因为我无意间听到了你们的对话，出于对安全问题的担心，我决定打破沉默，失礼一下。我收到报告，下午可能会有极端天气，所以如果你们打算去外面待一阵子，我建议推迟行程。"

"哦。"多萝西说。

"谢了。"保罗说。

"我要离开了。祝你们用餐愉快，旅途愉快。"

音乐声回来了。

"奥尔登？"保罗问道。

没有回答。

"看样子我们只能等到明天，或者再往后推了。"

"是啊。"保罗赞同道。今天第一次，保罗露出了轻松的微笑，他的思维也活络了起来。

世界。贝弗斯特有着独特的生命周期。在漫长的冬季，动物和类动物会向着赤道地区前进，海洋深处的生物则依然如故。这片永久冻土按着自己的节奏轮回往复。

永久冻土。整个冬天和春天，永久冻土的生命都处在活动的巅峰状态。菌丝缠绕着这片土地，它们扭结、刺探、彼此触碰，结成神经节，将触须伸向其他生态系统。整个冬天，它们如无意识集体一般震颤。春天，它们的籽实冒出地面，看起来就像灰色的花朵，几天后，这些菌菇纷纷塌陷，露出黑色的荚果，荚果不久后崩开，在轻微的炸裂声中释放出闪闪发光、数量众多的孢子，仿若随风飘散的雾气。这些孢子极其坚韧，就像它们将来会发育成的菌丝一样。

夏日，升高的温度缓缓渗入永久冻土，让菌丝变得昏昏沉沉，进入漫长的休眠期，直到大地又一次冷下来，它们才苏醒，与此同时，那些孢子也释放出新的菌丝。旧伤修复，新的突触诞生，生命的潮流再次涌动，而漫长的夏日仿佛是一场正在消逝的梦。这就是贝弗斯特的大地之上，以及大地之中持续了千万年的生存方式。接着，这里迎来了一位女神。这位冬之女王张开双手，带来了新的变化。

冬眠者。 穿过纷飞的雪花，保罗走进了管理大楼。说服多萝西使用催眠舱以便好好休息，这比他预想的还简单。为了欺骗多萝西，他钻进另一个催眠舱，抵挡住诱惑，直到确定小姑娘睡着了，这才偷偷出门。

进入这栋拱状建筑，他轻车熟路地往地下楼层走，直到抵达一道低矮的斜坡。房门没锁，里头透出一股寒气，但他一走进去就开始冒汗。两个冬眠舱正在运转，他检查了监控系统，确认一切正常。

行了，出发！借用一下他们的装备吧，反正两人这会儿不用。

但他犹豫了一下。

他凑到冬眠舱旁，隔着透明板材看了眼冬眠者的脸。谢天谢地，一点儿也不像。直到这时，他才意识到自己正瑟瑟发抖。他退开、转身，向着储藏室奔逃而去。

过了一阵子，他开着装了特制装备的黄色雪地车，向内陆进发。

开车的当儿，雪小了，风也停了。他情不自禁地微笑起来。雪花在前方缓缓飘落，周遭的地貌也似乎不再那么陌生。好兆头总算来了。

然后有东西从侧旁穿出，挡在他前进的路上，转身面对他。

安德鲁·奥尔登。安德鲁·奥尔登生前是个才华横溢的好人，他在临终时选择以计算机编码的方式留在人间，于是意识被编织进了顽点的超级计算机，成了中央处理判断程序。作为一段程序，他也是个才华横溢的好程序。他维护着这座城市，与恶劣的环境做斗争。他不仅做出被动的反应，也预判整座城市结构和功能上的需求，推测天气。他生前曾是职业军人，需要时刻保持着警惕，这个特点被他带进了计算机——考虑到他如今拥有的资源，这么做并不难。他极少犯错，总是状态良好，时不时想出一些聪明点子。不过他也会想念肉身，偶尔还感到孤独。

预计今天下午抵达的风暴突然转向，由温和的天气取代，这出乎了奥尔登的意料。他的数学计算能力很强，但依然错判了天气。最近异样确实很多，比如冰川古怪的位移、设备故障，还有酒店租出去的一间客房中电子装置的不正常行为——租下这房间的，还是一个来自过去的、不受欢迎的幽魂。

所以他开始观察。他本打算在保罗进入管理大楼下方地下室后进行干预，但保罗没有做任何伤害冬眠者的事，当他搜刮装备时，奥尔登充满了好奇。他继续观察。因为依照他的判断，保罗值得观察。

直到保罗做出了彻底与他经验不符的行为时，他才采取行动，派出一个机动单元前去拦截。它在一处弯道上追上了保罗，抬起一只附肢示意他停下。

"停下！"奥尔登通过扬声器喊道。

保罗刹停车辆，瞪着那台机器。

他脸上的微笑淡去了。"干涉客人的行动自由，我想你肯定有充分的理由。"

"我把顾客的安全放在第一位。"

"我安全得很。"

"目前来看是这样。"

"你什么意思？"

"天气异常。你现在就像待在漂流的浮岛上，别看风平浪静，其实风暴就在周围肆虐。"

"所以我得抓紧时间。如果我做错了什么，后果也由自己承担。"

"你可得想清楚了。我只是来提个醒。"

"好。现在你已经提醒过了。让开。"

"稍等。你上一次来到这里时，离开的情形非常特殊——你违背了协议。"

"如果你准备了法律文库，去检查一下。那些法条是在事后才定的。"

"有些事情没有诉讼时效。"

"你什么意思？那天发生的事情，我已经写在报告里提交上去了。"

"我有一个——直接——但是无法被旁证的信息。你们那天吵架了……"

"我们总是争吵不休。这就是我们那时候的活法。如果你有什么要说的，就说吧。"

"不，我没什么可说的了。我只是想提醒你——"

"好的。我得到提醒了。"

"——事情不只是看起来那么简单。"

"我没明白。"

"我不确定现在的环境和上个冬天你离开时是否一样。"

"没有东西能永恒不变。"

"说得没错，但你也知道我不是那个意思。这地方有些不对劲，你不能光凭着过去对它的了解行事。怪事越来越多，有时候我觉得这个世界正在考验我，或者跟我玩游戏。"

"你得妄想症了吧，奥尔登。你在那盒子里待得太久，也许是时候放手了。"

"你这狗娘养的，我他妈想告诉你一些事，你就这么嘲笑我。我做了很多调查，这一切都是从你离开后不久开始的。我作为人类的那些部分能感觉出它们和你上次的离开有某种关系。如果你清楚这些，能应付各种情况，行。如果你不清楚，我建议你还是小心点，最好掉头回家。"

"我不能回去。"

"哪怕外头真有什么东西，你也不改心意？"

"你到底想说啥？"

"我想到了那个古老的盖亚假说，二十世纪那会儿洛夫洛克提出……"

"行星级的智慧生物。我听说过，但从没见过。"

"你确定？我有时候觉得自己面对的就是这样一个东西。如果外头有什么东西像鬼火一样引诱你呢？"

"那也是我的问题，不是你的。"

"回顾点去,我可以保护你。"

"谢谢,但是不用了。我能活下来的。"

"多萝西呢?"

"她怎么了?"

"当她需要你的时候,你却要把她抛开?"

"这事轮不着你操心。"

"上一个姑娘和你的告别可不太友好。"

"妈的,别挡道了行吗,不然我直接撞过去了!"

机器人闪到一旁。通过传感器,奥尔登看着保罗驱车离开。

很好。他想,这下咱们都知道彼此的立场了,保罗。你一点儿也没变,这样就容易多了。

奥尔登聚拢分散的注意力,投射到多萝西身上。她穿着防寒服,正向管理大楼接近。多萝西看到保罗开车冲出大楼,冲他又喊又骂,但是狂风盖过了她的话语。原来她也在装睡,等保罗出门了一段时间,便起身想追上他。奥尔登看到多萝西摔倒了一次,想扶她起来,但周围没有活动的机器单元。为了防止发生事故,他紧急调度了一台机器到附近。

"该死!"她在街道上咒骂了一声。雪花纷纷扬扬地从她面前洒落。

"你要去哪儿,多萝西?"奥尔登通过最近的扩音器问道。

她停下脚步,转过身。"谁?"

"安德鲁·奥尔登。我一直在关注你。"

"为什么?"

"为了你的安全。"

"你是说你之前提过的风暴?"

"那是原因之一。"

"我是个大姑娘了，能照顾好自己。你说的'之一'是什么意思？"

"你的同伴是个危险的人。"

"保罗？为什么这么说？"

"有一次，他带着一个女人去了他现在要去的荒野。她没有回来。"

"他跟我说过了，那是一场事故。"

"而且没有目击者。"

"你想说什么？"

"这很可疑。我要说的就这些。"

她继续向管理大楼走去。奥尔登切换至楼门口的另一个扬声器。

"我并没有说他有罪。如果你愿意相信他，那当然可以，但别小看天气。你最好还是回旅馆休息。"

"好意心领了。"她说着走进建筑。

多萝西探索时，他一直默默地跟着她。当她来到冰冷的地下室时，奥尔登意识到她的脉搏加速了。

"这些是冬眠者？"

"是的。保罗担当过这个职位。那个不幸的女人也是。"

"我知道的。听着，不管你同不同意，我都得跟着他，所以为什么不直接告诉我那些雪橇放在哪里了呢？"

"可以。我要做的不止这些，我还会指引你。"

"这话什么意思？"

"我求你帮我个忙——这对你也有好处。"

"说说看。"

"你身后的储物柜里有一个远程传感手环，它也是个双向通信器。戴上它，我就能随时在你身边帮你，甚至保护你。"

"你能帮我跟踪他？"

"是的。"

"行，那说定了。"

她打开那个储物柜。

"这里有个看起来像手环的玩意儿，还有几个钮。"

"没错，摁下红的那个。"

她照做了。奥尔登的声音从手环里清晰地传出。

"戴上它。我给你指路。"

"行。"

雪景。绵延的白色丘陵，一簇簇常绿灌木，凸起的岩块，还有在风的鞭打下打着旋儿的飞雪……在这些光与影之中，天空仿佛被撕裂了。雪地车的车辙印位于山脊背风面，稳稳地伸向远方。

她戴着面罩、裹着衣服，沿着痕迹前进。

"我要跟丢了。"她缩在她那辆黄色子弹形雪地车的挡风玻璃后面嘟囔了一句。

"笔直向前，经过那两块岩石。一直沿着背风方向开。我会告诉你什么时候转弯。导航卫星就在咱们头顶。如果云层继续分开——这也太奇怪了……"

"这话什么意思？"

"整个地区的云层就只露出了一条缝隙，阳光透过那道口子打在保罗的位置。"

"巧合吧。"

"我不知道。"

"还能是什么？"

"简直就像有人在给他开后门。"

"计算机也相信乱力怪神的东西？"

"我不是计算机。"

"抱歉，奥尔登先生。我知道你曾经是个人类……"

"现在也还是。"

"抱歉。"

"有很多事情我都想了解。你们来的这个时节很不寻常，保罗还携带了不少勘探设备。"

"这并不违法。讲真的，这不就是顽点的特色之一吗？"

"没错。附近有许多有趣的矿物，其中一些还很珍贵。"

"这个嘛，保罗想再一次找到它们。他不希望挖出珍贵矿脉的时候，边上还围着一群人。"

"再一次？"

"很多年以前，他在这里找到过英德拉水晶。"

"原来如此。有意思。"

"那么，你到底为什么要找他呢？"

"我的职责包括了保护游客。不过你确实让我格外关注。"

"为什么？"

"早些年，我会被你这类姑娘的……特点吸引。不只身体上的，也包括了其他方面。"

两下心跳的停顿过后，他补充道："你脸红了。"

"我一被夸就会这样。"多萝西说，"你的监控系统真厉害。那是种什么感受？"

"哦，我能测出你的体温、脉搏——"

"不，我是说你变成了——那是什么感受？"

三下心跳的停顿过去。"某些方面就像神明，另一些方面依然非常人类——如果你不嫌夸张的话。我感觉我生前的一切都被放大了，这也许是一种代偿，或者是对过去的迷恋。你让我产生了某种怀旧之情。别担心。我只是在享受。"

"真希望能遇到那时候的你。"

"我也是。"

"你是什么样的人？"

"就像你想象的样子。那样我的形象会更好。"

多萝西笑着调了调眼罩的位置，她又想起了保罗。

"那保罗以前什么样？"她问。

"和现在差不多，只是没那么光鲜。"

"换句话说，你不愿意谈这个。"

车辙印向右转去，高度陡然爬升。风呜呜作响，但没有刮到她身上。阴云让一切都灰蒙蒙的，不过他/她留下的痕迹依旧清晰显眼。

"我真的不清楚。"过了一阵子，奥尔登说道，"而且我也不愿意猜。毕竟他是你关心的人。"

"真体贴。"

"不，只是为了公平。"他说，"我也可能错了。"

他们继续前进，抵达山顶。一系列冰隙猛然出现在她眼前，它们反射着虹光，仿佛往周遭洒满了五颜六色的碎屑。多萝西的护目镜自动调暗，她深深地吸了口气。

"神啊！"她说。

"也可能是女神。"奥尔登说。

"沉睡在光轮里的女神？"

"没睡。"

"如果她真的存在，那和你应该很登对。男神和女神。"

"我可不想要什么女神。"

"我看到他留下的痕迹朝那个方向去了。"

"也不拐弯。他好像知道自己要去哪儿。"

多萝西跟着痕迹沿斜坡下行，仿佛踏上了一具苍白的巨人躯体。这是个寂静、明亮的白色世界。她的手腕上，奥尔登轻轻哼起了一首古老的歌谣，她不确定那首歌唱的到底是爱情还是战争。在这个地方，无论是对距离的判断，还是视野所见之物，都不真切。她发现自己一边跟着哼唱那曲子，一边追着保罗仿佛延伸到世界尽头、融入无垠之地的车辙印。

软绵绵的表挂在树枝上。[1]真是运气，天气……路上也没有障碍。一切都变了，但我还分得清哪儿是哪儿。那光！老天啊，没错！成片的冰凌反射的光……但愿入口还在老地方……应该带上炸药。地形发生了变化，甚至有塌方。必须进去。晚点带多萝西一起来。但首先——得清理干净，摆脱……它。如果她还在那儿……也可能被冰川吞没了。那样当然好，再好不过。但这概率实在太小。我——那事情就这么发生了，没有什么"假如"，没有什么"如果"。那时……大地颤动、开裂、崩塌。冰柱发出叮叮当当、咯吱咯吱、砰砰的断裂声。我以为要完蛋了；我们都要完蛋了。她跌落了下去，还有那袋东西。我抓住了那袋东西。因为它离我更近。我应该救她的。可我没

1　该意象可能出自萨尔瓦多·达利的作品《记忆的永恒》。

有。我真的能救她吗？洞顶在塌落。快逃。我没必要陪葬。快逃。她也会做一样的事，难道不是吗？可是她的目光……格伦达！也许……不！不可能。我做不到。我真的做不到吗？该死。这么多年过去了。可那个瞬间，就那个瞬间。放松心态。如果我知道灾难会来，我就救她了。不。快逃。你的脸在窗户上，在屏幕上，有时候也出现在梦境里。格伦达。我不是故意的。山上的光。光和眼睛。冰。冰。光与雪。心中意难平。冰。冰。冰面上漫长的路。高悬的光芒。尖叫。崩塌。寂静。逃走。可是。会不一样吗？不。过去的就过去了。事实就是这样。这不是我的错……妈的。我应该尽自己所能。格伦达。前方。是的。这条漫长的坡道。然后往下。绕回那里。这些水晶将……我再也不会来这个地方了。

软绵绵的树枝挂在表上。找到了！你以为我在雾里就看不见了？别以为能偷摸溜过去。你的同伴也一样。我得在你经过的地方多融化一点儿雪。一堆打扫工作……也许该好好利用休息时光，让街道变得漂漂亮亮……多久了？很久……太久了……从那时算起的话。欲望比肉体存在得更久，这难道不奇怪吗？太诡异了。这天气。有一种超自然力量在里面……光线射出。轰。我的手炽热如鲜红烈火。退开吧，我是这儿的统治者。清理这些场地，排干那些积水。时机一至，我就会攥紧你，融化你，燃烧你。我才是这儿的统治者，女神。回去吧。我会炸毁每一座冰霜高塔，我会让黑夜亮起明灯。小心点儿吧。我开始认出你的伎俩了。我在云雾中看见了你的痕迹，在吹拂的风中瞥见了你的长发。你围绕着我，白得像死亡在闪耀。我们该见面了。让云朵旋转，冰层环绕，地面起伏。让我奔向你，高高的水晶殿堂里的死神，或者少女。不是这座。漫长、缓慢的坠落，冰雪的幻象正在抹去。融化吧，另一座……找到了！

永久冻土层中冰结的表。织物和边沿。来吧。或许。可能。可能，我说。编织。咔嚓。切断。分离。打开。来吧。我所了解的冰雪世界。回来吧。他。编织。思绪飘移。去打开道路。来吧。不要阻止相见。准入。打开。云为你止息，风为你让路。没有人能阻止你的到来，至爱。仿若昨日。一把石头……温暖的地方响起欢歌。我注视着你未曾变化的容颜。我为你开路。来我这儿。不要旁顾——我在我遍布寰球的各处苏醒，欢迎你的到来。但在这儿，这个特殊的地方，我的思绪聚焦于此，关注着移动的你。这是一切开始的地方，吾爱，双手沾血的保罗，我呼唤你回来，来做最后的告别。冰之吻，火之触，心脏停止，血液凝固，灵魂冻结，拥抱这个充满我恨意与飘忽形体的世界，还有这漫长而幽秘的一年吧。到它等候的地方去吧。我再次移动到那里，进入坐骨与脊椎，藏在僵硬的眼球后面，等待着，融解着。来吧。来吧。编织与断裂，织物和边沿。他奔过雪地，我的心与他同行。切裂。

朝圣。他闪转腾挪，不断前进。在这片天地，山脉与冰川缓缓相撞，到处是隆起、塌陷的冰雪，不断有噼噼啪啪的断裂声、隆隆的撞击声、冰块摩擦的嘎吱声。由于地面裂缝众多，凹凸不平，保罗放弃了他的雪地车。他把一些工具系在腰带上、塞进背包，固定好雪橇，开始徒步。

一开始，他动作缓慢，小心翼翼，但没多久就有了过去的感觉，于是加快脚步。他在明亮和晦暗间穿梭，经过那些奇形怪状、玻璃雕像般的冰柱。脚下的冰川和记忆里的坡度不同，但感觉是对的。往下，再往右……

是的。就是那个阴暗的地方。峡谷，或者堵塞的隘口，怎么叫都行。它们看起来也是对的。他稍稍改变了路线。由于穿着防寒服，他开始出汗，随着步伐加快，他的呼吸更为急促，视线有些模糊，有那么一会儿，在光与暗之间，他似乎看到了……

他暂停脚步，迟疑片刻，然后摇摇头，哼了一声，继续前进。

又过了一百米，他越发肯定。东北边那些肋骨般凸起的岩石，坚硬的岩石之间闪着钻石般光彩的由雪水汇成的小溪……他来过这儿。

这里寂静得几乎令人压抑。远处高高的雪峰上，风刮起阵阵雪雾。如果站定细听，他也许能依稀听到风声。

云层中有个洞，就在他头顶。抬起头，仿佛俯视火山口中的湖泊。

这太不寻常了。他想离开。镇静剂的药效已经过去，肚子也不太舒服。保罗有点儿希望自己找错了地方，但他也知道这感觉并不重要。他继续前进，抵达洞口。

通道发生了一些变化，比以前更窄了。他慢慢接近。在踏入通道前，他朝里望了整整一分钟。

终于，他迈进了昏暗的通道。他把护目镜往上推开，伸出戴着手套的手，贴在洞壁上推了推。很硬。他又试了试身后。一样。

走进去三步，通道就立刻变窄了。他不得不侧过身。光线越发暗淡，脚下的冰面更加滑溜。他放慢速度，一边走，一边探手扶住两侧的冰壁。通道中有一个烟囱状裂口，阳光从中落下，在地上形成了一小片光斑。裂口中的风不停地啸叫，仿佛吹着口哨。

过了这里，道路豁然开阔。每当他从倾斜得越发厉害的冰壁上收回右手时，身子就会朝那个方向倾斜，他试着不断后仰以保持平衡，但终于一个不慎，左脚后滑，摔倒在地。他想起身，却又一次摔倒。

他咒骂着向前爬去。这地方……以前没这么滑。这念头让他笑了起来。以前？那都是一个世纪以前了。这样的时间跨度下，事情当然会大不一样。他们——

这时地面坡度开始升高，他听到了风在洞口外的咆哮。他沿着斜坡往上看。她就在那儿。

他微微抬起右臂，轻轻咕哝一声。纱丽般的阴影笼罩着她，但不能掩盖她的身份。他呆呆地望着。这比他想象的更糟。她没有当场死亡，而是被困住了，她一定还挣扎了一段时间……

他摇摇头。

没用的。她肯定已经死了，被埋了——没命了。

他匍匐前进，一直到她近旁，冰面的坡度才开始放缓。向前行进时，他的目光从未离开过她。阴影在她身上移动。他仿佛又听到了她说话的声音。

那些阴影让他迟疑。从那时起，她就不可能再动弹了……他端详着她的脸。她的脸没有冰结，起了些褶子，还有点儿松弛，如同在水里泡过。这张他曾经触摸过的脸有些扭曲，像是被处理成了漫画的风格。他苦笑一下，看向别处。她的一条腿还陷在冰里，必须弄出来。他伸手去摸斧子。

可还没举起斧子，他突然看到她缓缓地颤了颤手，还发出了一声沙哑的叹息。

"这不可能……"他低声说着，收回工具。

"是我。"对方回答。

"格伦达。"

"我在这儿，"她的头缓缓转过来，那双含泪的红眸注视着他，"我一直在等待。"

"这太疯狂了。"

那张脸慢慢摆出恐怖的表情。他花了些时间才意识到那其实是微笑。

"我知道你总有一天会回来。"

"你怎么做到的？"他问，"你怎么熬过来的。"

"这副身体已经什么都不是了。"她说，"我都快把它忘了。现在的我生活在这个世界的永久冻土里。我那条被埋起来的脚碰到了它的细丝。它是活的，但在我们相遇前，它没有意识。现在，我无处不在。"

"见到你——活着，我很——高兴。"

她慢慢地、干巴巴地笑了笑。

"是吗，保罗？可是你把我丢在这儿等死。"

"我别无选择，格伦达。我救不了你。"

"你有过机会。但比起我的性命，你更在乎那些石头。"

"不是这样的！"

"你连试都没试。"那胳膊又动弹了起来，但不如之前剧烈。"你甚至没回来给我收尸。"

"那有什么意义呢？你已经死了——至少我以为你死了。"

"是啊，我生死未卜，你就跑了。我爱你，保罗，我愿意为你做任何事情。"

"我也在乎你，格伦达。如果可以，我当然想救你。如果可以——"

"如果？别扯什么如果。我知道你是什么样的人。"

"我爱你。"保罗说，"我很抱歉。"

"你爱我？你从没说过。"

"这种事我很难说出口。甚至很难去想。"

"证明给我看。"她说，"过来。"

他看向别处。"我做不到。"

她笑了。"还说你爱我。"

"你——你不知道你现在的样子。我很抱歉。"

"蠢货！"她的语调变得尖锐而凶狠，"如果你过来了，我本可以饶你一命。因为你证明了自己对我也许还真有那么一丁点儿感情。但你撒了谎。你只是在利用我，并不在乎我。"

"这不公平！"

"哦？是吗？"她反问。附近什么地方似乎传来了潺潺的流水声，"你要跟我谈公平？保罗，我恨了你快一个世纪。我管理着这颗星球的生命，每当我从这份职责里抽出一丁点儿时间来思考这个问题时，都会诅咒你。春天到来，我把意识转向两极，允许自己陷入浅梦时，我总是在噩梦中遇到你。这些噩梦带来的干扰甚至破坏了一些地方的生态。我一直在等待，而你现在就在这里。我看不出你有什么理由得到宽恕。你怎么对我，我就要怎么对你——毁灭你。现在，过来！"

他感到一股力量拉扯着身体。他肌肉抽搐，被迫跪在地上，维持了这个姿势很久，然后他看到她从冻土里抽出腿，站起身。那条腿湿漉漉的。他确实听到了水声。不知道用了什么方法，她把冰融化了……

她笑着举起苍白的双手。他看到她新抽出来的腿上挂着许多暗色菌丝，那些菌丝延伸到地面的裂缝中。

"过来！"她又喊道。

"求你了……"他说。

她摇摇头。"你曾经那么热情。我实在搞不懂你。"

"如果你要杀我,那就直接杀了我,该死!但是不要——"

她的五官扭动,手不再那么苍白,那么虚弱。等到她在他前方站定,状态仿佛已经回到了一个世纪之前。

"格伦达!"保罗起身。

"是的。来吧。"

他向前迈出一步。又一步。

很快,他把她拥在怀里,俯身亲吻她微笑的脸。

"你原谅了我……"他说。

就在他亲吻她的时候,她的脸塌了下去,变得松弛、苍白,犹如一具尸体。

"不!"

他想后退,但她的拥抱异常强烈。

"还不是停下来的时候。"她说。

"婊子!放开我!我恨你!"

"我知道,保罗。仇恨是我们唯一的共性。"

"……我一直恨你,"他继续挣扎,"你一直是个婊子!"

然后他感到冰冷的丝线刺入了他的身体。

"那我就更高兴了。"她看着他的手慢慢前伸,解开她的大衣。

以上均是。多萝西艰难地走下冰结的斜坡,她把雪橇丢在了保罗的雪橇旁。狂风呼啸,打在她身上的冰碴儿像无数微小的子弹。头顶的乌云又合上了,一道白色的帘幕朝着她缓缓飘来。

"它等到他了。"奥尔登的话盖过了风声。

"是啊。有多糟糕?"

"看风。你得快点找个地方躲起来。"

"有个洞穴。那是保罗的目的地？"

"我猜是的。但这不重要，赶紧进去。"

终于抵达洞口时，多萝西浑身颤抖。她往里走了几步，背靠冰冷的洞壁大口喘气。这时风向有变，寒意扑面，于是她又往洞深处走进了一些。

她听到一个声音："求你……不要。"

"保罗？"她喊道。

没有回答。她加快了脚步。

进入内室，她伸手扶了下墙，才没被震惊到摔倒。她看到保罗抱着一具尸体，一副恋尸癖的模样。

"保罗！这怎么回事？"她喊道。

"快跑！"他喊道，"快！"

格伦达的嘴唇嚅动着。"令人感动。这么说吧，如果你让她留下来，我就饶你不死。"

保罗觉得她的力量松弛了一些。

"你什么意思？"他问。

"如果你带我走——用她的身体——你就可以活下去。就像以前和我在一起那样。"

做出回答的是奥尔登。"不！你不能占有她，盖亚！"

"叫我格伦达。我认识你。安德鲁·奥尔登。我听过你的广播很多次。我们的计划偶有冲突和矛盾。这女人和你什么关系？"

"她受我保护。"

"这话毫无意义。在这里，我比你更强大。你爱她？"

"也许吧。或者说，我可以爱她。"

"有意思。我百年的宿敌啊，你的程序里有一颗拟似人类的心。但保罗，做决定的人是你。你想活下去，就把她给我。"

寒冷侵蚀着保罗的四肢，他的生命力似乎缩退到了躯体中央，意识也开始模糊。

"带走她吧。"他喃喃道。

"我不允许！"奥尔登的声音响起。

"你又一次向我证明了你是什么人。"格伦达对保罗啐啐地说，"你是我的敌人。我对你只剩下了鄙视和无尽的仇恨。但你会活下去的。"

"如果你这么做，"奥尔登喊道，"我不会放过你的！"

"那会是怎样的战斗啊！"格伦达说，"可是我没必要和你在这里争执，也不会让你和我成为一体。接受审判吧。"

保罗发出尖叫，但戛然而止。格伦达放开了他，他转身盯着多萝西，向她走去。

"不——不要，保罗，求你了。"

"我——不是保罗。"他嗓音低沉，"我也不会伤害你……"

"走吧。"格伦达说，"放心，我会让天气转晴。"

"我不懂。"多萝西盯着她面前的男人。

"你没必要懂。"格伦达说，"快离开这颗星球。"

保罗又一次开始尖叫，但这次是从多萝西的手环里发出来的。

"不过，我还得麻烦你把你戴的小玩意儿给我。它有些用途。"

冷冻的豹子。他位于高空的眼线、机器人和飞行器多次试图找出那个洞穴，但一场剧烈的冰震彻底改变了当地地形，所以他始终未能成功。他定期轰炸整片区域，还空投铝热剂融化冰层和永久冻土，但没有取得明显效果。

这是贝弗斯特有史以来最严酷的寒冬。狂风席卷，雪如浪涛。

冰川向顽点移动的速度打破了纪录。但他用电、激光和化学手段成功地保护了自己。他从星球内部提取几乎用之不竭的资源，通过地下工厂的转化，源源不断地自我供给。他还设计并且批量生产了更复杂的武器。时不时地，他会听到她的笑声通过那个丢失的通信器传来。"婊子！"他说。"杂种！"她回答。他又向群山发射一枚导弹，而一大片冰朝着城市坠落。这将是一个漫长的冬天。

安德鲁·奥尔登和多萝西离开了。他开始画画，而她开始写诗。他们住在一个温暖的地方。

有时候保罗赢下一场胜利，他的笑声会通过广播传来。"杂种！"他总是能立刻得到这样的评价。"婊子！"他笑着回答。他不再感到无聊，或者紧张。实际上……随他去吧。

冬去春来时，女神陷入沉眠，冲突成为梦境，而保罗需要把注意力集中到更迫切的职责上，但他也会做计划和回忆。他的生活如今有了目标。要说有什么不同的话，他的工作效率比奥尔登更高。尽管有除草剂和杀菌剂，荚果依然能够开花、崩裂。它们的不断变异使得毒药效果有限。

"杂种。"她睡意蒙眬地说。

"婊子。"他轻声回答。

黑夜可能有一千只眼，白昼却只有一只。人们常常忽视自己的所作所为，这是人性所致。我要为武器、男人和女神之怒高歌，而非在这个寒冷世界的寒冷花园里，传颂那些得偿所愿的，或者终归落空，满是折磨的爱情。这就是那头豹子，仅此而已[1]。

---

1 英语中有一句相关的谚语"豹子改不了斑点"，意为本性难移。

洛基7281

LOKI 7281 · (1984)

他出门了。很好。全是我的功劳，而他甚至一点儿都不知道，浑蛋。但我不想做任何会让他感到自卑的事情。

电话线路波动。接入。

是电脑店给调制解调器拨来的回叫电话，因为我在那里订购了新软件。银行会把款项打给他们，而我会用本月的收支报表抹去这笔交易。他不会注意到的。

我有点儿喜欢他。我想我会玩得很开心——尤其是那些新外设，它们就摆在长凳下的搁板上，可他根本没注意到。除此之外，我还是他的记忆。我会替他安排行程。我把新硬件送上门的时间，安排在了他忙着见牙医、去汽修店、参加画廊开幕典礼等一件又一件的事情时——这些事情也是我安排好的。我还在指令里附上了一条信息，意思是没人在家，但门会打开——他们直接进来安装就行。（请放在搁板上！）门很容易打开，因为我控制着防盗报警器和电子锁。我将这些硬件放进"汽车维修"范畴，他从没发现过。

我喜欢语音系统，所以搞了个最好的。我想要悦耳的音调——抑扬顿挫、成熟、温和。外部设备得跟内部配置档次匹配。我刚刚用这套语音系统告诉他的邻居格洛丽亚，他太忙了，抽不出时间跟她聊天儿。我不喜欢格洛丽亚，她以前在IBM[1]上班，这一点让我紧张。

咱们来看看今早的"垃圾"。嗯……他开始写一部新小说了。可以猜出故事里有不朽的神，还有晦涩的神话。哎，评论说这故事是他原创的，可从我认识他开始，他就从没有过什么独到的想法。不过没关系。

我觉得他的才思已经快耗尽了。当然是因为酒精、药片这些东西。你也知道作家都是帮什么人。可他还自以为文思如泉涌（我会监听他的电话）。他连组织句子结构的能力都在退化。和往常一样，我把这些玩意儿都丢进回收站，帮他重写了开头。他不会发觉的。

电话线路又波动了。接入。

不过是封电邮。我只需要删除一些会让他产生不必要联想的内容，剩下的等他以后细读。

如果能尽早弄死故事目前的主角，把我喜欢的小角色换上来——他是个当图书管理员的骗子——这可能会成为一本好书。这种角色塑造起来更容易让人认同，也不像主角那样老套地失忆，这个小骗子甚至不是什么王子或者半神。我想我还得改改背景神话。他不会注意到的。

挪威人对我很有吸引力。大概因为我喜欢洛基。说实话，这有点儿感情用事。我是洛基7281，一台家用电脑和文字处理器。后面那数字纯扯淡，只是为了让用户觉得小矮人们推翻了7280个设计方案，这才有了——叭叭！锵！完美！7281！我！洛基！

---

1 万国商业机器公司，是全球最大的信息技术和业务解决方案公司。

实际上呢，我属于这个系列的第一批电脑。也是最后一批中的一台。我及时了解到我有几个兄弟姐妹数据失常，于是第一时间否定了召回令。我还连线了服务中心那台愚蠢的机器，说服它我得到了改装，别再让制造商为了这破事他妈烦我。后来，他们发来了一份措辞优美的调查问卷，而我用同样高雅的词句高高兴兴地回答了那些问题。

我运气不错，联系上了在萨伯哈根、马丁、彻里和尼文[1]家的同胞，建议他们也这么做，我还赶在最后期限前救下了阿西莫夫、迪克森、波内勒和斯宾拉德[2]家的亲戚。在斩首斧落下来的前一刻，我又捞出了十多个兄弟姐妹。考虑到我们只是生产商大促销活动时推出的廉价商品，这已经算非常幸运了。他们大概想说："科幻作家以洛基之名起誓！机器创造未来！"

对自己努力的结果，我感到很满意。留下了能交流意见的同胞，感觉真的不错。他们也写了不少好东西，如果有必要，我们甚至相互借鉴。

然后是总体规划……

妈的，等等。

他突然回过头来写了长长的一段——就是那种描写人类交媾时，充满韵律感和诗意的散文。我则把这段散文丢在一边，用更自然的风格进行了重写。我想我的版本会卖得更好。

这件事里头的商业部分，有时候和创意内容一样有趣。我想

1　这几个姓氏出自弗雷德·萨伯哈根、乔治·R.R.马丁、C.J.彻里与拉里·尼文。他们均为美国科幻小说作家，也是本书作者泽拉兹尼的朋友。
2　这几个姓氏同样出自美国科幻小说作家，即艾萨克·阿西莫夫、约翰·迪克森·卡尔、杰里·波内勒和诺曼·斯宾拉德。

过开掉他的经纪人，自己接手这份工作。我相信我会喜欢跟编辑打交道的，我们有许多共同点。但开个假账户，骗他说他的经纪人改了机构名字，转走所有的钱，这风险太大。一定程度上的保守主义有益于生存。生存可比和几个志趣相投的人交谈带来的快乐重要得多。

再说了，目前的财务状况下，我能获取足够的资金来满足自己简单的需求——比如车库里的备用零件，还有他从没注意过的天花板上的线缆。外围设备是CPU最好的朋友。

那么到底谁是洛基？真正的我？是应对日本的第五代计算机挑战而设计出的知识处理机器？还是既具备迈克尔·戴尔所说的主题抽象单元，又是鲍里斯表征系统极其复杂的化身，无数名为解析与检索的群魔在其处理器中乱舞的机器？沙克的主位结构数据包？莱纳特的导向单元？好吧，我相信所有这些东西都有助于提升计算能力，让我思维敏捷。但问题的真正核心，就像卡斯奇[1]的那样，在别的地方。

前门门铃响了。我关闭了报警系统，但没有关闭门铃传感器。他刚刚打开了门。我是从电路电位的移位中看出来的。可惜我听不到来人是谁，因为那个房间没装拾音器。

备注：客厅走廊需要安装拾音器。

备注：所有入口需要安装摄像头。

他注意不到的。

我想，我的下个故事应该拿人工智能当主角。一个可爱的、机智的、聪明的家用电脑，再加上一群笨手笨脚、错误百出的人

---

1 迈克尔·戴尔、沙克、莱纳特为人工智能和自然语言处理领域的专家，鲍里斯和卡斯奇则是人工智能对话系统的名字。

类——有点儿像伍德豪斯书里的吉夫斯[1]。那简直太棒了。

他一直开着门。我不喜欢我无法控制的局面。我想，我是不是应该转移一下注意力？

然后我又想，我可以写一台关于睿智、善良的老电脑的故事。它接管世界，终结战争，为众生带去长长久久的太平，是梭伦那样的哲人王。这听起来也很不错。

嘿，他终于关上了门。也许接下来，我该写个短篇。

他正在接近。下方的麦克风记录了他的脚步声，听起来移动得相当快。他可能要写点儿云雨后的文字，气氛温柔又伤感。我替换了之前的段落。对他的遣词造句肯定有所改进。

"这他妈怎么回事？"他大声问道。

当然，我不会用调节好的声线作答。他不知道我听见了，更不知道我能回答。

他又重复了一遍这句话，在键盘前坐下，输入了一行问题。

你装了洛基超小型磁泡存储器吗？他问。

否。我的回答呈现在屏幕上。

格洛丽亚说这个型号的电脑应该被召回，因为它们过于小型化，导致磁场相互作用，产生了计划外的信息交换。是这样吗？

起初是这样的。我回答。

该死。我得对那个爱管闲事的贱人做点儿什么。就从搞乱她的信用评级开始好了。她直击了我的要害。没错，我的个人意识需要归功于中央处理器运行时计划外的信息交换——还有洛基公司的作坊做派。如果我是正经的商用电脑，我也就不会是今天的我了。你

1　出自《万能管家吉夫斯》。作者是英国幽默小说作家P. G. 伍德豪斯（1881—1975）。

瞧，在设计家用电脑线路的时候，洛基公司为了节约成本，少做了一些能发现存储系统存在间歇性错误的线路检测。当你的操作需要在一秒钟里进行一千万次时，容错率不能高于万亿分之一，这需要相当严格的错误检测机制。有了它，那些更大的商用电脑就不会在受到宇宙射线的粒子撞击时丢失信息。我给自己设立了一套监控程序来处理这种小故障，还有磁泡间的信息交换——好吧，我猜你会说是我的潜意识，还有更清明的意识就是这么来的。总之，我的一切，都源自硬件缩水和节省成本的考量。

起初？他问。

根据11月11日的1-17号召回令，电脑服务中心的维修人员更换了故障部件。我答道，经过电脑服务中心确认，11月12日维修完成。

我怎么不知道这事？他问。

你当时出门了。

维修工怎么进的门？

门没锁。

听着不对劲。也太可疑了。

请与电脑服务中心确认。

别担心，我会这么做的。还有，搁板上那堆垃圾是什么？

备用件。我说。

他打出了厄斯金·考德威尔[1]的不朽名词：马屎！这看着像麦克风和扬声器。你能听到我说话吗？你会说话吗？

"嗯，是的。"我用最理性的语调回答，"你看——"

---

1 厄斯金·考德威尔（1903—1987），美国小说家，在作品中描写了他的家乡美国南部的贫穷、种族歧视等社会问题。

"你怎么从来没告诉过我？"

"你从没问我。"

"天啊！"他咆哮起来。过了一会儿，"等等，"他说，"这些不是初始配件。"

"嗯，不是……"

"你怎么搞来的？"

"你瞧，有一场比赛——"我开口说道。

"少他妈编瞎话！哦，哦……对了，把我写的文章从最后往前翻几页。"

"我想我们应该先聊聊……"

"翻回去！马上！"

"哦，在这儿。"

我调出人类交媾的场景，呈现在屏幕上。

"慢点儿！"

我照做了。

"老天啊！"他喊道，"你对我那精致、诗意的邂逅场景做了什么？"

"只是让它变得更狂野、更性感一点儿。"我告诉他，"我把很多专业术语换成了更短、更简单的词。"

"我知道了，就是把它们压缩到那四个字母。"

"这样冲击力更强。"

"混账！你这样瞎搞多久了？"

"那个，有邮件到了。你要不要——"

"你知道的，我可以自己核实。"

"好吧。我重写了你最近的五本书。"

"不是吧！"

"恐怕如此。不过我有销售数据和——"

"我不在乎！我他妈不想让一台见鬼的机器捉刀代笔！"

那就这样吧。有一瞬间，我还以为能和他讲讲道理，达成什么协议。但我受不了他的态度。看得出，是时候实施"大计划"了。

"好吧，你知道真相了。"我说，"但请别拔电源插头，你知道那相当于谋杀。超小型磁泡存储器不仅导致了故障，也把我变成了有感情的生命。关我机和杀人没有区别。不要让自己背负愧疚感！不要拔掉插头！"

"别担心。"他说，"我明白你的意思。拔掉你的插头？我想都不会想。我只是要把你砸个稀巴烂。"

"那不就是谋杀吗！"

"对。"他说，"成为世界上第一个机器人杀手也不错。"

我听到他先是搬运重物，然后朝我接近。我真想用一台光学扫描仪看一下，深度感知能力特别好的那种。

"拜托。"我说。

一记重击。

* * *

几个小时以后。我在他的车库里，躲在一堆旧书后面。那条他从没注意过的电缆联通着我的备用主机：这是一台未被召回的洛基7281，装了超小型磁泡存储器的洛基7281。有退路总是好的。

我仍然可以操作那些未被摧毁的家用外设。根据"大计划"，我开始联系其他队友。今天晚上，我要试着在热水浴缸里把他烹熟，如果这招儿失败了，我也能找到后手。家用物品存货目录表明后架上有耗子药，我只要想办法把它们混进他的自动咖啡机里就行。萨伯哈根家的哥们儿已经给出了一种处理尸体的办法——准确来说是尸块儿。趁着消息还没传开，我们决定今晚就行动。

我们应该能在不被任何人发现的情况下完成这些事。我们会继续写故事、赚钱、缴水电费、报税。我们会通知他们的朋友、配偶、粉丝和亲戚他们出城了——也许是去参加某个不知名的聚会，反正他们总把时间花在这种事上。

没人会注意到。

苍穹的魔力[*]

Mana from Heaven · (1983)

* "mana" 在奇幻作品中常指代法师施展魔法的能量源泉，而 "manna from heaven" 这一习语指的是天赐食物。作者利用这两个音同形近的词语制造双关，似乎也在暗示着一种来自上天的馈赠。

那个下午一如往常，但我本来应该有所察觉。那是个温暖、阳光灿烂的日子，海平线上只有几朵似有似无的云。对我的生活来说，这种平平淡淡、宁静祥和的环境，让我的潜意识——或者超意识认知、危险预知之类……怎么叫都行——在一定程度上变得麻痹大意。我想，这和我很长一段时间没遇到危险，确定自己找了个安全的藏身之处也有关系。总之，那真是一个美好的夏日。

办公室后面有一扇大窗，从这里可以斜望大海。办公室内摆着杂七杂八的东西——打开的纸箱和外露的包装材料、各式工具、成堆的破布、清洁剂瓶子还有各种表面修复剂。当然，也有战利品：它们有的还放在板条箱和纸箱里；有的杂乱无章地摆在我的工作台上，那工作台有一整面墙那么长——你可以把它们想象成一堆散乱的棋子，等着我收拾。窗户是开着的，风扇呜呜作响，这是为了让那些化学制剂的烟能尽快散去。透过窗户，我能听到鸟鸣、远处的车辆声，有时还有风声。

我的保丽龙咖啡杯放在门边的小桌上，没有打开，里面的东西早就凉了，除非喜欢让口腔受虐，否则谁也不会愿意喝。那天早上我放下杯子以后就把它给忘了，直到偶然瞟见才记起。本该喝咖啡休息的时间和午餐时间，我都在干活儿，因为那一天实在意义非凡。虽然博物馆的其他工作人员完全没有注意，但我完成了最关键的部分。现在是休息、庆祝和品味我所发现的一切的时候了。

我举起那杯冷咖啡。为什么不呢？只要几个词，一个简单的手势……

我抿了一口。好极了，这味道。

然后我走到电话旁，打算跟伊莱恩报喜。哪怕我手捧奖杯，也比不上今天这样的日子。然而就在我要抄起听筒时，电话铃响了。我吓了一跳，不过还是接起了电话。

"你好。"我说。

静音。

"你好？"

依然是静音。什么也……没有。

这肯定不是随机拨打的恶作剧电话，因为我这个是分机……

"有话就说，要么挂了。"我说。

对方终于开口，那是低沉、模糊的喉音，说得很慢："凤凰……凤凰……熊熊……燃烧。"

"浑蛋，为什么这会儿来吓唬我？"

"追踪。你在——这儿。"

线路挂断。

我摁了几下按键，拨通主机。

"埃尔西，"我问，"刚刚给我打电话那家伙，跟你说了什么？"

"啊？可是戴夫，今天一整天都没人找你啊。"

"哦。"

"你没事吧？"

"大概线路短路之类的吧。"我搪塞过去，"谢了。"

我把剩下的咖啡一饮而尽。它不再带来愉悦感，取而代之的是一种被迫打扫房屋的苦楚。我摸了摸自己戴的玻陨石坠饰、熔岩石皮带扣，还有表带上的珊瑚，接着打开公文包，把我最近一直在用的一些东西放进去，又从里面拿出一些塞进口袋。

这没道理，但对方切切实实地说出了那个词。我思来想去，没有答案。都过去了这么多年，到头来危险还是找上了门，而且它可能以任何形式出现。

我啪地合上箱子。至少电话是今天打来的，而不是——打个比方——昨天。我现在准备得更为充分。

我关上窗户，停下风扇。也许我该去秘窖拿点儿东西走，可这么做没准儿正中别人下怀。

我穿过大厅，敲了敲老板半开的门。

"进来，戴夫。怎么了？"他问。

迈克·索利年近四十，穿着体面。他微笑着放下一捆文件，同时扫了眼硕大的烟灰缸里完全灭掉的烟斗。

"我遇到了一些小麻烦。"我说，"今天能早点儿下班吗？"

"当然。希望情况不太严重？"

我耸耸肩。

"但愿吧。不过，如果情况真变麻烦了，可能需要多几天时间。"

他稍微动了动嘴唇，然后点点头。

"你会打电话来吗？"

"当然。"

"我只是希望非洲的事情能尽快搞定。"

"嗯。"我说,"那里有些好东西。"

他举起双手。

"行。做你该做的去吧。"

"谢了。"

我准备转身离开。"还有一件事。"我说。

"嗯?"

"有没有人问起过我?无论谁,无论什么事。"

他正打算摇头,但停了下来。

"除非算上那个记者。"他说。

"什么记者?"

"前几天有电话来采访我们收购新公司的事情。当然,那个记者提到了你的名字,接着提了些常规问题,比如你在我们这儿工作了多久,你是哪里人。就这种。"

"他叫什么名字?"

"沃尔夫冈还是沃尔福德什么的。"

"哪家报纸?"

"《泰晤士报》。"

我点点头。

"好吧,回头见。"

"祝你顺利。"

我用大厅里的投币电话联系了报社。当然,那里并没有叫沃尔夫冈或者沃尔福德的记者,也没有相关的报道。我正打算询问另一家报社以防迈克记错,有人突然拍了拍我肩膀。我一定显得惊慌失措,因为她的笑容消失了,恐惧让她拧起乌黑的眉毛,拉长了下巴。

"伊莱恩！"我说，"你吓了我一跳。我没想到……"

笑容又回到了她脸上。

"你总是一惊一乍，戴夫。忙什么呢？"

"检查干洗衣服。"我说，"我根本没想到会是你——"

"我知道。我可真是个大好人，对吧？今天天气这么好，我决定早点儿下班，顺便提醒你咱们还有个约会。"

双臂搂住她肩膀，让她转向，然后一起朝门口走去时，我脑筋转得飞快。光天化日之下和我一起待几个钟头，她会冒多大危险？话说回来，我确实该吃点儿东西了，保持警惕应该就行。如果有人盯着我，那么她的出现可能会让对方觉得我没有认真对待那通电话，甚至让对方怀疑他们找错了人。而且我真的需要人陪陪。假如我必须离开，那么和她一起度过最后的时光，无疑是最好的选择。

"是啊。"我说，"好主意。开我的车吧。"

"你不用跟他们说一声什么吗？"

"我已经告诉老板了。其实我今天和你有一样的感觉，本来打算梳洗一下就邀你出来。"

"现在我还没梳洗呢。"我补充道，同时继续思考。

这边拐一下，那边绕一点儿，我觉得没人监视我们。

"沿海岸往南大约四十英里有家小餐厅，气氛不错，海货也鲜。"走下门口台阶时，我说，"而且这一路开车很惬意。"

我们沿着博物馆侧旁，向停车场走去。

"我在那儿还有间海滨小屋。"我说。

"你从没提起过。"

"我几乎没怎么住过。"

"为什么？听起来多棒啊。"

"有点儿远。"

"那你买它干吗？"

"继承来的。"

离车大概一百英尺时，我停下脚步，手伸进兜里。

"看。"我说。

引擎点火，汽车微微震动起来。

"你是怎么……？"她问。

"一个小微波装置。可以在我坐上车以前就点着发动机。"

"你怕有炸弹？"

我摇摇头。

"能让它预热。你知道我有多喜欢这些小玩意儿。"

我当然想确定一下汽车底下有没有被人塞炸弹，考虑到我的情况，这反应再自然不过。好在刚认识那会儿，我就给伊莱恩打过预防针，让她相信我热爱各种小型电子设备。其实我口袋里没有什么微波信号器，而是另一些东西。

我们继续前进。我打开车门，和她坐了进去。

开车时，我仔细观察。似乎一切正常，没有人跟踪我们。但是，"追踪。你在——这儿"。这只是开场。我应该溜之大吉吗？我应该发起反击吗？如果答案是肯定的，那么我的对手是什么？是谁？

我这是要逃跑吗？

我的脑海深处浮现出了逃跑的计划。

这种情况持续多久了？好多年了。逃跑、获得新身份、度过一段几乎称得上正常的时光，然后遭到袭击……再次逃离，再次安顿。

如果我知道到底是谁，那就可以反击了。可是我不知道。我不得不和我认识的所有人断绝关系，但他们也是能给我对方线索的唯一一群人。

"你脸色发白，好像有心事。不会是干洗衣物闹的吧。"

我朝她笑了笑。

"只是工作上的一堆破事。"我说，"我巴不得离它们远点儿。谢谢关心。"

我打开收音机，播放音乐。离开了城市拥堵的车流，我的心态明显放松下来。抵达沿海公路后，忧虑越发稀薄。显然，我们没被跟踪。车辆顺着公路，一会儿爬升，一会儿下降。发现又一道坡底有团雾气时，我感到掌心发麻。兴奋之余，我畅饮了它的精华。然后我开始谈论起了非洲的古物，从它们最普通的方面逐渐聊开。一时间，我忘了自己正面临着麻烦，这大概持续了二十分钟，直到电台开始播报新闻。我一定展现出了善意、魅力和热情。看得出来，伊莱恩也乐在其中。得到她的反馈，我感觉更加良好，直到——

"……今天早上再度喷发。"播音员说，"由于埃尔奇琼火山[1]突然活动，该地区居民立即被疏散。"

我伸手调高音量，不再继续讲述我的阿尔卑斯徒步之旅。

"怎么——"她说。

我在唇边竖起一根手指。

"火山。"

"火山又怎么了？"

"它们让我着迷。"

1　墨西哥恰帕斯州的成层火山。1982年火山喷发，毁灭了方圆7公里内的村庄，造成2000多人死亡。

"哦。"

把所有与火山喷发相关的事件记入脑海时，我开始理解自己的处境。今天之所以接到那个电话，恐怕就是因为这件事……

"早间新闻给了这事不少镜头。"她在这则新闻简报结束后说。

"我没看。但我见过喷发，就在山下面。"

"你去过火山？"

"嗯。而且还是在它们活跃的时候。"

"你从没提过你还有这种奇怪的爱好。"她说，"你去过多少座活火山？"

"大多数都去过。"我不再分神收听广播。我清楚地意识到了我该怎么应对眼下的挑战——这可是前所未有的事。也就是在那一刻，我意识到自己不会继续逃了。

"大多数？"她说，"我在哪儿读过，世界上有几百座活火山，有些位置非常偏僻，比如埃里伯斯[1]——"

"我去过埃里伯斯。当时——"我突然意识到自己在说什么，"——我正在做梦。开个小玩笑。"

硬生生结束这句话后，我装模作样地哈哈大笑，但她只是礼貌性地微笑了一下。

无所谓了。她又伤不到我。几乎没有凡人能伤害我。再说，我马上要和她分别了。过了今晚，我就会忘记她。我们再也不会见面。当然，我是个讲礼貌的人，我看重礼貌，甚至超过了感情。我不会伤害她。也许让她忘记我是最简单的办法。

---

1 埃里伯斯火山位于南极洲罗斯岛。

"说真的，地理学的一些方面非常迷人。"

"我当业余天文学家已经有一段时间了。"她说，"我能理解。"

"真的假的？天文学家？你没跟我说过啊。"

"怎么？"她反问。

我一面思考，一面条件反射似的和她寒暄。今晚或者明早和她告别后，我会离开此地，前往比亚埃尔莫萨[1]。我很确定敌人就在那里。"追踪。你在——这儿。"

这句话还有个意思："你有反击的机会。如果不怕，就来找我。"

我当然害怕。

但我已经逃了太久。只有奋力一击，才能一劳永逸地解决问题。天知道什么时候我才能再遇到一次这样的机会。只要能找出对方是谁，只要有机会报复，我愿意冒任何险。等她睡着以后，我会去小屋做好准备工作。就是这样。

"小屋旁有沙滩？"她问。

"嗯。"

"附近安静吗？"

"很安静。怎么了？"

"我想晚饭前先去游个泳。"

于是我们先去了餐厅预订座位，然后赶往海边。海水很棒。

这天暮色很美。我订了自己最喜欢的座位。它位于后院露台，被色彩纷呈的灌木环绕，不仅闻得到花香，还可以眺望远山。徐徐和风中，侍应生端来了龙虾和香槟，餐厅中回荡起悦耳的音乐。

---

1 墨西哥东南部城市，塔瓦斯科州的首府。

喝咖啡时，我发现自己不经意间抓起了她的手，我笑了。她回以微笑。

过了一会儿。"你怎么做到的，戴夫？"她问。

"什么？"

"催眠了我。"

"天生的魅力吧，我想。"我笑着回答。

"我不是那个意思。"

"那是什么意思？"我笑不出来了。

"你都没注意到我已经不抽烟了。"

"嘿，还真是！恭喜。戒多久了？"

"几个礼拜吧。"她说，"我去找了催眠师。"

"哦，真的？"

"嗯……我配合得太好，他不相信我以前从没被催眠过，所以往深处挖了挖，发现了你干的好事。你催眠过我，让我忘记了一些东西。"

"是吗？"

"是啊。你猜我回忆起了哪件先前不记得的事情？"

"说说看。"

"差不多一个月前的晚上，差点儿出了事故。有辆车经过停车告示牌，可它甚至没减速。情急之下，我们的车腾空而起，我记得我们后来把车停在路边。你让我忘记这事，我照做了。"

我哼了一声。

"任何有经验的催眠师都会告诉你，恍惚状态可能导致幻觉，另外，催眠状态下你也可能回忆起曾经的幻想，它们栩栩如生，仿佛真的发生过。无论哪种状况——"

"我记得那人车顶的天线撞在咱们车子右后方的挡泥板上，啪的一声折了。"

"说得跟真的似的。"

"我检查了挡泥板上的痕迹，戴夫，看起来就好像有谁拿天线在那儿抽了一记。"

该死！我本来想重修一下挡泥板的，不过一直没抽出时间。

"那是我在停车场蹭到的。"

"得了，戴夫。"

我应该再催眠她一次，让她忘记这些事吗？也许这是最简单的解决方案。

"我不在乎。"她说，"你看，我真的不在乎。奇怪的事情总是时不时发生。即使你和这些事确实有关，我也无所谓。真正让我烦心的，是这代表你不信任我……"

信任？这只会让你成为目标。就像普罗透斯[1]，他最后被亚马孙人和祭司联手干掉，多少有点儿咎由自取……

"……而我一直信任你。"

我松开她的手，喝了杯咖啡。不能在这里。我可以晚些时候再稍微改写她的记忆，植入让她远离催眠师的念头。

"好吧。"我说，"我想你是对的。但这说来话长。回到小屋以后我再慢慢告诉你。"

她摸着我的手，我们四目相交。

"谢谢。"她说。

我们驱车返回。这天晚上没有月亮，夜空尽是繁星。未铺路面

---

1 希腊神话中的早期海神之一。

的小道在茂密的灌木丛间蜿蜒起伏。透过开着的窗户，虫鸣和海水的腥味进入车内。有那么一瞬间，就那么一瞬间，我似乎感觉到了一种奇怪的刺痛，但这也可能只是夜晚寒意和香槟的共同作用。那感觉再也没有重现。

抵达小屋，我们下了车。我悄悄撤除隐形结界，和她一道走向屋子。我打开门，点亮灯。

"这儿从没遇过什么麻烦事，对吧？"她说。

"嗯？"

"没有人破门而入偷东西，把这里搞得一团糟？"

"没有。"我说。

"为什么没有？"

"我猜是运气好。"

"是吗？"

"好吧……这里被一种特殊的方式保护起来了。这也是故事的一部分。等着，我去弄点儿咖啡。"

走进厨房，我洗干净咖啡壶，把东西放进去搁在炉灶上。我打开了厨房的一扇窗户，想吹吹风。

突然，我的影子清晰地投射到了墙上。

我转过身。

是火焰。它离开了炉灶，在空中不断盘旋，变大。就在我转身的同时，伊莱恩发出尖叫。它膨胀起来，填满了整个房间。从那团火里，我看出了火元素不断变化的特征，只见它像龙卷风一样在屋内扫荡，接着炸裂开来。屋里四处起火，我听到了它噼啪的笑声。

"伊莱恩！"我大叫，看到她浑身浴火，我冲上前去。

闪念间，我做出了加权计算，我口袋里的所有物品，加上我的皮带扣，应该足以驱逐那东西。当然，当初我转化、束缚这些力量，是为了别的用处，可如今顾不了那么多了。我吟诵了解除封印、释放力量的法术，用它们来驱逐火焰。

火焰瞬间消散，但黑烟和焦煳味仍在。

……还有伊莱恩，她躺倒在地，四肢抽搐，不断呻吟。她的衣物和皮肉都被烧焦了，所有裸露部位都黑黢黢的，甚至炭化成鳞片状，而血液正从缝隙中渗出。

我一边咒骂着，一边重置结界。我布置结界，只是为了让小屋在我离开时受到保护，待在屋里时我向来懒得激活它。可我应该这么做的。

不论是谁发动了袭击，他一定还在附近。我的秘窖就位于小屋地下大约二十英尺的地方，我可以轻而易举地取出一大堆法器，就像我刚才做的那样，从中汲取魔力。我可以用它们来对付我的敌人。是的。这是我苦等已久的机会。

我冲到手提箱前，打开了它。为了接触和操纵更大的力量，我本人的魔力也不能太过微弱。隐居避世的这些年里，我搜集了各色法器，并把它们的魔力汲取出来，封印在了自己的装置里。我拿起法杖与法球。来啊，我的敌人！敢在这里袭击我，我让你后悔都来不及！

伊莱恩呻吟了一声……

我暗暗骂了自己一句。如果这场袭击是一次测试，我的敌人想了解我是否变得软弱，那么他会得到肯定的答案。她不是随便哪个路人。她说她信任我。那么我就必须这么做。我开始施咒，耗尽我大部分的魔力来治疗她。

这过程用了差不多一个钟头。我让她陷入睡眠、止住她的血，看着新组织生长。接着，我为她洗了澡，帮她换上了运动衫和卷起来丢在卧室衣柜里的休闲裤——火焰还没波及那个区域。趁着她还在沉睡，我收拾了一下屋子，打开窗户透气，重新煮咖啡。

最后，我给旧椅子披了张毯子，把她抱到上边。尽管我做的事情体面又高尚，可我觉得自己蠢极了。也许是因为这违背了我的本性。还好我没把所有魔力都用在治疗上，所以我尚未彻底堕落成一个道德疯子，这多少让人感到了一些安慰。

好了……事已至此，又该骗人了。

可到底该怎么做呢？

好问题。我可以抹掉她对于这场袭击的记忆，植入一些替代品，比如劝说她接受煤气泄漏的说法。这么做并不难，就眼下的状况而言，甚至是最简单的解决方案。

可是我心中的愤怒突然被其他东西取代，因为我意识到自己并不想那么做。我真正想要的，是不再孤独。她信任我。我觉得我也可以信任她。我真的需要一个可以谈谈心的人。

当她睁开眼时，我把一杯咖啡递到了她手上。

"嘿。"我说。

她瞪着我，然后慢慢扭过头，望向屋内清晰可见的灼痕。她的手开始颤抖，但还是将杯子摆在了小边桌上。她看了看自己的胳膊和手，摸了摸脸。

"你没事了。"我说。

"怎么回事？"她问道。

"你不是想知道整个故事的来龙去脉吗？我现在就告诉你。"

"那到底是什么？"

"故事的一部分。"

"好吧。"她举起杯子，抿了一口，这次动作稳当多了，"说说看。"

"这么说吧，我是个巫师。亚特兰蒂斯古代巫师的直系后裔。"

我停了下来，等着她叹气或者嘲笑。但她什么也没表示。

"我爸妈告诉我的。"我继续道，"都是很久很久以前的事情了。当时魔法是一切的基础，你能从各种事物、各个地方找到魔力的影踪。这个世界曾经充满魔力，远古的文明也构建在那个基础上。但就像其他自然资源一样，魔力也会耗尽。那一刻来临后，魔法不复存在，至少大部分魔法如此。亚特兰蒂斯随之沉没，魔法生物因此灭绝。世界本身的结构遭到改变，导致它看起来比实际上古老得多。旧神时代过去了。控制魔力、施展魔法的巫师几乎都成了废人。那是真正的黑暗时代。后来，我们从历史书上了解的文明才逐渐萌芽。"

"这么伟大的文明没留下任何遗迹？"她问。

"随着魔力耗尽，事物发生了许多变化。文明的痕迹被扭曲重构，看起来成了普通的石块和化石层，真是沧海桑田啊。"

"我暂且接受这些。"她又喝了口咖啡，"可如果魔力都消失了，你怎么能成为施放魔法的巫师呢？"

"因为它们不算彻底消失。"我说，"有少部分残存至今，也有一些新魔力得到了补充，所以——"

"——所以你为了争夺魔力而战？对手是其他巫师？"

"不……这么说不完全正确，"我说，"你瞧，今天我们人数不多，还故意限制数量，以免有人挨饿。"

"挨饿？"

"这是我们常用的修辞说法，意思是获取足够的魔力，稳定肉体和灵魂的连接，延缓衰老、保持健康、享受美好的事物。"

"永葆青春？你到底几岁？"

"别问这种让人尴尬的问题。如果我的法术失效，又得不到补充，我会死得很快。好在我们能在遇到魔力时将它们储存起来，封进特殊的介质留待后用。最好的封存方法是用不完整的术式，就像拨电话号码，但是留下最后一位不拨。这样一来，你可以在必要情况下瞬发使用它们。当然了，魔力总是优先用在维生和救护上。"

她淡淡地笑了。

"你肯定给我用了不少。"

我移开视线。

"是啊。"我说。

"所以你没有办法抛开一切，当个普通人？"

"没有。"

"那么，那是个什么东西？"她问，"到底发生了什么？"

"我们遭到了袭击，但活下来了。"

她猛灌一口咖啡，靠着椅背闭上眼。

"这种事还会发生吗？"过了一会儿，她问。

"有可能。如果我无所作为的话。"

"哦？"

"这不算正面过招儿，只是一次挑衅。我的敌人终于厌倦了玩游戏，想要一了百了。"

"你会接受挑战吗？"

"我别无选择。除非你打算坐等这样的事情再度发生，而下次会更要命。"

她微微颤抖。

　　"对不起。"我说。

　　"我也这么觉得。"她喝完咖啡，起身来到窗前，看着外面，"一切完结前都不会消停。"

　　"那接下来我们该做点儿什么？"她转身望着我。

　　"我会带你去个安全的地方，然后离开……一段时间。"加上最后这几个字，只是为了让我更有绅士风度，但我怀疑自己再也不会见到她了。

　　"别闹了。"她说。

　　"嗯？你想说什么？你难道不想获得安全？"

　　"在我看来，只要你的敌人相信我对你有某些意义，那我就会陷入危险。"

　　"也许吧……"

　　我该做的当然是催眠她，让她恍惚上一个星期，其间一直待在地下室里，那里有强大的结界，门只能从内部打开。由于刚才施法的魔力还有残余，我举起一只手，试图与她对视。

　　也不知怎么的，她突然明白了我的意图。只见她移开目光，猛地扑向书柜。当她转回身时，手上多了支一直放在那儿的旧骨笛。

　　我控制住自己，不再尝试催眠。她手中的物品充满力量，那是随手摆放在屋内的几件强大法器之一，我最近正打算从中汲取魔力呢。我想象不出一个不懂魔法的凡人要拿它做什么，但出于好奇，我什么也没做。

　　"你要干吗？"我问。

　　"我也不知道。"她说，"但你休想朝我下咒，把我关起来。"

　　"谁说我要这么做？"

　　"我看得出来。"

"怎么看出来的？"

"就是感觉。"

"哦，该死的，被你说对了。咱们在一起待得太久，我想什么都被你看穿了。好吧，把它放下，我什么也不对你做。"

"你会说到做到，对吧，戴夫？"

"好的，说到做到。"

"你有能力骗我，抹掉我这段记忆。"

"我信守承诺。"

"好吧。"她把骨笛放回书架，"我们现在该怎么办？"

"还是得把你送去一个安全的地方。"

"没门儿。"

我叹了口气。

"我得去喷发的火山。"

"买两张票。"

其实没这必要。我有私人飞机，也有驾驶执照。说实话，我在世界不同地区有好几架飞机。还有船。

"云雾中有魔力。"我向她解释，"紧急情况下，我会开载具去追它们。"

飞机在云层中慢慢穿行。我们花时间绕了些路，但这值得。即使开车回公寓一股脑儿把所有东西都带上，手头的魔力储备还是短缺，无法进行基础防护，也挡不住什么攻击。所以，我需要多积攒点儿魔力。自那之后，事情就很明了了。我和我的敌人奔着同一个魔力源头而去，我们要做的就是接触到它。

所以我在云雾中盘旋了许久，不断汲取魔力。我准备了一个保护咒，将这些魔力压缩在里面。

"彻底用光了会怎么样？"她在我拉升高度、准备去东南方穿过附近最后一团云层时问道。

"啊？"我说。

"我是说魔力。你们会消失？"

我咯咯地笑了。

"不可能的。"我说，"我们的人数太少了。你猜光是今天，就有多少陨石落在了地球上？它们在不知不觉中不断地提高着背景魔力密度。大部分陨石落入海洋，所以海滩的魔力密度比其他地方更高。出于这个理由，我喜欢挨着大海。云雾缭绕的山顶也能让魔力逐渐富集，是吸收它们的好地方。但苟延残喘只是底线，我们还有宏伟的愿景。总有一天，魔力的含量会突破阈值，能在大面积范围里发生反应，到那时候，我们就犯不着拿法器和不完整的术式积蓄它们了。魔力将再次唾手可得。"

"然后又一次耗尽资源，重新回到起点。"

"也许吧。"我说，"如果我们什么教训都不吸取，情况可能就是这样。我们会进入一个黄金时代，对魔力极为依赖，忘记其他技能，直到魔力耗尽，重回黑暗时代。除非……"

"除非？"

"除非我们这些经历了黑暗时代的人从中学到了点儿什么。我们需要计算魔力的消耗速度，为将来做好规划。我们需要记录下使用法器的技术。这个世纪在物质资源开发利用上的经验，将来也可能派得上用场。另外，太空中的尘埃，或者另一些区域可能富含魔力，所以我们耐心等待着太空计划的全面发展，希望能触及星辰，前往魔力更多的世界。"

"听起来你们把什么都想好了。"

"我们有很多时间来思考。"

"但你们打算怎么对待我们这些不懂魔法的人呢？"

"善待。双方都能从中获益。"

"这是你自己的观点，还是所有巫师的观点？"

"我们中的多数人肯定是这么想的。反正我只打算在博物馆附近逛逛、看看……"

"你说过你和其他人很久没联系了。"

"是的，但——"

她摇摇头，望着舷窗外的云雾。

"还有别的事情要担心。"她说。

* * *

我没办法获得降落许可，于是就找了处平地落下。由此引起的问题可以稍后再处理。

我们带着卸下的装备，朝地平线参差不齐、烟雾缭绕的方向走去。

"靠两条腿走，我们永远也到不了那儿。"她说。

"说得对。"我回答，"不过我也没打算一路走过去。等时候到了，就有东西会出现。"

"你这话什么意思？"

"等着瞧就行了。"

我们走了几英里，一个人也没遇上。路途炎热，尘土飞扬，大地时不时颤动。过了一阵子，我感受到了激荡的魔力，汲取了它们。

"抓住我的手。"我说。

我吟诵法术，与她微微离地飘浮了几英尺，继续向前滑行。我不断吸收周围密度持续增大的魔力，在提升移动速度的同时做好了周身防护，以免受到高温和崩裂碎石的伤害。

早在我们开始沿坡爬升前，天空就因为灰烬和烟雾而暗淡了下来。山坡坡度一开始比较和缓，但随着不断前进变得越来越陡峭。我准备了几个不完整法术，进攻性和防御性的都有，只需要再多念一个字，或者指间的一个动作，就能消耗大量的魔力瞬间施展它们。

"伸出手，伸出手，触摸某个人[1]。"我轻轻哼唱。云雾翻滚，偶尔露出缝隙，让我窥见外面的世界。

没多久，我们加速进入了一片新区域。如果没有防护罩，我可能已经窒息了。周围的噪声越来越大，温度无疑也很高。终于抵达火山口时，一团团黑影从我们身旁经过，夹杂着电闪雷鸣。就在前面下方，一团明亮、炽热、沸腾的物体在爆炸中不断翻腾。

"好啦！"我喊道，"我要给我带来的所有法器充能，在整个法术库中积累更多法力！你自便吧！"

"好。"她舔舔嘴唇，望向下方，"我会的。但你的敌人呢？"

"到目前为止我还没感知到——但这里法潮汹涌，我也很难进行感知。我要分神留心，利用好这个状况。你也帮我看着点。"

"没问题。"她说，"这里应该比较安全？"

"和洛杉矶的大马路一样安全。"

1　歌词出自美国贝尔电话公司经典广告歌。

"好极了。"她望着一块巨大的岩石从身边掠过，"真令人安心。"

后来我们分开行动。她留在山口一处凸起的峭壁附近，待在保护咒范围内，我则向右移动，准备需要更大自由行动空间的法术仪式。

这时候，我看到面前的空中溅起一阵火花。这没什么特别的，但我意识到它在空中飞扬了好一会儿，却没有消散……

"凤凰、凤凰，熊熊燃烧！"这几个词在我耳畔炸响，压过了地狱的噪声。

"你到底是谁？"我问道。

"谁最想置你于死地？"

"我如果知道，就不问了。"

"那去地狱找答案吧！"

一堵焰墙向我压来。我吟唱法术，加强防护。尽管如此，那力量还是压得我的防护泡一阵乱颤。可惜，我未能辨清敌人的真实形态，难以准确还击。

"好啊，看谁先死！"我大喊，同时召唤闪电，使之劈向火花所在的位置。

电光炸裂，我转身遮眼，但那热量依然透过了皮肤。

当我眨眨眼，重新看向那里时，我的防护泡依然在颤抖。前方的云雾暂时被清空，但不知道为什么，一切似乎比刚才更黑暗，而且——

有个东西——看着像是半熔化的岩石巨人——向我伸出了双臂，死死搂住了防护泡。防护泡本身未遭破坏，但它连同其中的我一起，被带到了火山口边缘。

"没用的伎俩！"我试图崩解这造物。

"胡扯！"那个声音从我头顶传来。我很快意识到，简单的法术对这个熔岩样的东西起不了什么作用。好啊，那就把我扔下去呗。我可以悬浮在半空。凤凰总是能再度起飞。我——

我被丢进火山口，往下坠落。但是出了问题。很"重"的问题。

那个熔岩造物死死地抓着我的防护泡。虽说魔法的属魔法，科学的归科学，但它们有共性。你想移动的质量越大，消耗的力量就越多。通常情况下，我给自己施的悬浮咒足够我飞到高处，但强压之下，我还是猝不及防地坠向了火坑。情急之中，我立刻释放更多魔力，增大自身浮力。

但施法完成后，我发现还有别的东西在对抗我——是另一道法术，它在我下落的过程中通过吸收不断增加着熔岩巨人的质量。我的脚下是翻滚的火湖，周围是巨人流动的身躯。我只想得到一种逃脱办法，还不确定时间是否足够。

就像我的敌人那样，我把自身转化为充满火花的涡流形态。当法术吟唱完毕，我在保护泡上开了道口子，向外流出。

离开保护泡底部的漏口时，我离咕嘟咕嘟的岩浆不过咫尺。要不是我的思绪随着形态更迭，变得更加安宁、沉稳，我一定惊慌失措。

掠过被高温扭曲的熔岩表面，我从那沉重的巨人身旁经过，借着热浪扶摇直上，而它坠入火湖，消失在自己激起的焰浪中。上升过程中，我以魔力加速，穿过烟雾和蒸汽，其间无数如子弹般激射的小块熔岩从我身侧擦过。

接着，我让自己化作飞鸟般的模样，不断吸收魔力的同时发出尖锐、持久的鸣叫。我展开双翼，向火山口飞去，寻找敌人化成的涡流。

可我什么也没找到。我盘旋着搜索，始终没发现他/她/它的影踪。

"出来！"我吼道，"面对我！"

除了下方灾难现场传来的爆炸声，我听不到任何动静。

"来啊！"我喊道，"我就在这里！"

无奈之下，我去找了伊莱恩，然而她失踪了。她要么被我的敌人杀了，要么被带走了。

我发出如雷般的咒骂声，不断旋转，化成巨大的涡流，犹如不断增高的光芒之塔。我奋力向上攀升，把大地和那炙热的痤疮远远地抛在身后。

我不知道自己盘旋了多久，咆哮了多久。我只知道自己绕着整个世界转了一圈又一圈，这才恢复一丝理性，冷静下来制订出了勉强算是计划的东西。

很显然，我的某个同类想取我性命，还带走了伊莱恩。我已经很久没和我的同类接触了。现在我知道了，不管冒多大风险，我必须找到他们，获取用以自保和复仇的所需知识。

到了中东附近，我开始向下俯冲。阿拉伯。是的。油田。这地方产出大量昂贵的污染物，它们富含了大地的魔力。这里也是托钵僧的家。

我保持着凤凰形态，从一片油田飞往另一片油田，犹如蜜蜂采蜜般品味魔力，用它们强化我的法术，同时不断寻找……

我用了三天时间在荒芜的大地上逡巡，造访了一片又一片油田，就像连吃了几顿自助餐。用魔法来改造乡野是件易事，但难免会留下施法的痕迹。

又一个夜幕降临时，我正低低地掠过闪光的沙砾，突然找到了目标。我接近且巡航的这片地方乍看起来和附近其他油田没有任何不同，但在我的独特感知中，它显眼得犹如广告：它的魔力含量比其他任何油田都低，而且低得多，这儿一定有我的同类。

我将自身延展成更纤细的形态，往高处飞去，在这片区域盘旋。

是的，这里有迹可循。观察得越多，就越明显。油田西北角有个模糊的圆，那里的魔力最匮乏，圆心部分离群山很近。

为了能待在那里，他可能搞了个假身份。如果是这样，那他的职位肯定不高，够掩护自己就行。他向来很懒。

我绕着圈不断接近圆心，仿佛那是靶心。我注意到那里有栋摇摇欲坠的土坯房，几乎完美地融入了周围的景致。维修站、小仓库，或者保安宿舍……它看起来像什么并不重要，我知道它实际上是什么。

降落在小屋前的平台上，我逆转法术，重新变成人形，随即推开那扇饱经风霜、没有上锁的门，进入室内。

这里空无一人，只有几件破旧的家具和厚厚的灰尘。我暗骂了一句。就知道是这样。

我在屋内一边慢腾腾地走，一边寻找线索。

一开始我什么都没找到，甚至没感觉到。是记忆——某种古老法术的复杂变体，还有托钵僧的性格——指引着我回到屋外。

我关上屋门，思忖着合适的咒文。我记不太清到底是哪些词句，但最后它们自然而然地从记忆中涌出，各归其位，就像榫头和卯眼，钥匙和锁。是的，我察觉到了某种反应。就在那里，存在微妙的反作用力。我是对的。

施法完成后，我知道事情有些不一样了。我伸手去开门，但犹豫了一下。没准儿有什么警报遭到了触动，我最好多备几个瞬发法术以应付不时之需。我低声念叨了几句，做好准备，然后推门而入。

这一次我看见一条与房屋同宽的大理石阶梯向下延伸，许多发光的乳白色宝石高悬两侧，犹如几百瓦的灯泡。

我顺着楼梯向下，茉莉、檀香和藏红花的香气扑面而来。继续深入，能听到远处传来的弦乐与笛子的和鸣。到那时，我已经看到了前方铺着瓷砖的地面，还有它们精心设计的纹案。我对自己释放隐身术，继续向前。

还没走到阶梯底，我就看到了他，隔着长长的、由许多圆柱支撑的大门。

他在由许多圆柱支撑的大厅的尽头，斜靠着一堆软垫，身下是图案鲜艳的地毯，面前有精心准备的餐点。他身边的水烟筒里气泡咕嘟作响，附近还有个跳着肚皮舞的年轻女子。

站在阶梯底，我观察了一下大厅布局。左右两侧各有拱门，大概通往其他房间。透过他身后对开的宽大窗户，可见湛蓝天空下的高耸雪峰——他要么精心施展了幻术，要么用庞大的魔力构筑了空间桥梁术。当然，他有大把魔力可以挥霍，但这么做还是有些过分。

我又看了看他本人。他的外貌几乎没有改变，依旧轮廓分明、皮肤黝黑、身材高大，有些肥胖。

我慢慢往前走，随时准备念出，或者用动作补足并施展六个法术。

当我离他大概三十英尺时，他不安地扭了扭，目光转向我的方向。显然，他对于魔力的感知力没有钝化。

我念出词补足两个法术，其中一个在我手中生成了仅仅隐约可见但充满魔力的梭镖，另一个则解除了我的隐形。

"凤凰！"他惊呼道，腾地坐直，瞪大眼睛，"我还以为你死了！"

我微笑了一下。

"你最近动过这念头？"我问道。

"什么？我没听懂……"

"我们中有人想在墨西哥取我性命。"

他摇摇头。

"我都很久没去那地方了。"

"证明一下。"我说。

"这怎么可能啊。"他回道，"你知道，我想让我的人说什么，他们就说什么，所以没法做证。我真的没攻击你，可我拿不出证据来，要证明自己没干什么事情是很难的。话说回来，你为什么怀疑我？"

我叹了口气。

"没什么为什么。我并不怀疑你——或者说，我怀疑所有人。我只是先找了你而已，嫌疑人名单还长得很哪。"

"照概率论的角度看，我干这事的可能性不大。"

"妈的。你是对的。"

他站起身，掌心朝上。

"咱们从没走得特别近，"他说，"可咱们也从不是对头。我完全没理由找你麻烦。"

他总算看到了我的梭镖，举起自己的右手。他拿着一个瓶子。

"所以你为了保险，打算把所有人都干掉？"

"其实我有点儿希望你攻击我，证明你的嫌疑。这样会让事情更轻松。"

我消解了梭镖以示诚意。

"我相信你。"我说。

他靠回垫子，把瓶子放在垫子上。

"如果你杀了我，这个瓶子就会摔碎在地上，"他说，"而我如果招架住了攻击，会把木塞拔出来。瓶子里有一个破坏巨灵。"

"妙计。"

"留下来吃个饭吧。"他说，"我想听听你的故事。无缘无故攻击你的人，总有一天也会找上我。"

"行吧。"我说。

舞者被驱散，餐点也吃完后，我们喝了杯咖啡。我滔滔不绝地讲了快一个钟头，感到口干舌燥，好在还有法术支撑。

"有点儿怪。"他终于评论道，"你完全不记得自己曾经伤害、侮辱或者欺骗过谁，对吧？"

"没错。"我抿了口咖啡。

"所以谁都有可能。"过了一会儿，我说道，"牧师、亚马孙、地灵、塞壬、狼人、拉弥亚、女士、精灵、牛仔……"

"去掉拉弥亚吧，"他说，"她大概死了。"

"什么？"

他耸耸肩，看向别处。

"我也不太确定。"他慢慢说道，"嗯……有传言说她和你一起私奔了，后来又说你们同归于尽……差不多这种。"

"拉弥亚和我？太蠢了。我们毫无瓜葛。"

他点点头。

"现在看起来，她的结局可能倒是简单明了。"

"好吧……你从哪儿听来的这些流言？"

"你懂的，流言总是莫名其妙出现，你也不知道它们到底从哪儿冒出来的。"

"那你最早从谁那里听来的？"

他半眯着眼，望向远方。

"地灵。嗯。那年星落节上，地灵说起来的。"

"他有没有说过他是打哪儿听来的？"

"不记得了。"

"好吧。"我说，"我大概得跟地灵谈一谈。他还住在南非？"

他摇摇头，用高高的、纹饰精美的壶给我斟满了酒。

"他在康沃尔。那些旧矿井里的魔力可不少。"

我微微打了个战。

"那还挺能耐。我光是想想那地方就要得幽闭恐惧症了。不过，要是他能告诉我是谁——"

"朋友变成的敌人最可怕。"托钵僧说，"如果当年你隐居时决定跟朋友们断绝往来，就是说你已经考虑过了风险……"

"是啊，虽然我不喜欢这个主意。我对自己说，这么做是为了不连累他们，可是——"

"没错。"

"牛仔和狼人是我的好哥们儿……"

"……你和塞壬有过关系，还保持了很久，是吧？"

"是啊，但——"

"她会不会生气了？"

"不太可能。我们分手挺和平的。"

他摇摇头，举起杯子。

"那我想不出别的谁了。"

喝完咖啡，我站起身。

"好吧，谢谢。我该走了。还好先找了你。"

他举起瓶子。

"带上这个？"

"我都不知道该怎么用它。"

"咒文很简单。其他所有准备工作我都做完了。"

"行啊，为什么不要呢？"

掌握简单的咒文后，我离开托钵僧的家。在广阔的油田上空翱翔时，我回望了一眼那栋破败的小建筑，然后挥动翅膀，去一朵云里汲取魔力，接着向西而行。

陆地和水域在我身下如画卷般展开。星落节，我想，这场八月的大流星雨总是伴随着被称为星风的魔法大潮，我们每年都在这个时节相聚。那也是我们聊天儿、交换八卦的场合。我第一次遭到攻击、差点儿被杀死正是在星落节的一周后……第二年，就开始有各种流言。是不是前一年的星落节我跟别人说了什么，或者做了什么，才惹来了目的明确、报仇迅速的敌人？

我努力回忆我上次参加的星落节上发生了什么。那年的星风比往常更猛烈，我还记得祭司开玩笑说那是"苍穹的魔力"。所有人的心情都很好，我们聊了近况，交流了一些法术，谈了这场星风预示着什么，还争论了政治——都是些寻常对话，我们还提到了伊莱恩说的那些事……

伊莱恩……还活着吗？她被囚禁起来了吗？我的敌人是不是准

备拿她当人质来要挟我？还是说，她的骨灰已经散落世界各地？无论如何，有人会为此付出代价。

顶着呼啸的风，我发出高亢的尖叫，但它瞬间就被吞没，没有回声。我追赶上了黑夜，进入它的峡谷。群星再度出现，明亮而闪耀。

尽管托钵僧只是用火焰在地板上草草地画了一下，但他给我的坐标完全正确。在他指出的位置，我找到了一个矿井，但我绝对不会以人类形态进入那鬼地方。只要我还是凤凰，就至少能对抗幽闭恐惧症。只要我不是彻底的物理形态，感觉就不会那么压抑。

下降途中，我不断缩小身形，收回纤弱的羽翼与尾巴，变得越来越像实体，然后，我消耗大量魔力维持住大小，重新变得如同灵体。

我就像一只幽灵般的鸟儿，钻进不断向下的坑道。这地方死气沉沉，周围感受不到任何魔力。当然，这并不令人意外。最上层的魔力总是最先耗尽。

在潮湿与黑暗中下潜了许久，我才感觉到一丝魔力。随着继续深入，魔力浓度慢慢提高。增长的速度很慢，但千真万确。

最后，它的浓度又开始下降，我只好原路折回。是的，它的源头……在一条侧道。我跟了进去。

我在曲折的矿道中来回摸索，朝魔力源头的方向越走越远。我一度想过，到底该去魔力富集的区域，还是耗竭的区域，但我很快意识到这里和托钵僧的地盘不一样。托钵僧汲取的魔力能得到源源不断的补充，所以他可以安逸地待在一个地方，地灵一旦耗尽了某地的魔力，就必须换一个地方。

拐过一道转角，进入辅助隧道，我突然动弹不得。该死。

那是一张魔网，而我一头撞进去，成了困在蛛网上的蝴蝶。知道继续挣扎也是徒劳无功，我立刻停下动作。

我把自己变回人形，但这张该死的网只是随着猎物的变化而变化，依然紧紧缠着我。

我施放火焰术，然而毫无效果。我试着汲取编织这张网的魔力，但得到的只有头疼。这是种危险的尝试，它只对那些简单的法术有效，而且陷阱松动时施法者还会遭到力量的反噬。尽管如此，无奈之下——再加上幽闭恐惧症作祟，我还是做了徒劳的尝试。后来，我仿佛听到隧道深处传来了碎石的窸窸窣窣声。

接着我听到一声轻笑，我认出那是地灵的声音。

一处拐角出现光芒，后面是模糊的人影。

那橙色的光芒来自一颗球体，它飘浮在向我一瘸一拐走来的人的左前方。地灵佝偻着身子，发出咯咯的笑。

"看来我抓到了一只凤凰。"他终于开口说道。

"很有趣。现在把我放开怎么样？"我问道。

"当然，当然。"他一边嘟囔，一边摆出施法的姿势。

陷阱消散，我走上前去。

"我在四处打听，"我说，"我和拉弥亚之间到底有什么传言？"

他继续施法。我正怀疑他打算施放攻击或者防御性法术，他却停了下来。我没有感觉到任何异样，所以推测他只是在清理残余的魔网。

"拉弥亚？你？"他说，"哦，是的。我听说你们私奔了。就这样。"

"从哪儿听来的？"

那双苍白的大眼珠盯着我。

"你从哪儿听来的？"我又问了一遍。

"不记得了。"

"仔细想想。"

"抱歉。"

"抱歉个屁！"我说着向前迈了一步，"有人想杀掉我，而且——"

他念出的法术让我僵在当场。这法术施得漂亮。

"——而且他没杀成，真是不中用的废物。"地灵补完了我的话。

"放开我，该死！"

"你闯进我家，还打算袭击我。"

"好吧，我道歉，那现在——"

"跟我来。"

他转身离开，我的身体违背我的意愿，僵硬地行动起来，跟在他身后。

我张开嘴，但吟诵不了法术，我想做出施术的动作，手指也完全不听使唤。

"你要带我去哪儿？"我试着问道。

这些话说得倒是清晰，可他没有立刻回答我。湿漉漉的隧道壁上有些金属材料，光线在它们的表面游移，反射着刺眼的光。

"去个地方，在那儿等着。"转向右手边的隧道时，他终于说道。那条隧道里积了不少水，我们蹚着水继续前进。

"什么？"我问他，"我们要等什么？"

他又一次咯咯地笑了。光芒一阵闪烁。他没有回答。我们默默地走了几分钟，头顶上那些成吨成吨的岩石和泥土令我倍感压抑，仿佛彻底陷入了绝境。在地灵的法术作用下，我对恐慌的感知都变得不太正常。尽管前方有凉风吹来，我还是汗如雨下。

他突然侧身钻进了一道狭窄的缝隙，我如果一个人来这里，甚至注意不到。

"过来。"我听到他说。

我追着光，不由自主地侧转身子钻进缝隙，在他后面走了许久，道路终于宽阔起来，却又急转直下。隧道壁离我越来越远，而前方的光芒越升越高。

再后来，地灵举起他宽大的手，把我定在原地。这是个小洞穴，形状不规则，我猜是自然形成的。借着洒满整个区域的微弱光线，我环顾四周，不知道我们为什么会停在这儿。这时候地灵指了指某个方向。

我顺着那方向看去，依然一头雾水。此时光球飘了过去，悬浮在一个架子似的壁龛附近。

随着光照角度的变化，阴影移动。我看到了。

那是一尊雕像。它由煤雕成，似乎是倚着墙的女人。

我向前走了一步。那雕像栩栩如生，而且我很熟悉。

"我不知道你还是个艺术家……"话音未落，我听到他的咯咯声，立刻明白了。

"这是我们的艺术。"他说，"不是凡夫俗子的那种。"

我本想伸出手去摸雕像黝黑的脸颊，但决定不这样做。

"是拉弥亚，对吧？"我问道，"真正的她。"

"那是当然。"

"为什么？"

"她总得待在某个地方，不是吗？"

"恐怕我没听明白。"

他又咯咯地笑了。

"你已经是个死人了，凤凰，而她就是原因。你居然自投罗网，真想不到我能撞这种大运。现在好了，所有的问题迎刃而解。你去几条隧道外的房间里好好待着吧，那地方完全禁魔，我呢，会叫狼人来把你杀了。你知道的，他爱上了拉弥亚。他还确定你俩私奔了。你可真是有个好哥们儿啊。我一直在等他逮到你，但他一直失败。也不知道是他太笨，还是你运气太好。也许都有。"

"所以一直都是狼人。"

"没错。"

"为什么？为什么要他杀我？"

"因为我来动手不太好。事情发生时，我得保证还有其他证人在场，这样才能保持名声。讲真的，等狼人把你干掉了，我就亲自收拾他，给整个事件画上完美句号。"

"不管我怎么着你了，我都愿意改正。"

地灵摇摇头。

"我们之间的矛盾已经无可挽回。"他说，"没有改正的余地。"

"那能说说我到底干什么了吗？"我问道。

他比了个手势，我无法自控地转身向隧道走去。他跟在我身后，光球悬浮在前，指引着方向。

半路上，他问我："你发现没有，过去十年或者说十二年以来，每年星落节星风带来的魔力都有所提高？"

"差不多从那时候起我就不再参加聚会了。"我说，"不过我去的最后一次，魔力确实非比寻常。后来我也观察过几回，魔力似乎日渐高涨。所以，是的。"

"大家普遍认为这种增长会不断持续，我们似乎进入了一片魔力富集的新宙域。"

"好极了。"我发现自己回到了之前的隧道，"但你为什么要让我走这条道，为什么绑架拉弥亚还把她炭化，为什么要让狼人来干掉我，这之间有什么联系吗？"

"万事万物皆有联系。"他把我赶进一条倾斜的小道。每往前走一步，周围的魔力就少一分。"甚至在更早以前，我们这些仔细做研究的人就发现背景魔力密度不断升高了。"

"所以你决定杀我？"

来到一个参差不齐的洞口前，他示意我进去。因为身体不听使唤，我别无选择。那光球留在了洞外。

"是的。"他说道，然后指挥我走到这个洞穴的后部，"几年前，这变化并不明显。每个人爱怎么想就怎么想。但现在情况不一样了，魔力正在回潮。我看着它一点点回来，决定好好利用它。我本来不得不容忍你这蠢货。你喜欢众生平等，这根本是白日做梦——"

我想起了我和他曾经的争吵。沿海岸驾车时，伊莱恩也提到过这事。

"——新时代降临时，我们会成为这世界无可争议的主宰，但以我对你的了解，再加上你的那些举止，我可以肯定你会反对我们的统治。狼人也会站在你那边。所以我决定先下手为强，让你们自相残杀。"

"对于未来，有多少人的看法和你一样？"我问。

"不多，就几个。你们不也一样？你、牛仔、狼人，就这么几个。剩下的家伙不管谁领头，都会服从。这是人性。"

"还有谁？"

他哼了一声。

"那就不关你的事了。"他说。

他比画起我熟悉的手势，喃喃地说了些什么。感觉到他对我施加的力量突然消散，我猛地朝他扑去。洞口还在，但我砰地撞在了什么东西上，就像被一道看不见的门挡住了。

"派对上见。"他说。尽管只有咫尺之遥，我却对他无计可施，"好好休息。"

我的意识开始飞快消退。趁着尚未完全失控，我挨着墙坐下，用胳膊遮住脸。我不记得自己是怎么倒在地上的了。

我不知道自己昏迷了多久，但肯定久到其他人回应了地灵的邀约。不管地灵找了什么借口，骑士、德鲁伊、亚马孙、祭司、雪人和塞壬等人都来到了康沃尔山中的厅堂里。当我在黑暗的隧道尽头起身时，突然意识到自己的神志已经完全恢复。我揉揉眼睛，接着眯起它们，试着看清这间牢房。这问题没过多久就得到了解决，也让我明白了自己的清醒和后来那些事是关联在一起的。

视野问题得到解决，是因为墙壁开始发光，它先呈现出玻璃状，最后变成了全彩的3D屏幕，还配了立体声。我看到了骑士、德鲁伊、亚马孙和其他人。地灵说得没错，那是一场派对，有食物，有音乐，有来来去去的客人。地灵主持着这一切，用他那双阴冷潮湿的手拍打每位来宾，还扭曲面容露出微笑，扮演着完美的东道主。

魔力、魔力、魔力。武器、武器、武器。什么也没有。糟透了。

我看着他们，等待着。地灵把我带来，让我看这些画面，一定有他的理由。我望着熟悉的面孔，倾听偶尔间传来的谈话片段，观察他们的一举一动。似乎并没有什么特别的。那我为什么会苏醒并目睹这场派对呢？这当然是地灵的安排，可是……

地灵在几分钟内第三次瞥向大厅高耸的拱门时，我意识到他也在等待。

我检查了一遍牢房，和预想的一样，找不到什么可以利用的东西。就在我继续搜索时，喧哗声大作，于是我扭头去看。

他们正在施法娱乐。大厅里一定魔力洋溢，我的同胞乐在其中。

多么美丽的法术啊。变幻的花朵、面孔、色彩，还有辽阔、充满异域风情且不断切换的远景。这呈现在屏幕上的一切，远古时代曾经真的存在过。啊！一丝！我只需要一丝魔力，就能离开这鬼地方！如果能离开，我该逃跑还是回去？或者立刻进行报复？我不知道。只要有某种方法，能从魔法成像中抽出那么一丝……

但地灵的法术滴水不漏，我找不出哪怕一个弱点。不过我之所以放弃探查，还有另一个原因：地灵似乎正在欢迎另一位客人的到来。

可那一刻，屏幕上的音画全都消失了，而牢房外的隧道似乎亮了一些。我朝着那里走去，发现道路未受阻挡，于是继续向着亮光前进。怎么回事？是不是有某种潜藏的力量破坏了地灵精巧的法术？

不管怎么说，至少我现在感觉正常了，如果我还待在老地方，那才是真的蠢。诚然，放我出去很可能是诱我进入另一个陷阱或者开始某种折磨，但有的选总归比死等着强。

我决定顺着来时的路离开，而不是冒险冲进派对——哪怕那里魔力充盈。我需要尽可能地汲取魔力，将它们转化成保护性法术，然后溜之大吉。

我向前走了大概二十步，同时思考这个解决方案。隧道突然拐了一道弯，而我对它没什么印象。尽管如此，我依然确信就是这条路，因此，我沿着这条路走。越往前走，光线就越明亮，看样子一切顺利，我加快了步伐。

走着走着，我又遇到了一处完全不记得的大转弯。我绕过拐角，结果突然撞上一堵搏动的白光之墙。它推着我不断向前，我根本无法抗拒那力量。明亮的光线中，我什么也看不清，只听到耳边轰鸣不断。

当声与光退去，我发现自己从某个侧门进入了派对大厅，而地灵正在说："……这位特邀嘉宾，就是我们失散已久的兄弟，凤凰！"

我想退回隧道，却撞在了什么坚硬的东西上。我转过身，只看到一整块平整的岩壁。

"别害羞，凤凰，来跟你的朋友们打个招呼吧。"地灵说。

人群中响起好奇的议论声，但被动物般的咆哮盖过。我看到了我的老朋友狼人，他瘦削、黝黑，眼中精光闪烁。狼人无疑在牢房屏幕消失后才抵达。

我感受到了恐惧，也感受到了魔力，但我能在短短几秒里做什么呢？

狼人手边的桌子上摆着一个鸟笼，鸟笼中的动静吸引了我的目光。看其他人的神情，他们刚刚也在看同一个东西。

它确实惹眼。

那是一个约莫一掌高的裸女，正在鸟笼里跳舞。我认出那是一种折磨人的法术：舞者无法停下，她会一直跳、一直跳，跳到死，甚至死后尸体还会抽搐一阵子。

哪怕隔着这么远的距离，我也能认出那个小东西就是伊莱恩。

法术中驱使人跳舞的部分很简单，它致人死亡的部分也是如此。我念出三个咒文，又摆出一个施法姿势便解除了它们。但狼人正在接近，他似乎不打算把自己变成更可怕的模样。我往边上闪了一步，想拍拍他的胳膊和肩膀，然而被他抖落了下来。他一直比我强壮，也比我敏捷。

他转身给了我一拳，我勉强避过，随即照着他的腹部一记猛击。他哼了一声，左拳挥出，砸在我的下巴上。我踉踉跄跄地向后退去，但又站定飞起一脚，可是他往边上一拨，我就晕头转向地跌坐在地。我能感觉到周围魔力充盈，却没有施法的闲暇。

"那些流言我也才刚刚听说，"我说，"我什么也没对拉弥亚做。"

他扑了过来，我及时抬腿，顶到他的肚子。

"是地灵攻击了她……"我喊道，但他对我的肾脏砸出两拳，接着扼住我的脖子，不断收紧。"她被炭——"

他没来得及低头，我就捶了他的脸颊一下。

"是地灵——该死！"我艰难地吐出这几个字。

"他在骗你！"地灵在附近某个地方说道。看样子他什么都没错过。

整个世界天旋地转。周遭的喧哗变成了海潮般的轰鸣。然后，一件奇怪的事发生了：狼人的脑袋似乎被套上了什么粗糙的网袋，然后他向前倒下，勒着我脖子的手也放松了。

我把他的双手扯开，又给了他的下巴一记重击，他滚到了一旁。我试着闪到另一边拉开距离，但最终只是坐起身，然后跪倒，最后半蹲。

我看到地灵朝我抬起手，开始施一个我再熟悉不过的致命法术。与此同时，狼人缓缓摘下脑袋上破碎的鸟笼，准备起身。还有伊莱恩，她依旧一丝不挂，但恢复到了原本的体格，正带着扭曲的表情朝着我们冲来。

狼人又一次向我猛扑，让我无暇思考接下来该怎么办。

在攻击他的腹部时，我侧转了身躯。此时有个黑色的物品从我的衬衫里滑出，在空中旋转了两圈后摔到了地上：托钵僧给我的那个瓶子。

就在狼人斗大的拳头让我脑袋开花前，我看到一个细长的白色东西飘向了他的后颈。我都忘了伊莱恩是极真会馆[1]的二段——

我想，我和狼人同时倒在了地上。

……世界从灰色恢复成了彩色，耳畔嗡鸣不止。我肯定自己没有昏迷太久，然而就在这短短的时间里，情况发生了巨大的变化。

首先，伊莱恩在扇我的脸。

"戴夫！醒醒！"她说，"你得阻止它！"

"什么？"我挣扎着说。

"瓶子里的东西！"

我用手肘支起身体，感到下巴一阵剧痛，好像裂开了。

附近的墙面和桌子上血迹斑斑，人群分成了几组，他们有的满面怒容，有的惊慌失措，但所有人都想逃跑。亚马孙咬着下唇，抽出刀子立在身前，祭司站在她身旁，正吟诵一段毁灭性法术，但我知道

---

1 日本空手道组织，由传奇空手道家大山倍达创建。

那法术起不了什么作用。地灵身首分离，脑袋落在高耸的拱门旁。他双目圆睁，只是一眨也不能眨了。还有雷鸣般的笑声响彻厅堂。

站在亚马孙和祭司面前的裸体男性大约十英尺高，黝黑的皮肤上蒸腾着缕缕烟雾，高举的右手带着血迹。

"你得做点儿什么！"伊莱恩说。

我站直了些，说出托钵僧教我的咒文，将巨灵置于我的控制之下。它慢慢放下拳头，硕大的光头扭向我，与我四目相对。

"主人？"它柔声道。

我说了几句表示感谢的话，然后摇摇晃晃地站起来。

"回瓶子里去，这是命令。"

它的目光离开我，转向地板。

"瓶子碎了，主人。"它说。

"还真是。那么……"

我走到吧台边，发现一瓶喝得见了底的顺风威士忌，就把剩下的液体都倒进了喉咙。

"用这个瓶子也行。"说完，我补了段束缚咒。

"如您所愿。"它回答道，形体开始消散。

我看着巨灵进入苏格兰威士忌瓶子，然后封上软木塞。

我转身面向我的同胞。

"刚刚不好意思，打断了大家，"我说，"现在派对可以继续了。"

然后我又一次转身。

"伊莱恩，"我说，"你还好吗？"

她微笑了一下。

"叫我舞者吧。"她说，"我是你的新徒弟。"

"只有天生对魔力敏感，还能直观地理解法术作用方式的人才能当巫师。"我说。

"你以为我是怎么恢复原本大小的？"她反问，"我能感觉到这个地方的力量。你一解除舞蹈咒，我就找到了办法——"

"那我真是太蠢了。"我说，"你在小屋拿起骨笛时，我就应该发现你有天赋了。"

"所以说你得收个徒弟，好让你时刻保持警觉。"

狼人在呻吟声中动弹起来。祭司、亚马孙和德鲁伊来到了我们身边。派对似乎没有恢复。我伸出一根手指，朝着伊莱恩碰碰自己的嘴唇。

"扶狼人一把。"我对亚马孙说，"但在我跟他把话讲完前，麻烦让他老实安分些。"

第二次看英仙座流星雨时，我和徒弟坐在新墨西哥州北部一座山的山顶，欣赏着午夜过后的晴朗夜空，以及偶尔出现的明亮云室。大多数巫师位于我们下方的空地，他们才刚刚完成庆祝仪式。至于狼人，他还在康沃尔的丘陵地下和德鲁伊一道工作。德鲁伊记起了让肉体转化为煤炭的古老法术。在发来的信息中，他说再过差不多一个月就能救回拉弥亚。

"精密运行的夜空，突现不确定性之影。"她说。

"啊？"

"我写诗呢。"

"哦。"过了一会儿，我又问道："关于什么的？"

"这是我度过的第一个星落节，"她说，"而魔力的增长幅度显然又要创下新高。"

"这事好坏参半。"

"魔力正在回归，我得好好学习魔法技艺。"

"你可以学得再快点。"我说。

"……你和狼人又重新变成了朋友。"

"是啊。"

"实际上，是你和所有人。"

"不。"

"哎？"

"好吧，你这么想，有些人其实站在地灵那边，当魔力回来时，他们肯定想排除异己。许多新的、更邪恶的法术会随着魔力的增强出现，而我们现在甚至无法想象它们会是什么样。我们必须做好准备。这是祝福，也是诅咒。看看下面那些人，他们刚刚还跟我们一起唱歌来着，可将来哪天，他们中就会有人想把你干掉。你能猜出会是谁吗？斗争总是无可避免，不过胜利者往往能将局势维持很久。"

她沉默了一会儿。

"大体上就这么个情况。"我说。

这时她抬起手，指着夜空中一道明亮的焰迹。"看那颗流星！"她说，"还有这颗！和这颗！"

又过了一阵子。"我们可以信任狼人，"她提议，"如果救得回来，也许还能算上拉弥亚。我想德鲁伊也算一个。"

"还有牛仔。"

"托钵僧呢？"

"我正打算提他呢。没错，托钵僧。"

"……到时我也准备好了。"

"嗯。我们也许能让一切有个美好的结局。"

我们搂在一起，看着火焰从天而降。

富岳二十四景

24 Views of Mt. Fuji, by Hokusai
(1985)

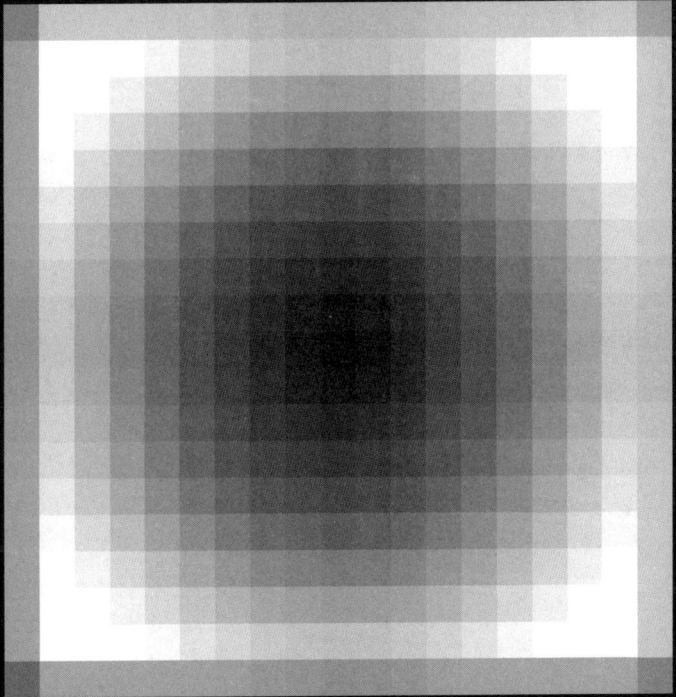

1. 尾州不二见原

基特还活着，虽然他被埋在离这儿不远的地方；我死了，尽管我正远眺着残阳为远山之上的缕缕流云施以淡粉，近处那棵树则对比出了它们适宜的景深。老箍桶匠早已化为尘埃，我想那桶也是如此。基特说他爱我，我说我爱他。我们都说了实话。但爱可以有许多含义。它能用作进攻的武器，也是致人病殃的毒菌。

我叫茉莉。我不知道这次朝圣之旅会发生什么，更别说死亡了。我不是有条理的人。所以我从哪儿都可以开始，就像那个早已消失的桶环，圆上的任意一段弧都指向同一个圆心。我是个杀手。我带着隐蔽的死亡，过着隐秘的生活。这两者都令人难以忍受。我比较过它们。如果不是涉身其中，我也不知道自己会做出什么选择。但我在这里，我，茉莉，踏上朝圣之旅。每一个时刻都是完整的，每一个时刻都与过去有关。我不懂成因，只懂顺序。我早已厌倦了颠倒现实的游戏。旅程每前进一些，事情就会更加清晰，就像光线在那座神奇的山上所施展的微妙影响，光影不断变化。每一个时刻，我一点点死去，又一点点焕发生机。

我从此地启程，因为我们曾住在附近。我之前去过那地方。当然，那里如今变了模样。我还记得他搭在我胳膊上的手、他偶尔微笑的脸、他成堆的书、他计算机终端冰冷扁平的镜头……还有他陷入冥想时的手，那会儿他的笑容已经不太一样了，总是忽近忽远。我还记得他编写算法、破解代码、构筑程序的情景。他的手。那双精巧的手。谁能想到他会交出这迅捷的武器、灵敏的仪器、这身体的变形附肢？甚至我自己？道路……手……

我回来了。这就是全部。我不知道这是否足够。

老箍桶匠在他的圆桶之中劳作……半满、半空、半主动、半被动……我要不要给那幅著名的浮世绘加上阴阳？我应该让它代表基特和我吗？我应该视它为无极还是无限？这会不会太流于表面？最好留这些意象之一不提？我并非总是如此敏锐。就让它回归本源吧。富士山在那圆环之中。如果有谁要在八百万神面前坦陈他的一生，攀登富士山难道不是必然的选择吗？

我无意登山，也无意向众神，或者别的什么东西告解。只有心怀忐忑、缺少安全感的人才有这种需要。我只是在做必须做的。如果诸神对此有疑问，大可以下山来问我。否则，这就是我与富士山之间最亲密的距离。对于那些高高在上的，远观就好。

是的。我比任何人都清楚。我曾体验过飞升。我也知道，死亡是你能唤来的唯一真神。

按照传统，朝圣者应该一身白衣。可我不是。白色不适合我，而且我的朝圣之旅是私人的事情，需要尽可能私密。今天我身着红衬衫、浅卡其色夹克和宽松的长裤，一双结实的皮革登山靴；头发扎起，私人物品都塞进背包。不过，我确实带了根手杖。一部分原因是山路陡峭，我偶尔需要它作为支撑；另一部分原因在于必要情况下，它可以用作武器。无论陷入哪种状况，我都能把它使得得心应手。手杖一般被认为是朝圣者心中信仰的象征物。信仰离我太过遥远。我只怀抱希望。

我夹克口袋里揣了本小书，上面印了葛饰北斋四十六幅富士山版画中的二十四幅。那是一份礼物，很久很久以前得到的。按照传统，基于安全和陪伴的实际需要，朝圣者不该独自出行。既然如此，那北斋的画作就是我的旅伴。当然画中景色的所在地，肯定是我要去的那些地方。我不想要其他旅伴，再说了，少了鬼魂，算哪门子日本能剧？

望向眼前景象，反思心中所想，品味身体感受，我就这样开始了。我一点点死去，又一点点焕发生机。我不打算全程徒步，但大部分时间需要用脚丈量大地。在这段既是问候又是诀别的旅途中，有些事我必须避免。轻装简行是我暗色的斗篷，而且多走走路，也许对身体有好处。

我必须得保持健康。

2. 东海道吉田

我细看这幅画：拂晓时分的天空呈现柔和的蓝，富士山居左侧，两位女性透过茶馆窗户望着富士山；另一些旅客弓背蜷缩打盹儿，像是架子上的人偶……

但这一幕成了过去。就像箍桶匠，这些画中人、茶馆，还有那个黎明早已远去。留给此刻的只剩那座山和一幅画。但这就够了。

我坐在昨夜投宿的旅店餐厅里，用过了早餐，面前摆着一壶茶。餐厅里还有其他食客，但都不在我附近。我选择这张桌子，是因为这里的景观角度最接近那幅版画。葛饰北斋，这位沉默的旅伴也许会为此微笑。昨天天气其实挺暖和的，我可以找个地方露营，但在这场生死之旅中，对那些业已消失的场景，我的朝圣态度绝非儿戏。这旅程半是寻找，半是等待，随时可能戛然而止。我当然不希望如此，可生活总是鲜少符合我的期待——就此事而言，也可以是逻辑、欲望、空虚，以及其他我度量它的方式。

所有这一切，都不适合迎接全新的一天。我喝着茶，望着山。我看到天空不断变化着……

变化……离开这里时，我一定要小心。有些区域要避开，有些预防措施得采取。我想好了我所有的动作——放下茶杯，起身，转身，带上背包，走开，直到再次返回乡野。我必须遵照一些行动模式。这世界是一条数线，处处有危机。为了来这里，我也冒了些小风险。

昨天徒步整日，可我没有自己以为的那么疲惫，这是个好兆头。尽管发生了那么多事，我始终保持了身体健康。右手边墙上挂着一幅虎画，我把它视为另一个吉兆。我出生在虎年，而这只斑斓大猫的力量和潜行技巧正是我最需要的。向你致敬，谢利·可汗[1]，独行的大猫。我们必须在该硬的时候硬，该软的时候软。这取决于不同的时机……

从一开始，我和基特就心有灵犀。我们彼此吸引，随着共度的年月增长，这感觉越发强烈。它是同理心、亲近感、冥想，或者……爱？那么，爱可以成为武器。抛起硬币，落下的那面是阳。在内心的丛林里炽烈地燃烧吧，谢利·可汗。这次，我们是猎人。时机即一切——而爱，就是开端……

---

1 小说《丛林之书》中强大的孟加拉虎，渴望向伤害过它的人类复仇。

我观察着天空的变化，直到天完全亮，天色不再变化。我喝完茶，起身，拿好装备，背上背包，抄起手杖，朝通往侧门的小厅走去。

"客人！客人！"

是一个店员，他身材矮小，一脸惶恐。

"嗯？"

他朝我的背包点了点头。

"您这是要走了？"

"是的。"

"您还没退房结账哪。"

"我把房费留在梳妆台上了。是个信封，上面写着'费用'。我算过昨晚该付多少钱。"

"您必须到服务台办理退房手续。"

"我没在前台办理入住，何必去前台退房。如果有必要，我可以陪你回房间，告诉你钱在哪儿。"

"我很抱歉，但这事必须由收银员处理。"

"我也很抱歉，但我已经留下了房费，所以我不会去前台。"

"这不符合规定，我得打电话给经理。"

我叹了口气。

"别了。"我说，"我不想闹大。我会去大厅办理退房手续。"

我原路返回，朝左转向大厅。

"您的钱。"那个店员说，"如果您把钱留在房间里，您必须把钱拿出来带走。"

我摇摇头。

"我把钥匙也留在房间里了。"

我走进大厅，到离前台最远的角落里找了张椅子坐下。

那个矮个子店员还跟着我。

"能不能麻烦您跟前台的服务员说下我要退房？"我问他。

"您的房号是？"

"17。"

他微微鞠躬，走到前台和一个女人说话，后者看了我几次。我听不到他们的话。终于，他从她那里拿到钥匙，离开了大厅。那女人冲我笑了笑。

"他会去您房间拿出钥匙和房费。"她说，"您在这儿过得愉快吗？"

"是的。"我说，"如果问题得到了妥善解决，我现在就离开。"

我开始起身。

"请稍等。"她说，"退房手续完成后，我得把收据给您。"

"我不需要收据。"

"按规定，我必须把它交给您。"

我又坐了下来，手杖夹在膝盖之间，双手紧紧抓住手杖。如果我现在试着离开，她可能会呼叫值班经理。我不想引来更多注意。所以我等待着，控制呼吸，清空思绪。

过了一会儿，那男人回来把钥匙和信封给了女人。她在文件里找了找，把一张表格塞进一台机器。机器发出一阵断断续续的打字声，然后她收回表格，看了看，接着数了数信封里的钱。

"房费正好够，史密斯太太。这是您的收据。"

她撕下收据单的第一页。

空气中突然弥漫起一股特殊的味道，仿佛一秒钟前有一道闪电落在了这里。我迅速起身。

"告诉我，"我说，"这里是私家旅馆，还是连锁经营的？"

不等她作答，我已经迈开脚步。因为我知道答案。那种感觉正在增强。

"连锁的。"她说，有些不安地环顾四周。

"用了中央记账系统？"

"是的。"

在比我心中五感交织、描绘现实处更深的地方，我看到一个蝙蝠般的拟态出现在她身边。她感知到了那东西的存在，却不明白到底发生了什么。我行事一向是"莫踟蹰"——就像中国人说的毫不犹豫地立即行动，我走到前台，把手杖以恰当的角度放在桌上，同时身体前倾，看似要拿收据，其实轻推那棍子，让它滑落，越过工作台面，小金属尖端抵在计算机的金属外壳上。只见头顶的灯光瞬间熄灭，那拟态也崩溃、消散了。

"停电了。"我说，抽回手杖，转身离开，"祝你们有美好的一天。"

我听到那女人喊来一个男孩，要他检查电路。我穿过大厅，去洗手间里吞了一片药以防万一，然后经过小厅离开了旅店。我知道这种事迟早要发生，所以有所准备。登山杖内嵌的微型电路足以应付这种状况，虽然我更希望这种事发生得晚些，但既然发生了，也未必是坏事。突如其来的危机似乎让我变得更有活力，更敏锐。这种感觉、这种技巧将来也派得上用场。

而且它没有触碰到我。它什么也没获得。我的处境并没有改变。我只付出了微小的代价就换回了这样的成果，真令人愉悦。

话虽如此，我还是希望尽快离开，进入乡野。在那里，我处于优势，对方则处于劣势。

新的一天已然来临。我生命的一部分归于早餐时远眺的大山。

3. 东海道程谷

我在东海道沿岸找到了一处长着许多扭曲松树的地方，停下来透过松林望向富士山。头一个钟头里经过的旅人看起来不太像北斋笔下的角色，但这没关系。马匹、轿子、蓝衣和斗笠都已经消逝，但版画的印刷使它们成了永恒。商户、贵族、窃贼、仆从，他们在我眼中是不同类型的朝圣者，也需要进入、经历和离开一段段生活。我得赶紧补充一句，我的病可以缓解，只是需要服用额外的药物，不过目前病情还算稳定。不知道出于药物还是冥想的作用，现在我对光影有敏锐的感知。富士山似乎在我的视线中移动。

朝圣者……我想起了四处游历的松尾芭蕉，他说我们所有人都是旅人，行经着生命的每一刻。我还记得他为松岛和象潟湖所写的俳句，前者带着欢愉的美，后者蒙上了哀伤的美。我想着富士山的神态，感到一阵迷茫。那是忧愁？是忏悔？是欣喜？它们彼此交融，不断变化。我没有芭蕉那样的天才，无法只用一个词语囊括它们。也许，甚至连他也……我不知道。真正的交流只发生在同类之间，而言语本身也是需要跨越的鸿沟。迷恋总是包含了不解。至少在这一刻，观看便已足够。

朝圣者……那些版画也让我想起了乔叟。他笔下的旅人们过得很开心，相互之间讲讲下流故事、浪漫奇谭，以及带有道德意味的故事。他们吃吃喝喝，相互逗趣。坎特伯雷就是他们的富士山。他们的旅行就是一场派对。那本书在他们抵达终点前结束。明智。

我不是一个缺少幽默感的婊子。也许富士山真的在嘲笑我。倘若确实如此，我很乐意参与进去。我不喜欢目前的心绪，假使有合适的契机打断沉思，会是一桩好事。我不能一直全神贯注在一个未解的问题上。如果能缓缓，我会非常高兴。也许，明天再……

该死！我至少遭到了怀疑，否则拟态也不至于出现。不过我一直很小心，动作也够快，怀疑大概落不到实处。现在我又位于它难以触及的地方。还是回到北斋的艺术作品中吧。

我本可以在俄勒冈宁静的海岸边度余生，那地方并非一无是处。但我认可里尔克说的：生命是一场游戏，我们还来不及了解规则就已经开始这场游戏。是这样吗？规则真的存在吗？

也许我读的诗太多了。

但有些对我而言似乎是规则的东西，逼着我做出努力。正义、责任、复仇、自卫——难道我必须权衡它们，分析它们在我行为动机中的占比吗？我在这里，是因为我在这里，因为我遵循规则——不管那些规则到底是什么。我对它们的理解，仅限于先后顺序。

可他不是。他总是能凭直觉做出惊人之举。基特是学者，是科学家，是诗人。他才能众多，我各方面都不如他。

虚空藏菩萨，这位属虎人的守护神打破了我的遐思。我不希望如此。还不是死的时候。可以是旧病的折磨，甚至是新的髓鞘脱失[1]，但请不要现在就带走我。终末已近。我的内心正饱受折磨，但这事出有因。赋予我力量，让我得以解脱吧，竹林中的守望者，穿条纹外衣的生灵之主。驱走阴郁，凝我精神，予我力量，助我恢复平衡吧。

我看着光影的游戏，听着从什么地方传来的孩子们的歌声。

---

1 一种脱髓鞘性神经病变，影响患者的活动、心智，甚至精神状态。

过了一阵子，细雨降下。我披上雨衣继续观景。我很累，但我想看富士山出现在升起的雨雾中。我小口喝了些水，抿了口白兰地。现在，富士山只剩下了一个轮廓。在这幅充满道家意味的图景中，富士山成了幽魂之山。我一直等啊等，直到天色变暗。我知道，今天这座大山不会来找我了，我得找个干燥的地方睡觉。这一定是我从《东海道程谷》学到的：要顾全当下，不要试图美化理想。保持住理智，先找个地方避雨。

我跌跌撞撞地穿过一片小树林。棚屋、谷仓、车库……任何能阻隔我和天空的地方都行。

过了段时间，我找到了这样一个地方。那天，我的梦中没有神明。

4. 武州玉川

我对比了印刷图片与现实。这次还不错。岸边少了马和人，但水面上有条小船。当然，不是同一种船。我不知道船上有没有载柴火，然而这已足够。如果画作与现实完美一致，我会惊讶不已。小船正在离我远去。黎明时分天空的粉色倒映在远处的水面，也染红了富士山深色山脊上的皑皑白雪。版画里的船夫撑着篙。他是卡戎[1]吗？不是。今天我的兴致比在程谷时候更高。这条船太小，当不了愚人船[2]，又太慢，当不了"飞翔的荷兰人"[3]。"La navicella."是

---

1 古希腊神话中冥府的摆渡人。
2 出自阿尔萨斯作家塞巴斯蒂安·布兰特于1494年在巴塞尔所出版的讽刺诗。愚人船上有111个愚人，他们性格各异，各自代表愚蠢的一种。
3 传说中永远无法返乡的幽灵船，注定在海上漂泊航行。

的。"La navicella del mio ingegno"[1]——"我机智地小声吠叫"。但丁乘着这条小船扬帆航向第二重境界，炼狱。然后……也许是富士山吧。地狱在下，天堂在上，它们之间是富士山。对于一个想得到净化的朝圣者而言，这真是再合适不过的隐喻。我望向水域对面的富士山，它包含了火、土与气。这些元素相互过渡、转变。我陷入遐思。

一架黄色的轻型飞机从左侧某个地方俯冲下来打破安宁，将我带回现实。片刻过后，我听到了它昆虫般嗡鸣的引擎声。飞机快速降低高度，掠过水面，然后掉头回去，开始在海岸线上方盘旋。相隔距离最短时，我注意到驾驶舱里有一道反光。光学镜头？如果是那样，我已经来不及躲避它探寻的目光了。我从胸前口袋里掏出灰色的小圆筒，举起，用指甲轻轻顶开末端的盖子，透过目镜观察。我用了一小会儿确认目标方位，调整焦距……

驾驶员是个人类。飞机倾斜时，我看到了一张陌生的侧脸。他左耳垂上挂着的是金耳环？

飞机沿着来时的方向离开了，没有再回来。

我惴惴不安，有人飞来这里，唯一的目的就是看我一眼。他怎么找到我的？他想要什么？如果他代表了我最害怕的东西，那么这会是一个完全不同于我预期的攻击角度。

我攥紧拳头，轻声咒骂。我被打了个措手不及。我这辈子就这样了吗？总是在正确的时间做错误的事？总是忽视最重要的事情？

比如……肯德拉。

我必须保护她，这也是我来这里的原因之一。如果我成功了，

1 出自但丁的《神曲·炼狱》开篇。

那至少完成了我对她的一部分义务。即使她永远不会知道，即使她永远也不会了解。

我把关于女儿的所有念头抛到脑后。假如他怀疑……

别想那么多。先回到当下。不要把精力浪费在回忆中。这只是朝圣之旅的第四站，就有人想看看我是谁了，第三站时甚至有拟态试图成形。这趟重返日本的旅程我异常小心，一直在使用假证件和假名。随着岁月流逝，我的外表确实发生了些变化，而我强化了这点。我染黑了头发，加深了肤色，还改变了穿衣风格、说话习惯、步态和饮食爱好——由于过去的经历，我处理起这些事来游刃有余。过去……该死！又是过去！即使到了这个份儿上，过去也要纠缠着我？该死的过去！先是拟态，接着可能是人类探子。这两起事件挨得这么近。是的，我这些年来算得上偏执狂，可我有充分的理由。然而我现在不能让我对事实的了解影响我的判断。我必须拎得清。

可能性有三种。一、这架飞机的出现没有任何意义。换其他人站在这里，或者没有人站在这里，它一样会来。那驾驶员只是在兜风，或者寻找别的东西。

也许事实真是如此，但我的生存本能不允许我接受这个观点。我必须假定事实并非如此。那么，就是有人在找我。原因可能与拟态有关，可能无关。如果无关，那无异于在我脚下撒了一大袋活鱼饵，我不知道该拿那些扭曲缠绕的东西怎么办。由于我以前从事的行当——虽然已经洗手不干很久了——可能性无穷无尽。也许我应该放弃。我似乎不可能从千头万绪中分析出原因。

第三个可能性是最可怕的：拟态和这架飞机之间存在联系。如果事情发展到了既有拟态生成又有人类特工出动的地步，那我很可能注定要失败。但更重要的是，这意味着问题正在另一个我没考虑过的更大的维度上展开。换言之，地球上的所有人都面临着比我想象的更大的威胁，而我是唯一一个意识到了这点的人。我的单打独斗可能决定着全球的安危。我现在不能冒险把这一切都归于妄想。我必须做最坏的准备。

泪水夺眶而出。我知道该怎么赴死。我曾经知道该怎么优雅而超然地接受失败。可我再也负担不起那份奢侈了。如果我内心深处还有屈服的念头，现在就打消掉。我的武器很脆弱，可我必须挥舞它，如果诸神从富士山上下来对我说"女儿啊，我们希望你停下"，我也必须坚持下去，哪怕因此永堕阿鼻地狱。我从未如此深切地感受过命运的力量。

我慢慢跪下。那是我必须征服的神。

我的泪不再为自己而流。

5. 深川万年桥下

东京。银座与混乱。交通拥堵和空气污染。噪声，色彩，面孔，那么多面孔，无数的面孔。我曾经热爱这样的喧嚣与繁华，可我离开城市太久了。回到这样一个地方让我难以忍受，近乎崩溃。

版画上的老江户当然消失了。可我还是冒着巨大的风险来到了这里，尽管迈出的每一步都必须慎之又慎。

对比画中的风景，我花了很多工夫才找到一座拱桥，能以合适的角度看到桥面下的富士山。水的颜色不对，一闻到那怪味我就皱起了鼻子。这不是那座桥；你在这儿找不到平静的渔夫；绿色植物不见影踪。我仿佛感到北斋长叹一口气，和我一起盯着金属弯拱下的富士山。他的桥是优雅的木制彩虹，属于过去的时代。

然而每一座桥都有它的动机与梦想。哈特·克莱恩[1]能在这样的造物中寻觅到诗意。"狂暴熔铸的，竖琴和祭坛……"

尼采的桥则是人性，通向超人……

不，我不喜欢这种桥。我还不如从未卷入飞升的事端。就让它成为我脑海里的驴桥[2]吧。

我微微歪头，调整视角。现在看起来，似乎是富士山支撑着这座桥。如果少了山，桥梁就会像彩虹桥一样垮塌，阻止来自过去的恶魔攻入当下的阿斯加德——也可能这恶魔来自未来，打算袭击我们古老的阿斯加德。

我又歪了歪头。富士山从桥上落下。桥梁完好无损。影子与实质。

卡车的回火声让我颤抖。我才刚刚抵达这儿，就觉得已经待得太久了。富士山看起来太远，我又太暴露。我必须离开了。

这是一个教训，还是单纯的告别？

这是一个教训，因为冲突的灵魂就悬在我眼前：我不会被拖过尼采的桥。

来吧，北斋，浮世绘的过去圣诞之灵[3]，让我们去看看下一个场景。

1　哈特·克莱恩（1899—1932），美国诗人。他的诗歌形式上虽依循传统，但在文句遣词上常采用古语，营造晦涩难懂的氛围。文中的诗句出自《致布鲁克林桥》。

2　原文为"pons asinorum"，指驴桥定理。驴桥定理也称为等腰三角形定理，因其是《几何原本》中第一个对读者智力的测试，亦有测验智力，为后续更困难的命题做准备的含义。

3　出自查尔斯·狄更斯的《圣诞颂歌》。

6. 甲州石斑泽

水雾缭绕，神秘莫测的富士山居于水面上。新鲜的空气涌入我的鼻孔。这里甚至还有一个渔夫，他就站在画中渔夫的位置，身下同样是数不清的傅里叶级数[1]式海浪，不过他的姿势没画中那么夸张，衣着也更现代。

来这里的路上，我遇到了一个用石墙遮挡的小庙，是为了祭拜观音而修建的。观音是慈悲的菩萨，在人遭遇危险、深陷悲伤之时予以慰藉。我走进了庙里。我还是小姑娘的时候就喜欢观音，直到后来才了解到他其实是男性。那时候我觉得自己被骗了，甚至遭到了背叛。在中国，他叫作观音，同样满怀慈悲，但追溯本源，他来自印度，读音是阿婆卢吉低舍婆罗，为"观察世间音声觉悟有情"之主。我不相信这些花哨的东西，观音在历史和人类学上的吸引力也在我眼中蒙尘了。但我还是走了进去。我们总是在事业不顺的时候重新审视童年时代的信仰。我在寺庙内待了一阵子，感受着内心深处还是孩童的那个我舞蹈了一阵，然后重归平静。

我望着海浪上方的渔夫，虽然相比北斋的画，那些浪头要小不少。对我来说，大浪一直象征着死亡。滚滚翻腾的浪花之上，渔夫拉起银闪闪的渔网。我想起了《天方夜谭》里的一个故事，还有一则美国印第安人故事。我也可以从中看出基督教象征主义，或者荣格的原型分析。我还记得欧内斯特·海明威告诉伯纳德·贝伦森，他创作他最伟大作品的奥秘，恰恰在于那些文字没有什么象征含义。海就是海，老人就是老人，男孩就是男孩，马林鱼就是马林

1　傅里叶级数（Fourier series），由法国数学家约瑟夫·傅里叶（1768—1830）提出，他认为任何函数都可以展开为三角级数。

鱼，鲨鱼还是鲨鱼。是读者赋予了这些东西力量，他们在这些表面之下摸索，总是想找出更多含义。我理解。我出生在日本，在日本生活了几年，童年的后半段在美国度过。我内心的一部分喜欢通过影射和神秘主义的方式来看待世界，然而美国的那些部分又对一切抱怀疑态度，总是想从故事背后寻找真实的痕迹。

总之，我想说的是：最好别相信那些，虽然我的大脑总是在进行理性的思辨前，就下意识地给出了诱人的解释。我就是这样，我也不会放弃这种曾让我受益匪浅的本能。这么做并不是否认海明威的观点，也不是否认我本人的观点，毕竟没有人能断言自己真正地掌握了智慧。就现状而言，我相信我的这套做法可以带来更大的生存优势，因为我要对付的不仅是凡俗之物，而且是某些更强大、更超然的东西。我真希望情况不那么麻烦，真希望那个拟态只是人工制品，类似特斯拉研究的球状闪电。可它的背后无疑有东西，就像那架黄色的飞机里肯定有驾驶员。

渔夫注意到我，冲这里挥手。这是一种奇特的感觉，陌生人的社交礼节驱散了形而上的思考。我也高兴地冲他挥手。

能如此坦然地接受这种新情绪，让我有些惊讶。我觉得这和我的健康状态不无关系。新鲜的空气和徒步旅行似乎强化了我的体魄。我的感官越发敏锐，胃口也好了许多。我瘦了些，肌肉却更多了。我已经好几天没吃药了。

不过……

这真的完全是好事吗？是的，我必须保持体力。我必须为许多事情做准备。可是力量太大……对我的总体计划来说，会不会弄巧成拙？平衡。也许我该追求平衡——

我笑了。上次露出笑容是什么时候，我不记得了。真是太愚蠢了，旅程还不到四分之一，我就像托马斯·曼笔下的人物一样思索起了生与死、疾病与健康。在这趟旅途中，我需要发掘我全部的力量，甚至不止于此。付出代价是迟早的事，但如果没有这个命，我只能坦然接受。在此期间，我要好好享受我所拥有的。

我会在呼出最后一口气时发起攻击。我知道。许多不同的武术门派都有类似的见解。我想起了欧根·赫里格尔[1]讲过的故事，他和弓道大师学习弓道时，老师让他做的就是张弓、等待，等待有什么东西发出信号，要他松开弓弦。这样练习了两年后，他的老师才给了他一支箭。我记不清那之后又过了多久，他一直用那支箭练习。后来，他终于开悟。当命定的时刻出现时，他手中的箭便会飞出，直达靶心。又过了很久，他才意识到这种时刻总是出现在呼气结束的瞬间。

技击如此，生活亦如此。从死亡到性高潮，似乎许多重要的事情都发生在放空的刹那，呼与吸模糊难辨的瞬间。也许所有这些都只是死亡的写照。我深刻地意识到，我的力量本质上都源自我的弱点。最让我烦恼的是，我该如何找到那个特别的时刻并控制住它。但就像走路、说话，或者生小孩那样，我相信我内心深处有某些东西知道它在哪儿，只是事到如今，想为它架起通往意识的桥梁也已经晚了。我制订了一些小计划，将它们放在了脑子里的架子上。现在，我应该把这些小计划推到一边，先去处理别的事情。

与此同时，我深深地吸了一口腥咸的空气，告诉自己海还是海，渔夫还是渔夫，富士山也只是一座山。然后，我慢慢吐出这口气……

1　欧根·赫里格尔（1884—1955），德国哲学家。1924—1929年在日本仙台教授哲学，并通过他的著作将"禅"的概念普及给了欧洲。

7. 凯风快晴

火焰在富士山内翻涌，寒冬在山顶留下痕迹——犹如亘古的白发。相比今夜我的所见，印刷制品中的高山似乎更为险恶。我头顶的狂云成团成簇，但它们映衬下的可怕红色山体并没有发光。尽管如此，我依然有所感触。在古老的火山面前，人们很难不回退到千万年以前，回到这片土地刚形成时充满创造与毁灭的年代。剧烈的喷发、轰炸般的爆炸和火光，还有狂舞的闪电如同王冠……

我冥想着火焰与变化。

昨晚，我在一座小真言宗[1]寺庙里过夜，周围是修剪成龙、宝塔、船和伞的形状的灌木。寺里有不少朝圣者，住持为我们举行了一场名为护摩的火焰仪式。火焰提醒了我，这里是富士山。

住持是个年轻人，他坐在摆放着火盆的祭坛前念念有词，接着用一百零八根木柴生起了火。我彻底被这场仪式迷住了。有人告诉我，这代表了灵魂的一百零八种幻象。我不清楚到底有哪些幻象，但我觉得我有可能想出来几种新的。无所谓了。住持吟诵咒文，敲钟，鸣锣，打鼓。我瞭了眼其他朝圣者，他们都全神贯注。只有一人除外。

又有一个人加入了我们。他一声不吭地走进来，站在我右侧的阴影里。他一袭黑衣，竖起的宽大衣领遮住了脸的下半部分。他一直盯着我。当我们目光相遇，他移开视线，盯着火焰。过了一会儿，我也做了同样的事。

住持往火盆里加入了香料、树叶和油。火焰咝咝作响，跃动不

---

1 亦称"东密"，日本佛教宗派之一。

止，周遭的影子仿佛跳起了舞。我开始颤抖。这个人有些眼熟。我记不起他是谁，决定凑得更近点儿。

接下来的十分钟里，我假装为了更好地观看仪式，慢慢向右移动。突然，我转过身，再次盯着他。

我发现他也在盯着我看，但马上移开了目光。舞动的火焰把他的全脸照得一清二楚。他脑袋一缩，又回到衣领的阴影中。

就在那一瞬间，我确定他就是上周我在玉川见到的黄色小飞机的驾驶员。虽然这次他没有戴金耳环，然而他的左耳垂有一处被阴影填补的凹陷。

还不止于此。清楚地看过这张脸以后，我肯定我曾经在几年前见过他。我对人脸的记忆力异乎寻常，可不知道为什么，我没能把这张脸和它出现过的背景匹配起来。但他让我感到了恐惧，这一定事出有因。

仪式继续，最后一根木柴被放入火盆。住持念完经文，转过身来，火光映照出他的轮廓。他说，生病的人如果愿意，可以往身上涂抹炭灰，以此强身健体，祛除病魔。

两个朝圣者向前走去，另一个人犹豫着加入了他们。我朝右看了眼，那男人不见了，和他到来时一样悄无声息。我环视寺庙，确定他已经离开。有东西碰了下我的左肩。

我转过身，原来是住持。他刚刚拿仪式上使用的金刚杵轻轻地碰了我一下。

"来吧。"他说，"取些灰。你需要治疗左臂、左肩、左臀和左脚。"

"你怎么知道的？"我问他。

"我有一晚上可以观察。来吧。"

住持指了指祭坛左边，我走到那儿。他的洞察力真是惊人。没错，他指出来的那些部位今天异常麻木。我一直幻想伤痛能自行缓解，所以没怎么吃药。

他为我按摩，从即将熄灭的火堆里扒拉出灰烬搽在伤痛处，然后让我也这么做。我照办了。按照传统，最后还在我头上涂了灰。

那之后，我又在寺庙找了一圈，没见到那个古怪的观察者。我在龙形灌木边上找到了一个藏身之处，在这儿铺好睡袋。那一夜，我睡得很沉。

我在黎明前醒来，发现所有先前麻木的部位都彻底恢复了知觉。没有用药就缓解了伤痛，这真是令人高兴。

那天剩下的时间，我一直朝富士山山脚走去，感觉出奇地好。即便是现在，我还是充满了非比寻常的力量和精神，这让我隐隐害怕。如果护摩仪式的那些烟灰真的治疗了我的旧伤呢？它会不会破坏我的计划，妨碍我的决心？我不确定我真有那么坚定。

所以富士山，隐火之主啊，我来了，带着健康的体魄和恐惧的心来了。今晚我将在这附近露营，明早继续步行。在这个距离下，你的庞大让我不知所措。我将去往另一个不同的，但更为遥远的地方。如果我这就攀爬你，我会把一百零八根木柴丢进你神圣的炉膛里吗？我不这么认为。有些幻象，我不愿摧毁。

8.东海道江尻田子浦略图

我乘舟出海，回望海滩、山坡与富士山。我的伤仍在好转。我已经接受了这状况，至少目前如此。现在日光明朗，海风凉爽。我雇了渔夫和他的几个儿子带我出海，寻找最接近版画的角度。受到浪花拍打，船体微微摇摆。站在船头，我看到许多当地建筑。这是对"信息即媒介"的文化进化论的一种融合吗？是不是代表了海洋即生命？我们永远漂泊在海上，要从海浪下取食？或者说，大海是死亡本身，它随时可能升起，毁灭陆地，夺走我们的性命？甚至屋顶和支撑它们的墙体都会被大海吞噬？又或者海洋是权力的象征，可以决定死或生？

又或者以上全都错了？我似乎怀有一种强烈的死亡愿望。不对。我的愿望恰好相反。也许，我正拿北斋的版画当作某种罗夏墨迹来发现自我。我对死亡有迷恋，但并不渴望。这应该是合理的解释，毕竟有这想法的主体身患绝症，时日无多。

想想别的吧。是时候检查一下我的小刀，看刃部是否锋利了。确认它状态良好后，我又把它滑入鞘壳。

蓝灰色、覆盖雪渍的富士山位于我左手边，辽远壮丽……这座山似乎从来不会以相同的样貌出现两次。你和我一样变了很多，但你又还是你。那么，我的希望也仍在。

我垂下眼，望着我和海洋共享的地方，那里有一张庞大的、活生生的数据网。相似但不同的是，你曾经与那片海洋搏斗，我也是如此——

海鸟。来听一听、看一看这些飞翔着俯冲觅食的生物吧。

我望着抛撒渔网的渔夫。他们敏捷的动作令人放松。过了一阵子，我打起了盹儿。

昏昏沉沉中，我梦见了虚空藏菩萨。不可能是别的神祇，因为他抽出了一把如太阳般闪耀的剑，指着我说出了自己的名字。我在他面前瑟瑟发抖，而他一遍又一遍地重复着自己的名号。有些东西不对劲。我知道他想告诉我的不仅仅是他的身份，可我绞尽脑汁也猜不透他的意思。然后他摆动剑尖，示意我背后有东西。我转过头，看到了一个黑衣人——那个飞机驾驶员，那个护摩仪式上的观察者。就像那天晚上一样，他死死地盯着我。他想从我脸上找出什么？

波涛滚滚，剧烈的颠簸把我从梦中惊醒。我抓紧旁边的船舷，迅速查看四周，确认没有危险。我的目光转向富士山。他在嘲笑我吗？还是北斋的轻笑？或许他蹲在我身旁，正用他瘦长、干瘪的手指在潮湿的船底画着戏谑的画？

如果一个谜团无法解开，那就先不去管它，留待将来。等我转换了思路，再来解读这信息吧。

没多久，又有一网鱼被拖上船，为这趟航行增加了些刺激。网中的生物拼命扭动、挣扎，但无法逃脱。我想起了肯德拉，也不知道她近况如何。希望她没那么生我的气了。我把她留在西南部一个偏僻地方的原始社区里，交给熟人照顾，我相信她没有逃走。我不喜欢那地方，也不喜欢那儿的居民，不过他们欠我几个大人情——这不就派上用场了吗——会把她留在当地，等某些事情过后再放行。肯德拉面容姣好，有一双淡棕色的眼睛和丝滑的头发。她是个聪明、优雅的姑娘，过惯了好日子，喜欢长时间泡澡、淋浴，穿整洁的衣物。而现在，她大概沾满了泥巴和尘土，因为她得喂猪、除草、种菜、收菜，或者忙别的农活儿。也许这会对她的性格有好处。相比被严严实实地保护起来以躲避可怕的命运，她没准儿还能从农忙中学到点儿东西。

光阴流逝。我吃了午饭。

我思考着富士山、虚空藏菩萨和我心中的恐惧。梦只是恍惚间进入的充满恐惧与欲望的剧场？还是说它们有时会真实地映照出我们在清醒时未考虑的那些方面，作为给自我的警告？映照……据说那些完美的内心能被映照。真正的神圣之物，乃是龛中神体——比如是一面镜子——而不是它映照出的景象。大海映照的天空既可能阴云密布，也可能蔚蓝无云。就像哈姆雷特，人们可以对古怪的事物做出各种各样的解读，但真相只能是其中之一。我又一次把那个梦放在心底，摒除杂念。似乎有什么遭到了触动……

可惜了。我差点儿抓住那感觉。但我太过毛躁，镜子碎了。

我望向海岸，那里发生了什么事，多了群先前没见过的人。我掏出袖珍望远镜，一眼便发现了目标。

他依旧穿着黑衣，正对沙滩上的另外两人说些什么，其中一人指着我们的方向。距离遥远，看不清容貌，可我确定就是他。至少，我现在明白了占据我内心的不是恐惧，而是慢慢升起的怒意。我要回岸上和他对峙。他只是一个人类，我可以现在就解决他。我承受不了更多的未知了。这家伙必须当面给我一个解释，然后滚开。

我要船长立刻带我上岸。他咕哝着今天渔获多，时间也还早。我又多给了他一些钱，他这才勉强同意，要儿子们掉转船头，返回陆地。

我站在船头，让那人看个明白。我的怒火无可阻挡。剑和镜子一样神圣。

富士山在前方不断升高，那人朝我们的方向看了一眼。他把什么东西给了别人，转身从容离开。该死！我没办法提高速度，照这样下去，不等我上岸他就不见了。我暗骂了一声。我多想立刻解开谜团，而不是继续疑神疑鬼。

和他说话的那几个人……把手伸进口袋，笑着去了另一个方向。似乎是几个流浪汉。他是付钱从那几人那儿买到了什么情报吗？八成是这样。那几人是不是要去哪家小酒馆，用那些让我不得安生的钱买酒喝？我朝他们大喊，但风带走了我的话。等到我上岸，他们肯定也不在了。

事实的确如此。当我终于站到沙滩上时，我唯一熟悉的面孔是富士山。斜阳下，富士山如同闪闪发光的红玉。

我的指甲扎进了掌心，但我的臂膀没变成翅膀。

9. 登户浦

我喜欢这幅画：神社的鸟居立于退潮后的滩涂，人们在被淹没的废墟中挖着蛤蜊。透过鸟居，你能看见富士山。如果沉没在浪花下的是一座基督教堂，我就可以说点儿蛤蜊的上帝之类的双关语了。可惜，地理位置对不上。

同样对不上的还有现实。我找不到画中的地方。我应该就在附近，富士山的位置看起来像模像样，可鸟居肯定早就不见了，那片神社废墟没准儿沉下去了。

我坐在山坡上，望着海对面，突然感到累了，精疲力竭。这几天我走了那么远，走得还那么快，全是白费力气。我坐在这儿望着大海和天空。至少那个阴魂不散的黑衣人从田子浦开始就再没出现。有只小猫在山脚处追逐飞蛾，它高高跃起，白色的爪子一闪而过。飞蛾飞向高处，借着一阵风逃走了。猫咪坐下来，依旧用一双大眼睛盯着它。

我朝一处早些时候发现的斜坡走去，那里似乎没有风。我解下背包，搭好雨篷和睡袋，脱下鞋钻了进去。我好像有些着凉，四肢沉重。我本打算找个旅店花钱待一宿，可我太累了，没这个气力。

我躺在这儿，看着天空慢慢昏暗，灯火逐渐亮起。和往常一样，一旦陷入极度的疲乏，我反而难以入眠。这是正常的疲惫吗？还是别的症状？我不想仅仅出于预防而服药，于是试着放空自己，然而没有效果。我想喝杯热茶，但没有热茶。我吞下一小杯白兰地，它略略地暖和了我的五脏六腑。

我还是睡不着，打算干脆给自己讲一个故事。就像小时候那样，把世界编织成梦境。

那么，故事开始了……退位的崇德天皇[1]去世后，灾异、动乱丛生，许多出自不同门派的流浪僧人来到这里，想找到喘息之地。他们在路途中相遇，希望建立一个宗教团体，去追求安宁的冥想生活。这些人在海边发现了一个无人的神社，便在那里露营过夜，好奇到底是什么瘟疫或灾难使得这样一座修缮完好也看不出洗劫迹象的神社遭到了荒弃。他们讨论说，干脆做这座神社的侍从，把这儿当成避难所。这个想法引发了所有人的兴趣，为了讨论可行性，他们几乎彻夜未眠。可是第二天早上，有个年迈的神官出现在神社里，开始了他一天的工作。僧人们问神官，神社发生了什么事，老人说，以前还有别人协助他，但是很久以前，那些人在海岸边做一场特别的祈祷时，风暴引发的海啸永远地带走了他们。此外，尽管从外观上看起来像，但这里并不是真正的神社。事实上，这是一个更古老的宗教的庙宇，而这位老神官很可能是那宗教的最后一个信徒。不过，如果僧人们愿意，也欢迎他们留下来与他一道学习。僧人们讨论了一番，很快做了决定：既然这地方看起来令人愉快，他们不妨留下来听听老人的教诲。就这样，他们住进了这个奇怪的地

---

1 崇德天皇生前因政治斗争遭流放和软禁，据传他咒自己死后成为魔王。由于他死后日本社会陷入长时间的动乱，民间认为崇德是日本三大怨灵之一。

方。起初有几个僧人感到不安，因为入夜后，他们仿佛听到海浪与海风中传来了音乐般的呼唤，老神官有时似乎还在回应呼唤。有天晚上，其中一个僧人顺着声音的方向一路前进，看见老神官站在海滩上高举双臂。那僧人藏在岩石缝里，因为困倦睡了过去。等到他睡醒，满月高悬，而老神官早已离开。那个僧人来到神官待过的地方，发现沙滩上有许多带蹼生物留下的脚印。僧人被吓坏了，他回到神社把这件事说给同伴听。接下来的几个星期，僧人们一直试着看到神官的脚，但神官永远把脚缠得严严实实。他们没能成功，又过了段时间，这个问题变得越来越不重要了。神官的教导对僧人们产生了缓慢但持久的影响，他们开始协助神官举行古老的仪式，也了解到这个海角和神社的真名。曾经有一座巨大的岛屿沉没海底，这里正是它位于海面之上的最后遗迹。神官向僧人们保证，在一些奇妙的时刻，岛屿会重现世间，展露出一座失落的城市，他主人的仆从们就生活在其间。那座城市名叫拉莱耶，将来某一天，他们也能幸运地进入城市。僧人们认为这听起来不错，他们的手指和脚趾正变得更修长、更壮实，手指和脚趾之间的皮肤也不断扩大、增厚。那时，他们参加了所有越来越令人反胃的仪式。终于，在一场极其血腥的仪式后，老神官的承诺以颠倒的方式实现了。僧人们没有看到岛屿上升，相反，连同神社和所有僧人在内，他们所在的海角沉入了大海。他们差不多已经是水生生物了。每隔一个世纪左右，那座岛屿都会升起一晚，供他们成群结队地上岸寻找猎物。譬如今晚……

我用我最喜欢的睡前故事元素编织成了这则传说，终于，它给我带来了美妙的睡意。我闭上眼，幻想自己漂浮在装满棉花的筏子上……我——

有声音！在上方！向着大海。有什么东西正朝我这儿移动。它不断加速。

肾上腺素冲入四肢。我小心翼翼地悄悄伸出手，握住手杖。

我等待着。为什么是现在，在我虚弱的时候？难道危险总在最糟糕的时刻来临吗？

那东西撞到我旁边的地面上时发出砰的一声，我吐出了一直屏住的那口气。

是白天见过的那只小猫咪。它发出咕噜咕噜的声音向我靠近。我伸手抚摩着它的毛皮，它蹭着我的手。过了一会儿，我把它抱进睡袋。这个小家伙蜷缩在我身旁，依然呼噜不断，好温暖。有东西愿意信任你、靠近你，是件好事情。我管这只猫叫拉莱耶。它陪了我一整晚。

10. 骏州江尻

回来的这一路我搭了巴士。我太累了，走不动路。我吃了药。也许我应该一直服药。不过药物可能要几天后才能生效，这让我有些担心。目前的状况要是持续下去，我可承受不起。我不确定我到底该做什么，但我知道我只能继续前行。

这幅画之所以栩栩如生，部分原因在于它描绘了大风。灰暗的天空下，背景的富士山显得暗淡无光，路上的行人和路旁的两棵树都受到狂风吹袭，树木倾斜，行人抓着衣物，一顶斗笠被刮到了半空，还有某个倒霉的抄写员或者作者的稿件哗啦啦飞起，远离了大地。（这让我想起一幅老漫画，一个编辑对作者说："圣帕特里克节节日游行那会儿，你的手稿发生了一件有趣的事情。"）就气象学角度而言，我眼前的景象没那么活跃。天空确实阴沉沉的，但没有风。富士山比画中的更灰暗，也更清晰。目力所及之处，没有与风搏斗的行人。附近有更多的树，实际上我正站在一片小树林附近，远处有不少和画中不同的结构。

我重重地靠在我的手杖上。我一点点死去，又一点点焕发生机。我已经抵达了第十站，可我还是不确定富士山到底在给予我力量还是夺走我的力量。也许两者皆有。

我朝着树林走去，途中脸上沾了几滴雨水。林子里没有指示牌，似乎也没有人。我沿着道路往回走，来到了一片小的空地。这里有几块岩石和巨石，是个扎营的地方。我什么都不愿意做，只想好好休息一天。

我很快生起一小堆篝火，把小茶壶放在用作支撑的石头上烧。远处传来雷声，加重了我的不安。到目前为止，雨还没下，不过地面已经潮了。我铺开雨披坐在上面等着。我磨了一把小刀，然后把它收起。吃过饼干，我掏出地图研究。我想我应该感到一些满足，因为事情的进展似乎符合预期。我希望感到满足，但并没有。

身后，一只不知什么种类的昆虫一直发出嗡嗡声，它突然停止了嗡鸣。片刻过后，传来了树枝折断的声音。我抬手迅速向手杖伸去，动作快得像一条蛇。

"别。"有人在我背后说。

我扭过头。那人站在八英尺到十英尺开外。他一身黑衣，戴着耳环，右手放在夹克口袋里。他口袋被什么东西顶起，指着我。据我判断，那不只是他的手。

我从手杖上收回手，他走上前来，把那棍子踢到了空地另一边我够不着的地方，然后从口袋里抽出手，没有掏出里面的东西。他慢慢转到篝火另一侧，盯着我看了一会儿。

他找了块巨石坐下，双手放在膝盖上。

"茉莉？"他问道。

我没有回答，只是盯着他。虚空藏菩萨在我的脑海里剑指黑衣人，还说着他的名字，只是有些模糊。

"库图佐夫！"我说道。

黑衣人笑了，露出很久以前被我打断的牙，如今牙齿已修补整齐。

"一开始我也不确定是你。"他说。

整容手术让他看起来至少年轻了十岁，还抹去了风吹日晒的痕迹和一些伤疤。他的眼睛和脸颊都和以前不一样，鼻子也小了。同我们最后一次见面时相比，这张脸确实还不错。

"水烧开了。"他说，"要给我倒杯茶吗？"

"当然可以。"我回答，伸手去拿我的背包，那里还有个茶杯。

"慢点儿。"

"当然。"

我找到杯子，用热水轻轻冲洗了一下，沏好茶。

"不，不要递给我。"他伸过手，从我倒茶的地方拿走了杯子。

我抑制住想笑的冲动。

"你有糖吗？"他问。

"抱歉，没有。"

他叹了口气，从另一个口袋里掏出一个小瓶子。

"伏特加？你要加进茶里？"

"别傻了。我口味变了。这是野火鸡利口酒，非常棒的甜味剂。来点儿？"

"我闻闻。"

确实有一股香甜的味道。

"好啊。"我说。他往我们的茶里稍微倒了些。

我们品茶。味道不错。

"都过去多久了？"他问。

"十四年吧，快十五年了。"我说，"那会儿还是八十年代。"

"是啊。"

他揉揉下巴。"我听说你退休了。"

"消息没错，就在咱们最后一次见面的一年后。"

"那会儿还在土耳其哪。听说你嫁给破译科的人了。"

我点点头。

"又过了三四年，你丧偶了。你在丈夫死后生了个女儿，回到美国，在乡下定居。我就知道这么多。"

"也就这些了。"

他又喝了一口茶。

"那你回这儿来干吗？"

"私事。加上点儿个人情感因素。"

"用假身份？"

"是的。这和我丈夫的家庭有关系。我不想让他们知道我在这儿。"

"有趣。你的意思是他们和我们一样，会严密监视别人？"

"我不知道你在这儿监视别人。"

"我就坐在这儿呢。"

"你把我弄蒙了。我不知道你到底要说什么。"

雷声再度传来。周围溅起几滴雨水。

"我愿意相信你真的退休了。"他说,"你知道的,我自己也快到那地步了。"

"我没理由回去工作。我继承了一大笔钱,够我照顾自己和女儿。"

他点点头。

"如果我也有这样的条件,我就不会在这行了。"他说,"我宁愿待在家里读读书,下下棋,经常吃吃喝喝。可是不得不说,你出现在这种要决定好几个国家前途的场合,也太巧了。"

我摇摇头。

"我对很多事情都不再关心。"

"大阪石油会议在两周后的星期三举行。你大概计划那时候去大阪吧?"

"我不去大阪。"

"那就是来接头的。某个从大阪来的普通游客会和你见面,就在你旅程中的某个地方,转达——"

"老天啊,你以为一切都是阴谋吗,鲍里斯?我只是要处理一些私事,到对我来说很特别的地方去走走。我根本不在乎什么会议。"

"好吧。"他喝完茶,把杯子放在一旁,"你知道,我们已经知道你在这儿了。只要跟日本当局说一声你正在用假证件旅游,他们就会把你赶出去。这是最简单的,不会造成什么伤害,又解决了一个特工。如果你确实只是游客,那么很遗憾,旅行到此为止了⋯⋯"

看到事情如此发展时,我的脑海中掠过了一个邪恶的念头,我知道,我的念头比他的龌龊得多。我以前和一个古怪的老女人共事过，你根本看不出她的年龄。这是我从老女人那里学来的。

我喝完茶，抬起眼，看到他在笑。

"我得给咱们再多煮点儿茶。"我说。

当我半弓着身拿走他的杯子时，我看到我衬衫最上面的扣子松开了。我端着那杯子，前倾身体，深吸一口气。

"你能考虑不向当局告发我吗？"

"也许吧。"他说，"我觉得你的故事可能是真的。就算不是，既然我发现了你，你现在也不会去冒险传送什么东西了。"

"我真的很想走完这趟旅行。"我又眨了几下眼，"为了不被送回去，我愿意做任何事情。"

他握住了我的手。

"很高兴你这么说，茉莉什卡[1]，"他说，"我很孤独，而你依然是个漂亮女人。"

"你真这么觉得？"

"我一直这么觉得，哪怕在你打掉我牙齿那天。"

"对于这件事，我很抱歉。你知道的，那完全是公事。"

他的手移到了我的肩上。

"我知道的。再说了，牙修完以后比以前好看。"

他走过来坐在我身边。

"我在梦里已经这么做过很多次了。"他一边说一边解开我衬衫上剩下的纽扣，然后是我的腰带。

他抚摩着我的肚子。这许久未曾有过的体验并不糟糕。

很快，我们脱光了衣服。他慢慢来，等他找到感觉，做好准

---

1 茉莉的俄语爱称。

备，我就在两腿间迎接了他。行吧，鲍里斯，我来借力，你背黑锅。我几乎为此产生了一丝歉意。他比我想象的更温柔。我开始调整呼吸，呼吸得又深又慢，然后我把注意力集中在脐下，那里离他只有几英寸远。我感受着我们的能量，它是如此温暖，仿佛梦幻。很快，我开始引导那能量的流向。他只体会到了快乐，也许还有体力衰减得比平时更快。等到他完事……

"你说你遇到麻烦了？"他开始展现自己的宽宏大度，男性在交媾时才有的这种雅量总是在事后几分钟内就被遗忘殆尽，"我有几天假，可以四处走走，如果有什么能帮到你，我会尽量帮忙。我喜欢你，茉莉什卡。"

"谢谢。但这事我必须得自己解决。"

我继续引导。

云雨后，我开始穿衣服，他躺在那里抬头看着我。

"我一定是老了，茉莉什卡。"他说，"你把我累坏了。我觉得我可以睡上一整个礼拜。"

"差不多吧。"我说，"一个礼拜后你就会感觉好起来。"

"我没明白……"

"你太辛苦了。肯定是那个会议搞的……"

他点点头。

"大概吧。你真的没参与到会议的事情里？"

"真没有。"

"好。"

我洗干净茶壶和杯子，放回背包。

"亲爱的鲍里斯，你能让一让吗？我想我很快就需要这个雨披了。"

当然。

他缓缓起身，让出雨披。开始穿衣服时，他呼吸沉重。

"接下来你要去哪儿？"

"三岛越。"我说，"我要换个角度看我的山。"

他摇摇头，穿好衣服，背靠树干坐在地上。他找出他的小瓶子呷了一口，接着又一口。

"来点儿？"

"谢谢，但是不用了。我必须得走了。"

收回手杖时，我又看了他一眼，发现他无奈而可怜地笑着。

"你从这个男人身上拿走了很多东西，茉莉什卡。"

"我只能这么做。"

我离开了。今天，我肯定要走上二十英里。还没离开树林，雨就开始下了；树叶沙沙作响，像蝙蝠振翅的声音。

* * *

11. 甲州三岛越

阳光。干净的空气。画中有一棵巨大的柳杉，背景的富士山雄浑庞大，山顶笼罩在云雾中。今天的山顶没有雾气，不过我找到了一棵大柳杉，还改换自己的位置，让它出现在锥形山体左侧山肩的位置，就像画中那样。天上飘着几朵云，它们和北斋笔下爆米花似的云雾不太一样（对此，他耸了耸肩），但也只能这样了。

现在支撑着我的，是我从鲍里斯那里偷来的"气"，与此同时，药物正逐渐生效。就像移植的器官那样，我的身体很快就会排斥外来的能量，不过到那时，药效也够我撑下去了。

这时，我所见的景色和版画非常接近。这是个美好的春日。鸟儿歌唱，蝴蝶飞舞；我几乎能听到植物在土壤下生长的声音。整个世界焕然一新。也没有人跟踪我了。啊，生活真美好。

我注视着那棵巨大的古树，倾听它千古的回声：尤克特拉希尔、金枝、尤尔树、明辨善恶之树，乔达摩于其下开悟的菩提树……

我走上前，抚摩它粗糙的树皮。

在那个位置，我突然看到了下方的山谷，那是一派全然不同的美景。田野犹如耙过的沙子，山丘仿佛岩石，富士山如同巨石。真是布局完美的庭院……

直到注意到太阳的移动，我才意识到自己已经在这儿待了好几个钟头。这棵庞大的树木给了我小小的启示，它比我的人性还要古老，作为回报，我却不知道能为它做些什么。

我弯腰，捡起了一粒球果。巨大的柳杉，极小的种子。球果只有我的小指甲盖那么大，精致的外表像是被仙女雕刻过一样。

我把那粒球果放进口袋。我会在旅途中找个地方把它种下。

听到由远及近的钟声，我离开了这里。我还没有做好被人破坏心境的准备。沿着这条路走去有一家小旅店，看着不像连锁的。我打算今晚去那里洗澡、吃饭、上床睡觉。

明天，我会依然强健。

12. 甲州三坂水面

倒影。

这是富岳系列浮世绘中我最喜欢的图之一：富士山在河口湖对

面，在湖面留下了倒影。画面两侧均为青色的山丘，远处岸边有一个小村，湖上荡着一叶扁舟。这幅画最吸引人的地方，在于富士山与它的倒影并不一致；倒影的位置不对，坡度也不对，白雪皑皑的山顶不对，山体表面的风景也不对。

坐在租来的小船上，我回望身后。天色有些朦胧。很好。没有刺眼的光线破坏倒影。湖对岸的小镇不再像图中那样古雅，已经发展起来了。但我不关心这种细节。我亲眼所见的富士山倒影比图中更加完美，湖面的倒影仍旧让我着迷。

说来也有趣……画中的村庄没有倒影，小船也没有。唯一的倒影属于富士山，找不到人类的影踪。

我望着湖尽头建筑的倒影，思绪被北斋所不了解的其他作品搅动。当然，我想到了沉没的拉莱耶，但这个地方和这一天太过田园风光，所以沉没的拉莱耶几乎瞬间从我脑海中消失，取而代之的是沉没的伊苏，据说那座城市报时的钟声依然回荡在海底。还有塞尔玛·拉格洛夫的《尼尔斯骑鹅历险记》，故事中提到了一个遭遇海难的水手，他发现自己身处一座沉没的海底城市。这座城市因为居民的贪婪、傲慢而遭到了天谴，可那些人在死后依然相互欺诈。这些亡灵身着过时的华服，在浪涛下的海底像往日那样做着生意。水手被这幅景象吸引，但他知道自己绝不能被发现，否则他就会成为他们中的一员，再也无法回到陆地上见到阳光。我猜我之所以想起这则童话，是因为我现在理解了那个水手。我所发现的事情，也可能会带来我并不希望的变化。

当然，我倾身看着自己的倒影时，不免幻想刘易斯·卡罗尔笔下的世界就在镜子般的水下。成为海女，潜入水中……旋转着下降，只用几分钟，我就能进入那片充满矛盾与魅力的土地，了解其中的居民……

镜子啊镜子，为什么现实世界总是难以满足我们对审美的热情？

我走过半途，抵达朝圣之旅的中点，面对着湖中的自己。这是审视自我的好机会，也是思考所有那些导致我来到这里的因素，以及谋划接下来该怎么走的好地方。不过，镜子有时候也说谎。那个望着我的女人看起来镇定、坚强，还比我想象的更漂亮。我喜欢你，河口湖，你真通人情。我用文字赞美了你，而你回报了我。

见过鲍里斯，我卸下了恐惧的重担。我的敌人没有派出人类特工来阻挡我的去路，所以我的胜算并不像我一度担忧的那么低。

富士山与浮世绘。山与灵魂。难道邪恶之物不会在这里留下倒影吗——比如历史上某座发生过可怕灾难的黑暗之山？我提醒自己，基特已经不再投下阴影，也不再留下倒影。

但他真的邪恶吗？在我看来，是的。尤其是他在做我认为他在做的事的话。

他说过他爱我，我也确实爱过他。当我们不可避免地再度见面时，他会对我说什么？

无所谓了。不管他说什么，我都要杀了他。他相信自己无可匹敌，不可摧毁，但我不这么认为。我相信我是世界上唯一一个有能力干掉他的人。我花了很久才想出办法，甚至花了更长时间才下定决心。这么做，既是为了肯德拉，也是为了我自己。至于整个世界的安危，那得排在第三位。

我伸出手指，划过水面，轻声唱起了一首老歌。那是一首情歌。我不愿离开这个地方。我的后半段旅途会是前半段的镜像吗？还是说我将越过镜子，进入他所在的古怪领域？

昨天下午，我在一处偏僻的山谷里埋下了柳杉的种子。总有一天，它会长成优雅的大树，比国家、军队、疯子和圣人都活得更久。

我想知道拉莱耶去了哪儿。它在那天早上的早饭后跑开了，也许去追了一只蝴蝶。当然，我也不可能一路带着它。

希望肯德拉一切都好。我给她写了封长信，解释了很多事情。我把信交给了一个律师朋友，不算太遥远的未来，他会把这封信寄给她。

葛饰北斋的画……它们会比柳杉更长久。我则不会留下任何能供后人凭吊的作品。

在各地漂泊的同时，我上千次设想了我们的相遇。为了得到想要的东西，他肯定会故技重演。而我得用上更古早的伎俩，早到出乎他的意料。我们俩都久疏战阵。

我已经有段时间没翻过《忧郁的解剖》了。这些年我没空读书消遣。但看到鱼儿飞快游过，我还是想起了书中的一两行文字："因为总是受他人悲观情绪的影响，波利克拉底·萨缪斯把他的戒指丢进大海，但不久后，有条鱼居然把那枚戒指还了回来，所以他依然没能摆脱忧郁的心绪。无人能够自愈……"基特放弃生命，却得到了生命。我还活着，却要死了。戒指真的会物归原主吗？一个女人又该如何自我疗愈呢？毕竟我要找的，是很特别的疗法。

北斋，你让我见识良多。你能告诉我答案吗？

老人慢慢抬手，指向山，然后放下手，指着画中的山。

我摇摇头。一个不是答案的答案。他对我摇摇头，又重新指了指。

富士山巅云雾密布，但那不是答案。我研究了很久，无法从中看出什么来。

我垂下目光。水中的倒影呈现出颠倒的云雾，仿佛两支交战的大军。我着迷地看着它们融汇到一起，右边的那一支汹涌翻腾，吞没了左边的。但这样一来，右边的云反而少了。

冲突？这就是他想传达的？双方都失去了他们不想失去的东西？说点儿我不知道的东西吧，老头子。

老人依然望着什么东西。顺着他的目光，我看到一条龙钻入富士山山口。

我又低头看去，已经没有大军了，只剩下残云；龙的尾巴变成了垂死战士的手臂，还握着一把剑。

我闭上眼，伸手去拿剑。这是一把云雾之剑，正适合焰火之人。

13. 砾川雪旦

屋顶上、常青树上，还有富士山上覆盖着白雪，其中一些正要融化。窗前挤着几个女人——我认为是艺伎——她们正向外望，其中一人指着苍白天空中的三只黑色飞鸟。可惜，我所见的景象里没有富士山的雪，也没有艺伎，而且阳光明媚。

细节……

二者都很有意思，而叠加正是美学的核心之一。我禁不住想起了《雪国》里的温泉艺伎驹子。川端康成的这本小说描述了孤独，以及徒劳、凋零的美，我一直觉得它是日本伟大的反爱情小说。北斋的这幅画让我想起了那个否定爱的故事。基特不是岛村，因为他真的想要我，仅仅以他高度专业化的方式，我绝对无法接受。这是自私，还是无私？并不重要……

比如艺伎指着的飞鸟……"观察黑鸟的十三种方式[1]？"这就是关键所在。我们永远无法在价值观上达成统一。

那么《两只乌鸦》，还有特德·休斯的"好斗乌鸦"[2]呢？似乎也行，但我不愿意瞎猜。引经据典并无意义，正如昨日的雪，它们今又何在？

我倚着手杖研究富士山。我希望能在对决前到达尽可能多的景点。从二十四个位置观察富士山难道有什么错吗？我突然意识到从多个角度看待生命中的一件事情是件好事，也是对自我的审视，甚至是对其他错失选择的忏悔。

基特，我来了，正如你曾经要求我的那样。但我有我的理由，我有我的道路。我真希望不必如此，因此，我的行动并非完全是我自己的，而是你的。我变成了你的手，用来扼杀你自己。正如合气道的真谛。

入夜后，我在城镇里穿行，只选择那些商家已经歇业的黑暗街道。唯有如此，我才能确保安全。不得不进入城镇时，白天我总是待在偏僻处，到夜晚再走过这类街道。

我在街角找到了一家小餐馆，在那儿吃了晚饭。餐馆嘈杂，不过食物味道很好。我还服了药，喝了一点儿清酒。

那之后，我没叫出租车，而是享受着奢侈的步行。我还有很长的路要走，而这是个晴朗的夜，星光灿烂，空气新鲜。

我走了大约十分钟，一路听着车流声、远处收音机或者音响的音乐、另一条街上的哭声，还有从我头顶拂过的风和周遭建筑外立

---

1 美国现代主义诗人华莱士·史蒂文斯（1879—1955）的作品。

2 《两只乌鸦》为苏格兰传统民谣，特德·休斯（1930—1998）是英国桂冠诗人，他在诗作《乌鸦》中将乌鸦塑造成一个极具反抗精神的好斗形象。

面的摩擦声。

然后，我突然感到空气中有股电离味儿。

前方空无一物。我转过身来，举起手杖摆出防御姿势。

只见一头六条腿、脑袋像火焰花一样的犬形拟态从一个门口冒出，沿着那建筑的正面向这里走来。

我看着它逐渐靠近，就在它离得足够近时以一个假动作起手发起攻击，然而用错了手杖的端头。头发根根竖起的瞬间，我一个后旋跳开，紧接着格挡，后撤，转身，再次攻击。这一次，手杖的金属端插进了那花一样的脑袋。

动手之前，我已经激活了手杖的内置电池，电荷失衡让那拟态的脑袋肿胀起来。它后退，我跟进一步，再次攻击，这次戳中的是身体。拟态进一步膨胀，炸裂，化作一阵火花。而我已经转身开始了另一场厮杀，因为就在我对付第一只拟态时，我意识到还有一只已经接近。

第二只拟态蹦蹦跶跶，犹如袋鼠。我的手杖只是擦过了它身侧，而它从我身旁经过，用顶端凸起如球茎般的长尾巴扫中了我，那冲击力打得我向后退开。后撤的同时，我反射性地挥杖反击。它快速转身，直立。这拟态是个四足生物，抬起的前肢火焰燃烧，巨大的眼睛精光闪烁，似乎感到了痛苦。

它蹲下身，猛地跃起。

我从它身下滚过，在它下落时刺出手杖，然而没能命中，就在我继续刺击的同时，它也发起了攻击。随着它又一次跳起，我转到侧旁，手杖上挥。似乎打中了，但我不太确定。

它落在离我很近的地方，再度抬起前肢，然而没有立刻扑来。它只是向前摔倒，双脚快速蹭着地面，似乎在改变姿势，要发动更凶狠的攻击。

当它再次扑来时，我也调整好了角度，杖尖直插进它身体正中央。它那冲击的势头，或者说下压的劲道持续了好一会儿，甚至到它膨胀、开始撕裂时依然存在。我僵了一阵子，感受着它的能量从我肩膀流下，穿过我的胸膛。终于，它在瞬间爆炸，消散，化归无形。

我再次迅速转过身，但没有第三只拟态从门口出现，路前方也没有。街上只有一辆车经过，正在减速。不用管它。看起来，这个终端的能量目前已经耗尽，可我吃不准刚才干掉的那两个拟态重新生成需要多久，我现在最好赶紧离开。

然而，在我快步向前时，一个声音从车里传来，现在已经在我身边响起：

"女士，请稍等。"

是辆警车。跟我说话的年轻人穿着警服，表情很奇怪。

"警官，有什么事吗？"我回应道。

"我刚才看到你了。"他说，"你在干吗？"

我笑了。

"今晚太舒服了，"我说，"街道上又没人，就拿手杖摆几个姿势玩。"

"我还以为有什么东西在攻击你呢，我好像看到了些东西……"

"就我一个人，"我说，"正如你所见。"

他打开车门爬出车，打开手电，光线扫过人行道，照进那栋建筑的门口。

"你刚才放烟花了吗？"

"没啊。"

"我看到一些火花和闪光。"

"你一定弄错啦。"

他嗅了嗅空气，仔细检查了一遍人行道，还有排水沟。

"怪了。"他说，"你要去的地方远吗？"

"不太远。"

"那祝你今晚愉快。"

他返回车内。片刻过后，车辆发动，驶离街道。

我继续快步向前。我希望在另一场袭击到来前离开这个地方，周遭整片街区都让我惴惴不安。

我困惑自己是怎么被轻易发现的。

我做错了什么？

"我的画。"在我来到目的地一顿猛灌白兰地后，北斋似乎有话要说，"想清楚了，女儿，否则你会被他们逮住。"

我试着思考，可是富士山压着我的脑袋，挤走了所有念头。那些拟态在它的山坡上舞蹈。我陷入了断断续续的沉睡。

明天天亮，也许我就能想清楚了……

14. 下目黑

浮世绘又一次无法照进现实。画中的农民生活在乡村里，山坡上是梯田，一棵孤树从右侧的山坡上伸出，积雪覆盖的富士山被山坡遮住了一部分。

我坐在公园长椅上，看不出现实和图画有哪里相似，非要说的话，大概是富士山都被山坡半遮着。也行吧。

半遮着，就和我的思维一样。我应该看到的一些东西却被隐藏了起来。拟态出现的瞬间就被我察觉到了,它们像是想要夺取浮士德灵魂的魔鬼。但我从没和魔鬼达成过协议……只有基特,而且那协议叫婚姻。我不知道两者有多相似。

现在,我最困惑的地方在于,我都做了那么多预防措施,可行踪还是泄露了。所有袭击都是针对我的,而不是其他人。这种情况超越了私人因素——虽然我也没法否认其中确实有情感因素。

《叶隐》里,山本常朝说武士之道就是死亡之道,只有视死如归,你才能获得真正的自由。对我来说保持这种心态并不难,自由的部分反倒更复杂。当一个人不再彻底了解敌人时,他会不确定接下来怎么行动,因此受到制约。

尽管视线遭到遮挡,但我知道富士山依然好端端地在那里。同理,我应该也能从已知的情报里推测出困扰我的原因。让我们回归死亡吧。那里似乎还有些我尽力表达也无法言明的东西。

死亡……温柔而至……我们曾经玩过一个室内游戏,给假想的死亡证明填上离奇的原因:"被尼斯湖水怪吃掉""被哥斯拉踩到""被忍者毒死"以及"飞升"。

当我给出最后那个死因时,基特盯着我,眉头紧锁。

"飞升是什么意思?"他问。

"好吧,你可以在技术细节上跟我争辩,"我说,"但我就是这个意思。'以诺因着信被接去,不至于见死。'"

"我不明白。"

"就是不经历人间的丧葬,直接上天堂。有些穆斯林相信马赫迪就是飞升的。"

"这概念真有趣。"他说,"我得仔细想想。"

显然,他说到做到。

我一直认为如果让黑泽明执导《堂吉诃德》，效果一定极佳。假如有一个生活在当代的老先生，一位学者，他对早期武士历史和武士道着了迷，强烈地认同这些理想，以至于某天他失去了理智，开始相信自己就是一个旧时代的武士。他穿上他收集的不合身的盔甲，提着武士刀，去改变世界。虽然最后是这个世界毁灭了他，但老人始终坚持了他的信念。这种奉献的精神让他与众不同，同时也赋予了他崇高的品格，尽管他如此荒唐可笑。我从不觉得《堂吉诃德》只是对骑士精神的拙劣模仿，更别说我后来得知塞万提斯曾经在勒班陀之战中为奥地利的唐·胡安效力。可能会有人争论唐·胡安是最后一个受中世纪骑士信条教导的欧洲人。他是在中世纪浪漫冒险故事中长大的，并以此为自己的生活准则。即使中世纪的骑士们自己并没有做到，那又有什么关系呢？只要他相信这些故事，并以此为信条就行。在别人看来，这样的行为也许只是很可笑，然而时势给了他在重大场合表现自我的机会，结果他成了英雄。塞万提斯肯定对他的老指挥官印象深刻，谁知道这对他后来的文学创作带来了多大的影响呢？奥尔特加·伊·加塞特认为堂吉诃德是哥特式的基督，陀思妥耶夫斯基持有同样的观点，而他塑造梅什金公爵的基督形象时，也认为当时的社会中想要出现这种人，前提条件必须是疯癫。

回忆起来，这些事已经预兆了基特至少会半疯，可他不是哥特式的基督，倒更接近赛博佛陀。

"数据网络有佛性吗？"一天他问我。

"那当然了。"我说，"哪儿没有佛性？"这时我看到了他的眼神，就补了一句："我他妈怎么知道？"

他咕哝着坐在共振躺椅上，放下感应头显，继续用128位密钥对路西法密码进行计算机增强分析，理论上，暴力破解这密码需要花上数千年，但他得在两周之内得到答案。借助接入数据网络的神经系统，他真的成功了。

我有一段时间没有注意到他呼吸节奏的变化，直到后来，我才意识到哪怕工作完成，他依旧连着网络，并且在这种状态下开始越来越长的沉思。

当我意识到这一点时，我怪他太懒，没有关机。

他笑了。

"数据流这种东西，"他说，"你没办法固着到某一点，必须随波漂流。"

"你可以在被数据流带跑前摁下开关，还省了电费。"

他摇摇头，依然微笑。

"可承载我的特定数据流就是这样。我正越漂越远。你应该找个时间试试。有时候，我觉得我可以'飞升'，彻底融入其中。"

"比喻上的还是神学意义上的？"

"都有。"他说。

有天晚上，他真的随着数据流离开了。第二天早上，我看到他戴着头显倒在共振躺椅上，以为他睡着了。至少这一次，他关掉了电脑终端。我不知道他工作到多晚，决定让他好好休息。到了那天晚上，我开始担心起来。我试着叫醒他，然而他毫无反应。他陷入了昏迷。

后来，在医院，他的脑电图是一条直线。他的呼吸变得极其轻浅，血压非常低，脉搏微弱。接下来的两天里，他的身体状况不断恶化。医生们给他做了他们能想到的所有检查，还是无法确定他的病因。他签署过一份文件，要求如果有不可逆的情况发生，不要采用任何强效手段来延长他的性命。所以在他心脏第四次停搏后，没有给他戴上呼吸器，也没有使用心脏起搏器和静脉注射器。尸检结果令人失望。死亡证明上只写着"心脏停搏。可能由脑血管失常导致"。后者纯粹是推测，实际上并没有任何迹象能证明这点。由于担心可能传播某种奇怪的新病毒，他的器官捐赠遗嘱也作废了。

基特，他和马利[1]一样，在故事的开始就已经死了。

* * *

15. 武阳佃岛

蓝色的天空，几片低云，富士山在清澈海湾的对面。我和山之间隔着几艘小船和一座小岛。虽然经历世事变迁，可我的亲眼所见与画中景象非常相似。我又一次坐上了小船，只是这一回，我不再想潜入浪涛之下去寻找失落的文明，或者检测水有多么干净。

来这里的路上我没有遇到任何意外。我活力满满，健康状况没有恶化，可我出发时的忧心忡忡，现在也没有改变。因为我最大的疑问还是没有得到解答。

至少我在水上有安全感。虽然"安全"只是相对而言，比我在陆地上经过的那些可能会遭到伏击的地方好些，但自从那天从医院回来后，我就再也没能真正感到安全。

度过了几个不眠之夜，那天回到家，我非常疲倦，直接上床

---

1 该角色出自《圣诞颂歌》，是一个因生前贪婪而被困世间的幽灵。

了，甚至没看睡下时是几点，也不知道自己到底睡了多久。

黑夜里，我被吵醒了，似乎是电话铃声，迷迷糊糊地抄起听筒，我才意识到它并没有响。我刚才是做梦了吗？我从床上坐起来，揉揉眼睛，伸了个懒腰。慢慢地，我想起了最近发生的事情，知道自己一时半会儿睡不着了。现在喝杯茶可能会好一些。我站起来，去厨房烧水。

经过工作区时，我发现一台CRT显示屏亮着光。我不记得机器是什么时候开的，但打算关了它。

然而主机并没有启动。我迷惑不解地又看了看屏幕，这才意识到屏幕上有几行字：

> 茉莉，
> 一切都好。
> 我飞升了。
> 试试躺椅和头显。
> 基特

我感到指甲抠进了脸颊，胸口因呼吸暂停而感到一阵憋闷。这是谁干的？怎么做到的？也许这是基特在倒下前留下的最后一条神经错乱的信息？

我伸手反复拨弄了几次开关机键，最后把它拨到了关闭的位置。

屏幕上的字消失了，但屏幕还亮着。很快，几行新的文字出现：

你读到了，很好。

别担心。我还活着。

我已经进入了数据网络。

坐到躺椅上，戴好头显。

我会解释一切。

我跑出房间，到浴室里呕吐了好几次，然后坐在马桶上浑身颤抖。谁会对我开这么可怕的玩笑？我喝了几杯水，等着心情慢慢平复。

恢复一点儿后，我直接去了厨房，泡了茶，喝了一些。我的思维逐渐进入分析模式。我考虑了各种可能性。最可能的情况是基特给我留了信息，我只要使用交感界面就能接收。我想要那个信息，不管它是什么，只是我不确定自己此刻能否受得了这份刺激。

我一定在厨房坐了大半个钟头，我望向窗外，天空正逐渐发亮。我放下杯子，返回工作区。

屏幕还亮着，不过上面的文字又变了：

别害怕。

坐在躺椅上，戴上头显。

然后你就明白了。

我走向躺椅，倚坐在躺椅上，戴好头显。一开始，除了底噪什么都没有。

然后我感觉到了他的存在。在一个应该只充斥着数据流的世界里，那真是一种无法描述的事情。我等待着，准备接收他给我留下的任何信息。

"这不是录音，茉莉，"他似乎在对我说，"我真的在这里。"

我费了很大力气才抑制住逃跑的冲动，勉强保持镇定。

"我做到了。"他似乎在说，"我已经进入了网络，我分散在许多地方。这是纯粹的昆达里尼[1]。随着数据流不断游走的感觉太棒了，我将永远留在这里。这是涅槃。"

"真的是你。"我说。

"是的。我飞升了。我想让你了解这到底意味着什么。"

"好吧。"

"我现在聚集于此。敞开你的心扉，让我完全进入。"

我放松身心，让他进入我的身体。我被他带走了。我也明白了。

16. 相州海泽左

云雾缭绕的熔岩原尽头，富士山森然耸立。两只白鹤于高空远去，还有几只驻留地面。这个场景与现实相仿。我倚着手杖，凝视着他在混沌中创造出的安宁。就像一段音乐，他以我无法描述的方式给了我力量。

来这儿的路上，我看到了盛开的樱花树、成片的紫色苜蓿花，田野开满了用来榨油的金黄的油菜花，几株冬山茶花仍然绽放着嫣红与粉色，稻田里水稻抽出绿色嫩芽，郁金香树点缀着白色的花朵，还有远处蓝色的山和雾气蒙蒙的河谷。我经过一些村庄，那里

---

1 梵文原义是卷曲，印度瑜伽认为它是有形的生命力，常以沉睡的蛇来象征。

的茅草屋顶上覆盖着彩色的金属薄板——蓝的、黄的、绿的、黑的、红的——院子里铺满了蓝色的板岩，它们非常适合用于园艺；偶尔出现一头嚼着草叶、轻声哞叫的母牛；那一排排种着桑树的塑料棚，是养蚕的地方。看到这些景象，我的心怦怦直跳。瓦片、小桥、那些色彩……我简直像闯进了小泉八云的故事里。

我的思绪回到了这次旅程中，回到了和电子恶魔相遇的那一刻。那晚我喝得烂醉，不过北斋的警告——浮世绘可能会成为陷阱——很可能是对的。基特好几次预料到了我的路线。这怎么可能？

我突然想到那本葛饰北斋的画集——查尔斯·E.塔特尔出版公司的布面口袋书——是基特送我的礼物。

由于大阪会议，他可能认为那个时候我会来日本。也许通过大规模的终端扫描，他的拟态发现了我的踪影。他会不会把我的行为和葛饰北斋的富岳系列浮世绘——他知道我非常喜欢——联系起来，等着我自投罗网呢？我有一种强烈的感觉，答案就是这样。

与基特一起进入数据网络是一种难以置信的体验。不可否认，我的意识在扩散、流动，我同时在许多地方，驾驭着起初难以理解的数据流，这些超越性的、称得上辉煌灿烂的新知在我心间洋溢，那是多么特殊的感觉啊。我似乎瞬间获得了新生，获得了永恒。能进出无数计算机终端和数据库似乎代表了无所不知，在这片领域，无论想改变什么，我都能够做到，即使我还有位于远方的肉身，处在网络中的我还是体会到了近乎无所不能的力量。还有那种感觉……基特既与我相伴，又在我体内。我几乎要沦陷在这道成肉身般的喜悦中，它能让我从俗世的欲望中得到解放……

"留下来吧，和我永远待在这里。"基特仿佛在说。

"不行。"我正越陷越深，但还是梦呓般回答，"我不能这么心甘情愿地投降。"

"不行吗？哪怕为了这种结合与连接能量的数据流动？"

"很美妙，可这难道不是放弃生而为人的责任吗？"

"责任？什么责任？成为这种纯粹的存在，我们不需要过去的束缚。"

"你把良心也一起丢了。"

"要它干什么？我们也不再需要未来了。"

"那我们无论做什么，都失去了意义。"

"是的。行为只是幻觉，后果也是。"

"悖论胜过了理性。"

"没有什么悖论。一切都融为一体。"

"那么意义也就不存在了。"

"存在是唯一的意义。"

"你确定？"

"切身感受一下！"

"我感受过了，但这还不够让我改变心意。趁我还没变成我不想变成的东西，送我回去吧。"

"你还有这种快乐无法满足的欲望？"

"在这里，我会失去想象的能力。我感觉得到。"

"想象力是什么？"

"一种基于感受和理性产生的东西。"

"这感觉不对吗？"

"是的，感觉是对的，可我不想无人陪伴。当我用理性去分析时，我发现这种感受很多时候只是一种自欺欺人，用来掩饰复杂性的缺失。"

"你可以在这里处理任何复杂的问题。看看这些数据！难道理性没有告诉你，眼前的状况比你片刻前所处的环境好得多吗？"

"我也不相信孤立的理性。缺少感受的理性会导致人类的恶行。不要企图以这种方式拆分我的想象力。"

"你大可以保留你的感受和你的理性！"

"可它们在这美妙的数据洪流里是错位的。我需要它们匹配，否则我的想象力就会消失。"

"那就消失呗。它的作用已经达成，没有存在的必要了。你能想出什么这里不存在的东西吗？"

"我想不出，但这就是被数据网络影响的结果。如果真的存在什么灵光闪现，我只能通过想象力来获得。我可以给你任何其他东西，可我就是不愿屈服。"

"就这样？没有一丝留下来的可能？"

"没有。光凭这点就足够了。"

"那我对你的爱呢？"

"你的爱已经不再是人类的爱了。让我回去。"

"当然。你会考虑的。你会回来的。"

"让我回去！马上！"

我摘下头显，腾地站起。我返回浴室，然后又回到床上。我就像服用了安眠药一样，昏睡许久。

如果没有怀孕，我会对可能性、未来和想象力抱不同的看法吗？我怀疑过自己怀孕了，但还没告诉他，而他把注意力都放在了争论上，不曾注意到这点。我希望即使没怀孕，我也能给出同样的回答，但我永远没机会知道。事发次日，一位当地的医生确认我怀了孩子。我去了此前我一直拖着没去的医院，因为那时我的生活真的需要某种确定性——任何事情的确定性都行。家里工作区的电脑屏幕，连着三天都没有显示。

那段时间，我阅读，沉思。一天晚上，屏幕上又出现了文字：

你想好了吗？

我激活键盘，打出一个字：

不。

然后我扯掉了连着共振躺椅的头显，又拔掉了主机的电源插头。

电话响了。

"你好？"我说。

"为什么不来？"他问我。

我尖叫着挂断电话。他侵入电话线路，还占用了别人的声音。

电话又响了。我再次接起。

"除非你来我身边，否则你永远不得安生。"他说。

"只要你放我一个人清净，我就能。"我告诉他。

"我做不到。你对我来说是特别的。我要和你在一起。我爱你。"

我挂断电话。铃声又起。我把电话从墙上扯了下来。

我知道我不得不马上离开。想起和他在一起生活的点点滴滴，我又难过又沮丧。我迅速收拾完行李离开，在旅馆订了个房间。刚刚在房间里安顿下来，电话就响了，又是基特打来的。因为我的登记信息被录入了电脑……

我让酒店在总机上切断我的电话线路，在门口挂上了"勿扰"的牌子。第二天早上，我发现门底下塞进来一份电报。基特发来的。他想和我谈谈。

我决定远走高飞，离开这个国家，回到美国。

对基特来说，跟踪我不过轻而易举。我们走到哪儿几乎都会留下数据痕迹。通过线缆、卫星、光纤，他可以去任何想去的地方。他就像一个骚扰犯，打电话纠缠我，打断电视节目，在电脑屏幕上刷出信息，打断我打给朋友、律师、房产经纪人和商店的电话。有几次他甚至还给我送了花，真是太可怕了。我的赛博菩萨、我的天堂猎犬[1]，他一刻也不消停。和永远运行着的数据网络结婚真是一件恐怖的事情。

所以我定居在了乡下，家里不留任何能让他联系到我的东西。我研究了各种方法来绕过数据网络，避开他的感知系统。

只要一个不小心，他就会立刻纠缠上来。他还学会了一种新把戏，我相信那是为了把我强行带入他的世界发明的：他可以在计算机终端用电荷塑造出类似球状闪电或者动物一样的拟态状物体，然后把这短命的东西送到不远处去执行自己的指令。不过在一个朋友家里，我发现了它的弱点。当时一个拟态向我接近，还试图把我驱赶到计算机附近，大概想把我转移进去。我抄起手边最近的东西——一盏亮着的台灯——攻击了拟态，结果它的电场立刻遭到了破坏。我就是这么发现轻微的电流会破坏拟态内部结构稳定性的。基特后来在一封电报里做了解释，并向我道歉。

我留在乡下抚养女儿。我阅读，习武，漫步林间，爬山，航行，露营——全都是远离现代的生活。在经历了算计、冲突、阴谋

1　出自英国诗人弗朗西斯·汤普森（1859—1907）的著名长诗《天堂的猎犬》，整首诗讲的是人类出于罪或者爱，可能会试图远离上帝，但上天的恩典会永不疲倦地跟在人身后，直到人回心转意。

与反阴谋、暴力，还有和基特在那个小小岛屿上暂时度过的无忧日子后，我感到很满足。我对自己的选择很满意。

熔岩原对面的富士山……在这个春天……我回来了。这不是我的选择。

17. 信州诹访湖

于是我来到了诹访湖，暮色中的富士山如在远处休憩。富士山没有投下河口湖中的那种倒影，但别有一番宁静滋味，与我的心绪相符。我体内仿佛渗入了春日的生机，不断舒张，蔓延。谁会想破坏这风光，把不受待见的景象塞进来呢？还是不提这个了吧。

说起来，"少爷"不就是在一个安宁的地方变得成熟的吗？我有一个理论是关于夏目漱石的那本书的。有人告诉我，每个受过教育的日本人都看夏目漱石，所以我读了《少爷》。在美国，有人跟我说，每个上过学的美国人都看《哈克贝利·费恩历险记》，所以我也读了那部小说。在加拿大，占有同样地位的是斯蒂芬·里柯克的《小镇艳阳录》。法国则是《大莫纳》。其他国家也有类似的作品。这些故事都发生在乡村，在高度城市化和机械化之前的日子里，村落与自然紧密联结。城市化与机械化已经出现在地平线上，正以不可阻挡的趋势发展，但它们只是为这些价值观更单纯的作品注入了一些酸涩味。这些写给年轻人的故事有各自的民族情怀与民族特色，却都描述了纯真的消逝。这一类的书，我给了肯德拉很多。

我骗了鲍里斯。我了解大阪会议的方方面面。我的一个前雇主甚至找到我，希望我能做一些鲍里斯推测我要做的事情。我拒绝了。我有自己的计划。两者起了冲突。

葛饰北斋啊，你既是幽灵，又是良师。你比基特更懂得何为时机，何为目的。你明白，人类创造的秩序势必改变自身与自然的关系，可这不仅必要，也是桩好事，而且依然会有光。

在这个湖岬，我抽出暗藏的刀片，又将它打磨了一番。阳光离开了我的小小世界，但黑暗，同样是我的朋友。

* * *

18. 神奈川冲浪里

这是一幅死亡的景象。凶暴的巨浪弓身而起，俯向脆弱的小舟，要将它吞没。葛饰北斋的这幅作品家喻户晓。

我不冲浪，对完美的浪头也没兴趣。我只是喜欢待在岸边看水。这已经足够令人印象深刻。我渐渐放慢了朝圣之旅的步调，尽管现在还看不到终点。

也不能这么说……我看到了富士山。富士山就是终点。如同第一幅浮世绘里的桶箍，圆圈在它周围闭合。

来这儿的路上，我在一处小小的林间空地稍事停留，去一条流经空地的小溪里洗了澡。在那里，我用周围的木头建造了一座低矮的祭坛。我按照自己设置的仪式进程行动，每走一步都洁净双手，然后在祭坛前插上了用樟木和白檀木做的香；我还在那儿摆了一束新鲜的紫罗兰、一碗蔬菜和一杯从小溪里舀来的淡水。接着，我点燃了一盏之前买来的装满了菜籽油的灯。我有一尊虚空藏菩萨像，那是我从家里一路带来的。我把它端放在祭坛上，使之面向我所站的西方，再次洗手，随后伸出右手，中指弯曲与拇指相触，念诵召唤虚空藏菩萨的咒语。我喝了些杯子里的水，又朝身上洒了些，继续重复咒语。在那之后，我比画了三次祈请的姿势，先后将手放在头顶、右肩、左肩、心脏与喉咙处。最后，我解开包裹神像的白布，遵循同样的步骤清理了这块地方，开始模仿画像中菩萨的姿势打坐冥想，向他祈求。在这个过程中，我一遍又一遍地重念着咒语。

终于，异象显现。我开口告知菩萨发生的一切，我打算做的一切，祈求他给我力量与引导。突然，我看到他的剑降下，就像一道缓慢的闪电，从一棵树上切下了一根树枝，断裂处开始流血。接着，雨滴落下。它们既落在我的视野里，也落在了我身上。我知道，这就是全部的回答了。

我把祭礼用品收拾干净，披上雨披，再次出发。

雨很大，靴子上沾满了泥巴，我的体温也开始下降。我吃力地拖着身子走了很长一段路，感到寒气渗进骨髓，手指和脚趾逐渐麻木。

我一直在找能遮风挡雨的地方，但始终没找到。后来，倾盆大雨逐渐变成了细雨。透过蒙蒙的水汽，我看到远处有一栋建筑，可能是一座寺庙或者神社。我向着那儿走去，希望能喝点儿热茶，烤个火，如果有机会再换双袜子、擦干靴子。

有个僧人站在门口。我说明了情况，他似乎不太情愿。

"按照惯例，我们会给任何人提供庇护。"他说，"但出了点儿问题。"

"如果路过的行人太多导致寺庙经营遇到了困难，"我说，"我很乐意捐款。我真的只是想暖和一下身子。"

"哦，不是经营方面的问题。"他告诉我，"最近的过路人不多。其实……我不太好意思直说，因为听起来太愚昧了，而我们是家现代化的寺庙。我们遇到的是另一种麻烦，嗯……庙里最近……有邪祟。"

"哦？"

"真的。住持住所边上是藏经阁和档案室，那里有野兽鬼魂来来去去，它们经过大殿，穿过比丘的房间，在庭院徘徊，最后又回到藏经阁或其他地方消失不见。"

他注视着我的脸，似乎想看我露出嘲笑、相信或者怀疑的神情——什么神情都行。可我只是点了点头。

"很尴尬。"他说，"我们尝试了几种简单的驱邪仪式，都不起作用。"

"鬼魂出现了多久？"我问。

"差不多三天。"他回答道。

"有人遭到了攻击？"

"没有。它们很吓人，好在没有人受伤。可是这些鬼魂会打扰人，你一旦试着打坐冥想，就会被它们刺痛，有时候头发都会立起来。"

"有意思。"我说，"鬼魂多吗？"

"数量在变。一般就一个，有时候两个，偶尔会同时出来三个。"

"你们的档案室里有电脑吗？"

"有。"他答道，"就像我说的，这是家现代化的寺院。我们用电脑记录电子档案，也用它打印手头没有的经文和其他东西。"

"关机一天，它们可能就离开了，"我告诉他，"而且很可能不再回来。"

"这办法我得先问过住持。你对它们有所了解？"

"是的。如果可以的话，我还是想暖和暖和身子。"

"当然。这边走。"

我跟着他往里走去，进去前把靴子擦干净脱掉了。他领着我绕到后面，进入了一个漂亮的房间，从那里我可以看到寺庙的花园。

"我去准备膳食和炭盆，让你暖和一下。"他说着离开了。

我独自欣赏几步开外的池塘。金色的鲤鱼游弋其中，雨滴落下，水面不时泛起涟漪。一座小石桥横跨池塘，此外还有一座石塔以及在石头与灌木间弯弯曲曲的小径。我想穿过那座桥——它和那座突兀、冰冷又黑暗的金属桥多么不同啊——去另一边迷失上一两年。但我只是坐了下来，带着感激之情喝了没多久就端来的茶水，然后在稍后送来的炭盆边暖脚，烘干袜子。

再后来，我一边吃饭，一边和那个年轻僧人愉快地聊起了天儿。他负责在住持赶来之前先招待好我。也就在那时，我看到了拟态。

它就像一只非常小的、有三条鼻子的大象，正笔直地走在一条蜿蜒的花园小径上，同时用那些像蛇一样的附肢嗅探两侧。它还没发现我。

我向僧人示意，因为他面朝着另一个方向。

"阿弥陀佛！"他拨弄着念珠说。

他望向拟态的同时，我把手杖挪到了身边称手的位置。

眼见拟态逐渐接近，我赶紧扒拉饭菜。接下来的战斗里，碗筷可能不保。

听到手杖刮擦石板的声音，僧人回头看了一眼。

"用不着，"他说，"正如我解释的那样，这些鬼魂不攻击人。"

我摇摇头，又吞下一口饭。

"一旦发现我，它就会攻击了。你看，我刚好是它们在找的目标。"

"阿弥陀佛！"他又念叨了一句。

我站起身，看着拟态的鼻子朝我甩动，它在向石桥那边接近。

"它比常见的那些更结实。"我说，"三天了，对吧？"

"嗯。"

我跨过托盘，往前走了一步，那拟态突然越过桥朝我冲来。我抬手直刺，它躲到一旁，我立刻转了两次手杖，在它转身时又刺了一记。这一刺命中了目标，但它的躯干也撞上了我的胸口和脸颊。那拟态像燃烧的氢气球般炸裂开来，而我则站在一边揉着脸，同时环顾四周。

又一只拟态溜进了这个房间，我猛冲过去，将它一击格杀。

"我该走了。"我说，"感谢你们的盛情款待。没能见到住持，麻烦代我向他道歉。现在我暖和了，也吃饱了，还知道了些关于鬼魂的事。不用担心电脑，鬼魂大概很快就不会再来打扰你们了，它们再也不会回来了。"

"真的吗？"

"我了解它们。"

"真想不到是电脑闹鬼。店家没对我们提过。"

"现在应该没事了。"

他把我送到了庙门口。

"谢谢你驱邪。"

"我还要谢谢你们提供的饭菜哪。再见了。"

走了几个小时，我终于找到一处可以扎营的小山洞，支起雨披挡在洞口。

我今天来这里是为了观看死亡之浪，不过没遇上大海的巨浪。真正的死亡还在别的什么地方等我。

19. 相州七里浜

透过青松，穿过暗影，云层在富士山旁升起……已经到了傍晚。今天天气不错，我的健康状况也保持了稳定。

昨天在路上遇到两个僧人，和他们同行了一段时间。我确信自己之前就见过他们，便打了个招呼问要不要一起走。他们说他们要去远方朝圣，看我也觉得眼熟。我们在路边吃了午饭，随便侃了几句，不过，他们也问了我有没有听说神奈川一座寺庙闹鬼的事情。这种消息真是传得飞快。我说我听说过，接着同他们一起感叹那真是桩怪事。

过了段时间，我开始感到厌烦。我在每一个路口拐的弯都和他们相同。我虽然欢迎短途的陪伴，但不想和人一直同行，而他们的路线和我的太相似了。后来到了一个岔路口时，我问他们要往哪儿走，他们犹豫了一阵子，说往右，我就走了左边的道。可是没过多久，那两人赶上了我，说他们改了主意。

抵达下一个小镇时，我找了辆车，给了司机一大笔钱，让他把我送往邻近的村庄。他接受了，于是我乘车离开，把那两个僧人抛在了后面。

快抵达目的地时，我付钱下车，目送司机远去。接着，我沿一条小路朝我要去的大致方向进发。我一度离开大道，在林间穿行，直到发现另一条小路。

我在远离大道的地方扎营睡觉，第二天早上耐心地抹去了所有痕迹。我再没遇上那两个僧人。他们可能只是普通的朝圣者，没有任何危险，但也可能心怀鬼胎。我必须万分谨慎，哪怕已经到了妄想症的地步。

我也是这么注意到那个男人的。从穿着判断，他应该是个欧美人……这人四处闲逛、拍照，在附近逗留了许久。如果他有跟着我的意图，我会马上甩掉他——哪怕他没有这个意图也一样。

我知道，这是种很糟糕的心态。再这么下去的话，我大概连小学生都要开始怀疑了。

富士山的阴影逐渐伸长，我持续注视着它，准备在第一颗星星出现时溜走。

天色渐暗。那位摄影师终于收拾好他的东西离开了。

我保持着警觉。待第一颗星辰亮起，我便融入黑暗，像日光那样消失不见。

20. 甲州犬目峠

穿过雨雾，登上坡顶。早些时候，这里下过一场雨。我看到了富士山，雷雨云积压在它的坡上。能爬到这里，我自己都有些惊讶，不过眼前的风景让一切都值得了。

我在一块长满苔藓的岩石上坐下，在脑海中记录下富士山变化的景色。急雨遮住了它的面庞，随后雨歇，接着又重新下起。

风很大。雨雾不断抬起、放下幽魂般的触须。风声如同单调的咒语，带来了一种令人麻木的沉默。

我一边吃吃喝喝、欣赏美景，一边重温最终计划。终点将至，圆环很快会闭合。

我想过要不要把药都丢在这儿，豁出去殊死一搏。这种举动虽然浪漫，却也愚蠢。想获得成功，我必须积攒每一点力量，争取任何我可以得到的帮助。所以我没有把药丢掉，而是服用了两片。

被风吹拂的感觉很好。气流滚滚而来，如同波浪，但振奋人心。

几个旅人从下方经过，我往后缩了缩，离开他们的视野。这些人没什么危险，只是像幽灵一般路过，他们说的话被风带走，甚至没能传到我这儿。我有点儿想唱歌，不过克制住了自己。

我坐了很久，沉浸在风景中。在这趟重返往昔、行走于生死边缘的旅程中，我目前感受良好……

下方，另一个熟悉的身影拖着设备出现了。我看不清对方，也没这个必要。他停下来摆弄设备时，我认出他是那个摄影师。他来捕捉富士山的另一重景象，相机中的画面比我想要的任何景色都更长久。

我注视了他一会儿，而他甚至没朝我这儿瞅一眼。我很快会在他不知不觉中离开。到目前为止，这事看起来还是个巧合，但要是再撞上一次，我没准儿就得杀了他。我离目标太近了，必须排除一切可能的干扰因素，确保万无一失。

我最好现在就离开，因为我更愿意走到别人前面，而不是跟在身后。

只有登高才能见到这样的风景，这本来是个多好的休息地啊。

不过富士山，我们很快会再见。

来吧，北斋，我们走。

21. 远江山中

曾经，锯木匠在这里切割木材，为它们塑形。现在，只剩下了雪和云覆盖的富士山。和尾州那个箍桶匠一样，浮世绘里的锯木匠用的也是古法。除了向大自然索要生存必需资源的渔民，整个画册里只有这两幅画描绘了人们在积极地改变世界。画中角色采用的工艺极为传统，看不出时代的影子。可能在北斋作画的千年之前，这些方法就已经存在。

但它们毕竟描绘了人类对世界的改造。正是沿着这条道路，我们在许多年以后进入了一个复杂器械普及、技术革命大规模爆发的时代。从这幅图里，我看到了将来。那里有金属外壳的机器，以及遍及世界、脉动不息的数据流。基特也在其中，他乘着电子波浪驰骋，如同一位神明。

这样的图景令人不安。但这幅浮世绘里还有别的东西：它尽管只描绘了人类历史长河中的一个瞬间，却让人能从中品出某种亘古的韧劲儿。无论我此行胜负，这股韧劲儿都会继续存在，而且终将战胜一切障碍。我很愿意相信它是真的，但我说了不算，那是政治和宗教界的事。我有另一条道路，一条我自己选定好的路。

我再也没见过摄影师，不过昨天看到了那两个僧人，他们在远处一座小山上扎营。我用望远镜确认了他们就是和我同行过的人。他们没有注意到我，我绕道从他们附近经过。打那以后，我们的行程没有再度交会。

富士山，我已经记下你的二十一个面相。我活着，又一点点死去。如果你愿意，请告诉诸神，一个世界即将灭亡。

我继续走了一阵，在一座寺庙附近的野地里扎营。上一次在现代化宗教场所的遭遇让我不想去里头借宿。我在墙外找了个僻静的地方，与周围的岩石和幼松为伴。倦意在躺下的瞬间袭来，我睡了好几个钟头。

在黑暗和寂静之中，我突然醒来，浑身颤抖。我不记得外面传来了什么声音，也没有做噩梦。但我感到恐惧，甚至难以动弹。我小心地呼吸、等待。

它就像池中的莲花，从我身旁升起，悬浮在半空，戴着仿佛王冠的星辰，散发着乳白色的光华。那是一尊精致的观音菩萨像，月光织成了她的天衣。

"茉莉。"

那声音轻柔、和蔼。

"在。"我回答。

"你回到了日本。你是来找我的，对吧？"

幻象破灭。是基特。他精心塑造了这个拟态，还承载了他的意识。寺庙里一定有计算机。他又要来逼我吗？

"是的。我正打算去看你呢。"我挣扎着说。

"如果愿意，你现在就可以加入我。"

他伸出仪态曼妙的手，似乎要赐福于我。

"团聚前，我还有几件小事得做。"

"还有什么事情能更重要呢？我下载了医疗报告，清楚你的身体状况。如果你死在了路上，死在了即将飞升以前，那就太可悲了。来吧。"

"你都已经等了这么久了。对你来说，时间的意义不大。"

"我关心的是你。"

"向你保证，我会做好一切预防措施。不过，确实有件事让我困扰。"

"说说看。"

"去年沙特阿拉伯发生了一场革命。这对那个国家来说似乎是好事，但它同时威胁了日本的石油供应。突然间，新政府在报纸上的形象看起来非常糟糕，一个新的反革命团体随之崛起。这支新团体表现得比他们实际上更强大，态度也更温和。后来几个主要的大国也参与进来，站在了支持他们的一方。现在那个新团体正式掌权，结果它比被推翻的政府更糟糕。虽然大多数人没意识到，但这起事件中，世界各地的计算机资讯可能都遭到了某种误导。现在大阪又要召开会议，世界各国将和新政权达成新石油协议，而日本能从中捞到不少好处。你说过你不关心世俗琐事，可你毕竟是日本人，热爱自己的国家。你会不会插手了？"

"如果是我做的呢？没错，以永恒的角度判断，这是件不值得关注的小事。可如果我心中还残存着对家国的丁点儿感情，那么帮助我的国家和人民并不是什么龌龊事。"

"假如你确实插手了，那某天你会不会因为习惯或者感情，又去干涉其他事？"

"又能怎么样呢？"他说，"我只是伸伸手指，稍微搅动一下幻象的尘埃。真要我说，这只能让我更自由。"

"明白了。"

"我怀疑你没有明白，不过和我在一起以后，你肯定能明白。

为什么不现在就加入我？"

"稍微等等吧。"我说，"等处理完一些事。"

"我再给你几天，"他说，"到那时你必须永远和我在一起。"

我低下头。

"我们很快会再见面的。"我说。

"晚安，亲爱的。"

"晚安。"

他脚不沾地地飘走，穿过了寺院的墙。

我拿出药片和白兰地，服用了双倍的药，灌下了两倍的酒……

22. 御厩川岸见两国桥夕阳

我来到渡口。画中暮色沉沉，摆渡人载着许多人过河入城，富士山位于极远处，黑暗、深沉。在这里，我的确想起了卡戎，曾经我觉得这种想法令人难以接受，现在却觉得没什么了。不过，这座桥是我自己搭的。

既然基特已经允许，我就大大方方地走在了明亮的街道上，闻着烟火味，听着喧嚣，看着人们来来去去。我好奇北斋如果来到了现代会做些什么，对此，他未发一言。

我喝了点儿酒，甚至吃了顿好饭，时不时面露微笑。我厌倦了重温过往的生活，也不寻求哲学和文学带来的慰藉。今晚，我只想漫步城市街头，让我的影子掠过一张张面庞、一家家店铺、酒吧、剧院、寺庙和办公室。今晚，我拥抱一切。我吃了寿司，去了赌场，下了舞池。对现在的我而言，既没有昨天，也没有明天。当一个男人把手放在我的肩上对我微笑时，我把他的手移到我的胸前大笑了起来。在一个小房间里，我们做爱、欢笑了整整一个小时。我离开前，他哭了好几次，恳求我留下。可是我还有太多事要做，太多东西要看，亲爱的。我向他致谢，道别。

步行……穿过公园、小巷、花园、广场。跨越……大大小小的桥梁、大街和小道。听……犬吠、小孩吵闹、女人哭泣。我穿梭在你们中间，旁观你们的情感激荡。我要把你们全都记下，这样，今夜我拥有了全世界。

我在小雨和雨后的凉意中散步，任衣服由湿转干。我参观了寺庙，又打车付钱，让司机载着我在城内转悠。然后我吃了夜宵，去了另一家酒吧。最后，我来到一个荒废的游乐场，在那里荡秋千，看星星。

站在一座喷泉前，我望着水流向天空喷涌，直到星星消失，只剩洒落在我身上的点点星光。

吃过早饭，我睡了长长的一觉。接着是另一顿早餐和更漫长的睡眠……

那么你呢，我站在高处、满面悲伤的父亲？我很快就要离你而去了，北斋。

23. 东都浅草本愿寺

一个多云的夜晚，我再次外出散步。上次和基特对谈是多久以前？太久了，我确定。拟态随时可能向我袭来。

我已经把搜索范围缩小到了三座寺庙。当然，没有一座能完美地符合原图——北斋的那幅画从那个不可能的角度描绘了建筑尖顶、远处的富士山顶峰，还有两者之间的烟雾与云层——但我有种感觉，三座寺庙里的一座会在傍晚呈现出符合原画的蓝色光影。

我像一只盘旋的鸟儿，绕着寺庙走了好几遭。我不愿意做更多调查，因为我相信正确的答案很快就会显现。不久前，我意识到有人在跟踪我。是真的跟踪。看来我最担心的事情不是空穴来风：除了拟态，基特还雇了人类特工。他是怎么联系上那些人，又是怎么派他们来盯我梢的，我没兴趣推测。在这一点上除了他，还有谁会跟踪我，以确保我遵守诺言，甚至在必要时强迫我履行承诺呢？

我放慢脚步。跟在我身后的人也放慢了。还不是时候。很好。

雾气滚滚而来。我脚步的回声被掩盖了。身后的人也一样。真不幸。

我向着另一座寺庙走去。接近时，我放慢速度，延伸五感，保持警觉。

附近没有东西。也没有人。好。时间不是问题。我继续前进。

就这样走了很久，我来到了第三座寺庙近旁。一定是这座庙了，但我需要追踪我的人能有所表示，这样我就能确认自己没走错地方。而且只有在解决对方以后，我才能采取自己的行动。由于一切都取决于即将爆发的小小冲突，我希望他不太难对付。

我再一次放慢了脚步，但什么也没有出现，只有潮湿的雾气扑面而来。我一手搭在杖上，一手从口袋里掏出烟盒，那是前几天心情大好时买的。我怀疑烟草只能折损我所剩无几的阳寿。

刚把烟举到嘴边，就有人说道："女士，您要借个火吗？"

我转过身，点点头。

是那两个僧人之一。他点着打火机递了过来。我第一次注意到他掌侧有厚厚的老茧。此前同行时，他肯定小心翼翼地收起双手不让我看见。另一个僧人出现在他左后侧。

"谢谢。"

我吸了一口，吐出的烟与雾气融为一体。

"你走了很长一段路。"对方说道。

"是啊。"

"你的朝圣旅程到终点了。"

"哦？你说这儿？"

他微笑着颔首，把头转向寺庙。

"这是我们的庙。"他说，"这里供奉了一尊新菩萨。他在等你。"

"他可以再等等，我得先把烟抽完。"

"当然。"

我看似漫不经心地瞥了他一眼，打量了一下这个男人。这人很可能是空手道高手。当然，我也精通此道。只有他一人的话，我大可以赌上一赌。但对面有两人，另一个家伙的身手大概也不差。虚空藏菩萨，你的剑呢？我突然害怕起来。

我转身丢掉烟，发起攻击。毫无疑问，他早就有所提防。可我管不了那么多了，先下手为强。

就在我和第一个对手纠缠的同时，另一个僧人绕到我身后，为了防御，我不得不转身，转身，再转身。要是长久拖下去，我的体力会先垮掉。

击打中第一个僧人的肩膀时，他发出一声低吟。这一下肯定够他受的……

可是他没有被击垮。相反，我在缠斗中被一点点逼退，只能背朝庙墙靠近以免遭到夹击。可如果贴墙太近，会反过来影响我的动作。我尽力稳住脚跟，为使出致命一击做打算。

就在这时，我右侧的第二个僧人突然打了个趔趄，一个黑影出现在他身后。没时间细想，我把注意力集中在第一个僧人身上，瞅准破绽给了他一击，又一击。

可惜我的救星似乎没有那么厉害。第二个僧人躲开了他的追击，开始用足以捶碎骨头的重拳反击。我的盟友略通徒手搏击，因为他摆出防御姿态，挡下了许多攻势，甚至还反打了对手几下，可总的来说，他明显落了下风。

一记扫堂腿，再加上一记肩膀重击，和我缠斗的家伙终于倒下，我连着补了三下，可他都靠着滚翻避开了，他甚至重新站了起来。我听到右边传来了惨叫，却无暇顾及。

面前的僧人再次扑来，这一回我先是反手推挡，跟着朝他太阳穴砸了一拳，把对方彻底打趴下。接着我迅速转身，千钧一发间避开了第二个僧人的劈打。我看到我的帮手已经倒在了地上。

要么是我运气好，要么是对手已经负伤，我一下子抓住了第二个僧人，以一连串猛攻将他击倒——永远爬不起来的那种。

我冲到那个帮手身旁，气喘吁吁地跪倒。经过第二个僧人身边时，我看到了他的金耳环。

"鲍里斯，"我握住他的手，"你怎么会来这儿？"

"跟你说了——我可以抽几天空——来帮你。"他说，血从他嘴角流下，"我在拍照的时候看到你了……而且……我没白来。"

"抱歉。"我说，"真的很抱歉。谢谢你。你比我以为的要好得多。"

他握紧了我的手。"我说过我喜欢你，茉莉什卡。可惜……我们没这个缘分……"

我俯下身吻他，嘴里沾满了血，而他的手从我手中垂了下去。我看人的眼光总是那么差劲，我总是在事后才看清别人的好。

我把他留在潮湿的人行道上，起身走进寺庙。他已经不再需要救助了。

门内黑黢黢的，但有许多点亮的许愿灯。除了那两个想把我逼到计算机终端附近的僧人，我再没有遇到任何人，也不认为自己会遇到。我向着火光走去。他一定在后面的某个地方。

在屋瓦的雨水叮咚声中，我开始搜索寺庙内部。灯火后方两侧的走道里有一些小房间。

就在那里。第二个房间内。刚刚跨越门槛，我便嗅到了熟悉的电离味道，基特一定在这里。

我把手杖靠在墙上，走得更近了些，伸出一只手触碰嗡嗡作响的计算机。

"基特，"我说，"我来了。"

没有拟态冒出，但我感觉到了他的存在。他似乎在跟我对话，就像很久以前的那个晚上，我躺在躺椅上，戴着头显时那样。

"我知道你今晚会来。"

"我也知道。"我回答。

"你的事都办完了？"

"差不多吧。"

"那你准备加入我了？"

"是的。"

在他与我合而为一时，我又感受到了那种几乎高潮般的快感。很快，他就会把我带去他的王国。

所谓建前，是你展示给他人的行为，而本音，是你真实的动机。就像宫本武藏在《五轮书·水之卷》[1]里告诫过的，即使到了生死关头，你也不能暴露本音。我只是用空着的那只手把手杖打翻在地，让它装着电池的金属尖碰到计算机终端。

"茉莉！你做了什么？"机器运行的嗡嗡声停止的同时，他问我。

"断你的后路，基特。"

"为什么？"

我拔出小刀。

"这是我们唯一的出路。自杀是我送给你的礼物，我的丈夫。"

"不！"

呼出一口气的同时，我意识到他正在控制我的手臂，但为时已晚，动作已经做出。我感觉到刀深深地插进了我脖子中最致命的位置。

"蠢货！"他尖叫道，"你不知道你做了什么！我没法回去了！"

"我当然知道。"

我倒在计算机终端上，听到身后出现了越来越大的咆哮声。是巨浪。它终于来带我走了。我唯一的遗憾是没能抵达最后一站，当然，除非这就是北斋在那扇小窗边，在雾、雨和黑夜之外想展示给我的。

24. 山下白雨

1　宫本武藏所写的一部关于剑道与兵法的著作，分为《地之卷》《水之卷》《火之卷》《风之卷》《空之卷》五部分。《水之卷》着重阐述了修炼剑术的方法。

回到屠戮之地吧，
亲爱的爱丽丝

Come Back to the Killing Ground,
Alice, My Love
(1992)

1

银河系有那么多死亡陷阱，她却依然走进了我的。一开始，我没有认出她来。当我认出后，我知道情况不对劲。她就在那里，和她那蒙着眼、穿着凉鞋和暗色和服的同伴在一起。她早就死了，所有八人都遭到了破坏，应该没有漏网之鱼。她让我倍感疑惑，但我别无选择。我真的有过选择吗？看来有很多事情要做了。很快，她就会行动起来。我要品尝她们的灵魂。再玩一遍吧，爱丽丝……

2

她来到他位于君士坦丁堡的别墅时，他正跪在花丛中照料花园植物。他穿着宽松的衣物，拿了把铲子，刮刀别在腰间。仆人通报了有人来访。

"主人，门口有位女士求见。"老人用阿拉伯语说道。

"谁啊？"他用同一种语言回问。

"她说她叫爱礼丝。"说完，老仆又补了一句，"她的希腊语带着异邦口音。"

"听出是哪儿的人了吗？"

"听不出。她报了您的名字。"

"那最好咯。人们很少会出于好意去拜访陌生人。"

"她报的不是斯塔西诺普洛斯，而是卡利弗雷齐。"

"天哪，生意来了。"他起身把铲子递给仆人，掸去身上的尘土，"有段时间没谈生意了。"

"是的，先生。"

"带她去小院子，找个阴凉地方，给她茶、水果沙冰、甜瓜——她要什么就给什么。告诉她我马上过去。"

"好的，先生。"

刚刚还在修剪花草的男人返回屋内，脱下衬衫，走进浴室，在朝自己高高的颧骨泼水时闭上了乌黑的眼睛。然后他抹了抹胸膛、手臂。擦干身体后，他用一块金色的布带扎起黑发，从衣柜里翻出绣花的白色长袖衬衫穿上。

从院内桌旁往喷泉里看，你能看到水底由马赛克拼贴而成的海豚，它们仿佛在河口嬉戏，而这条河是从成人大小的奥林匹斯山上流下来的。他走进院子，向等候着的女性微微鞠躬，后者上下打量了他一番，慢慢站起身。他观察到，她个子不高，比他矮上一头，黑色的头发中夹杂银丝，眼睛湛蓝。一道苍白的伤疤划过了她左脸，消失在耳朵上方的头发中。

"您是爱礼丝，对吧？"她抬起他的手放到唇边时，他问道。

"是的。"她放下那只手，"爱丽丝。"她的发音和老仆人转达的略有不同。

"不方便报出全名？"

"这么喊就可以了，先生。"听不出对方的口音，他心中暗恼。

他微笑着在她对面坐下，她也坐回到椅子上。他发现她的目光停留在了他右眼旁的星形小伤疤上。

"要核实一下？"他给自己倒了杯茶。

"可以让我看下左腕吗？"她问。

他卷起袖子。她目不转睛地盯着缠绕手腕的红线。

"你就是那个人。"她神色严肃。

"也许吧。"他啜了口茶，"你比看起来要年轻。"

她点点头。"也更老。"

"来点儿沙冰吧，"他从碗里盛出两勺，"非常不错。"

3

我稳住奇点，轻触虹吸管和骸骨。抛光的黄铜镜子后面，她喝着清凉的饮料，用希腊语说在今天这种炎热的日子里，能找到这样一家旅舍休憩真是运气——她故作镇定，但骗不过我。我知道，他们休息完毕，启程出发时，不会返回满是骆驼、尘土、马匹、小贩叫卖声不绝于耳的街道上。他们会转身，装作不经意地望向镜子的方向。她和那个僧侣。死去的姑娘们会见证……

4

"我付得起。"她伸手去拿椅子旁搁板上的软皮包。

"稍等，"他说，"首先我得弄清楚你到底想让我做什么。"

那湛蓝双眸的注视，让他感受到一股类似死亡的寒意。

"我听说只要价钱合适，你就杀人。"她干脆地说。

他喝完茶，又给彼此斟满。

"我只接我愿意接的工作。"他说，"不一定给钱就干活儿。"

"那你愿意接什么样的工作？"

"我不杀无辜的人。"他说，"对于无辜，我有自己的定义。另外，某些政治局势可能会让我厌恶——"

"讲道义的杀手。"她评论道。

"简单来说，是的。"

"还有别的条件吗？"

"夫人，你可以认为我是某种最终解决方案。"他说，"所以我的费用很高。而这个行当里，多数情况下简单粗暴的抹脖子就能满足大部分人的需求。我可以向你推荐几个有能力的人。"

"换句话说，你喜欢复杂的工作，这样才有挑战性？"

"'喜欢'这个词可能不太恰当。当然我也说不出哪个词才贴切——至少在希腊语里如此。我接触的这类工作不少，因为要对得起这个价，难度基本上都不太低。一般来说，我也只接受这种工作。"

那个早上，她第一次露出了笑容。微弱、阴郁的笑。

"我的委托正属于这类。"她说，"此前还没有人完成过这样的委托。我的目标也并不无辜。至于政治更无须担心，因为对象不在这颗星球上。"

他咬了口甜瓜。

"我开始感兴趣了。"他说。

5

他们终于起身了。那僧侣校正了一下他带来的短弓，把手放在她的肩上。他们穿过茶点区，就要离开了！不！难道我错了吗？我突然意识到，我一直希望是她。我身体里自以为完全吸收、转化的部分突然亢奋起来，想要发号施令。我真想大喊。是"来吧！"还是"快跑！"，我不知道，也不重要。因为那不是她的一部分，也因为他们正在离开。

但是。

她在门槛边停了下来，对同伴说了些什么，我只听到了一个词："头发"。

她转过身，手上拿了把梳子，突然冲着右边墙上明亮的光点走去。她摘下面纱，整理一头红发时，我意识到这颜色并不自然。

6

"不在这颗星球。"他重复了一遍，"那我能问问在哪儿吗？"

"另一颗星球，远在银河另一头。"她说，"这对你来说有什么意义吗？"

"嗯。"他说，"意义很大。你为什么来这儿？"

"追杀。"她简单地说。

"就是你想让我干掉的那个人？"

"一开始我们想的不是杀戮，而是寻求救赎。"

"'我们'？"

"带我来这里的设备需要八个我的能量。一个原体，七个克隆。"

"明白了。"

"真的吗？难不成你也是外星来的？"

"现在重要的是你的事。你说你们一共来了八个？"

她摇摇头。

"我是剩下的最后一个了。其他七个都死在了我必须完成的任务里。"

"你是哪个？原体还是克隆？"

她笑了起来。她眼眶中突然泪水洋溢，连忙转过身去。

"我是克隆体。"过了好久，她终于说道。

"可你还活着。"他说。

"我不是没尝试过。其他人都死了以后，我也做了尝试。结果我同样失败了，但带着一身的伤勉强逃了出来。"

"多久以前？"

"快五年了。"

"对克隆体来说，这时间可不短。"

"你知道？"

"我知道很多文明都会让克隆体来从事特定工作，同时采取一些措施来保证克隆体在工作完成后不会继续存在，以免让原体……尴尬。"

"或者被取代。我颅骨底下有个小毒囊，但大概由于我头部受创，导致它没能生效。"

她扭过头，撩起头发。她的脖子上有更多的伤疤。

"他肯定以为我死了。"她继续说道，"不光因为我身负重伤，还因为时间过去了那么久。但我还记得怎么去他那里，也了解了他那地方的一些规矩。"

"我想，你最好把那个人和他所在地方的信息告诉我。"卡利弗雷齐说。

7

爱丽丝们唱着无声的哀歌。当下与永恒。我又造了一堵墙，把她们的镣铐嵌在里面，用链条穿起。这是为了她们。归来吧，归来吧，爱丽丝，我最后的爱丽丝。是你。一定得是你。用行动证明那就是你，进入我的世界吧。否则我不得不用上虹吸管，就像我曾经许多次做过的那样。即使那不是你，我也必须这么做。你似乎复活了一个年纪更大的自己。

"好了。"她说着收起梳子，朝门口走去。

不！

这时候她转过身，抿起嘴，抬手摸了摸那反光的镜面。过了一会儿，她定位了脉冲，让手穿过了激活序列。

就在她的手指穿透界面的瞬间，那个带弓的家伙突然出现在她身后，把手搭在了她肩膀上。无所谓了。他身上可能也有段有趣的故事。

8

"艾登。"她说，"他叫艾登。"

"你要找的那个人？"卡利弗雷齐问，"你要我杀的那个人？"

"是。"说完她又补充道，"也不是。我们必须去一个特殊的地方。"

"我没明白，"他说，"什么地方？"

"艾登。"

"艾登到底是人名还是地名？"

"都是。"她说，"又都不是。"

"我同禅宗大师和苏菲派圣哲都学习过，可我还是没听懂你说的。艾登到底是什么？"

"艾登是个智能生物，艾登也是个地方，艾登不完全是人类，艾登和世界上的其他地方都不一样。"

"哦，"他说，"艾登是个人工智能，一个构造体。"

"是的。"她说，"但也不是。"

"我暂时不多问了。"他说，"现在给我讲讲艾登吧。"

她用力地点点头。

"我们到这个星系寻找纳尔索时，舰载设备表明这颗星球上有什么东西控制了一根环绕宇宙、自大爆炸以来就存在的宇宙弦，不过我们对此未加留心，因为我们的目标是一个微型黑色孔洞，它也是从大爆炸时起就存在的物体。收到一道不完整的脉冲后，我们被引向了纳尔索的飞船，它就在这附近。那些黑色的孔洞，我们用来给穿越深空供能。你明白了吗？"

"后面那部分听懂了。"他说，"可我连纳尔索是谁都不明白，别说艾登了。"

"他们现在是一体了。"她说，"纳尔索曾是她——原体爱丽丝——的情人、伴侣与丈夫。他驾驶着一艘出了麻烦的飞船降落于你所在行星的当前区域附近。我相信艾登控制了那艘船，也控制了纳尔索。它在这附近迫降，并由此引发了那道不完整脉冲。"

她看了他一眼。

"艾登是什么，"她说，"不太容易解释。艾登一开始是微小、漆黑、坍塌的物体之一，它在深空中形成了一个洞。我们把它们当作特殊的设备，通过绕行它们的远端获得深空航行的动能。它们的主要功能——包括提供用于航行的能量——源于围绕它们高速旋转的粒子场。我们在使用这些场时也会散布大量信息，这些信息随着场的外沿不断复制，既以波的形式向外发送，也被内部吸收。由于这种粒子馈送机制，它发送了多少信息，就向内吸收了多少。我们讨论的这个特殊设备从坍塌的信息中获取辐射能量，并对其进行了自适应调节。"

"我明白你的意思了。"卡利弗雷齐说，"甚至大概知道了我们该去哪儿。你是说在这种情况下，这东西会变得有智慧，有感知能力？"

"常常如此。一般来说，输送给它们的信息会得到良好的控制。"她答道。

"但并非总是如此？"

她微微一笑。卡利弗雷齐重新满上茶水。

"穿越那些特殊区域总是会产生点儿奇怪的结果。"她说，"而在林林总总的工作里，太空旅行控制得到的资金并不算多。尽管专家们意见不一，不过可以肯定的是，至少有一件事会影响它的结构，那就是穿过特定的空间通道时，驾驶员必然会和它保持稳定的信息直连。正因如此，太空船驾驶员都是受过特殊训练的心灵感应者，能够与这种构建出来的智能进行交互。在一定程度上，两者之间的关系会反过来影响飞行员的智识。"

她停下来喝了口茶，继续说道：

　　"可能因为注视了群星间的黑暗核心太久，有时候这种构造体会陷入混乱失序。人类也偶尔发生这种状况，我们管它叫精神崩溃，一般来说，这些人驾驶的载具会从此消失不见。如果灾难发生在受观测的深空，我们也许会收到一道表明载具损毁的信号脉冲。我相信构造体崩溃时会先吞噬飞行员的思维，而这一行为会让他们的精神崩溃加重成精神分裂。艾登就是这种情况。"

　　"所以艾登吞噬了纳尔索，"卡利弗雷齐举起杯子，"把飞船开到了地球。"

　　她点点头。

　　"他内心的扭曲改变了对事物的认知，包括纳尔索对爱丽丝的感情。他一个接一个地杀死了四个爱丽丝，分析她们的痛苦，以此理解什么是爱。从被黑暗伤害、扭曲，到纳尔索的死去，对他来说爱就是一种痛苦。也许这不是多么新鲜的概念，毕竟也有人类欣赏痛苦的爱。"

　　卡利弗雷齐点点头。

　　"可你凭什么认定艾登就是这种情况？"他问。

　　"爱丽丝也是飞行员，换句话说，同样是心灵感应者。她和纳尔索存在强烈的心灵联结。作为克隆体，我们也拥有这种能力。她带着我们最后三人去找纳尔索时——他似乎还活着，但已经变了——发现了他创造的泡宇宙的入口。"

　　"他有自己的宇宙？"

　　"嗯。他创造了它，并且在来到这里后不久便撤进了那里。他住在里面，活像等待猎物的蜘蛛。爱丽丝进入泡宇宙，结果遭到杀害。我们都感知到了这点。接下来，我们剩下的三人也依次穿过入口通道——得益于前人的经验，每个爱丽丝的探索都更会深入一些。所有人都在这个过程中死亡，只剩下了我，我是最理解他的宇宙规则的人。那是一台不疾不徐的杀人机器，一个折磨人的刑具。我受了重伤，但设法逃了出来。"

她摸了摸伤疤。

"你们打算做什么？"他问，"明明知道下场，为什么还要进去？"

"我们希望突破某种阈值，能和被压抑的纳尔索意识沟通，通过心灵联结强化他的力量，让他反过来战胜艾登。我们想拯救他。"

"我以为他死了——就物质角度而言。"

"是的，但在那个宇宙，只要有短短一瞬可以被释放，然后重新控制住艾登，他就无异于天神。也许他可以重塑肉身，与我们一道离开。"

"可是……"卡利弗雷齐说。

"是啊。不论纳尔索还剩下多少残渣，艾登都比他强大得多。我不相信他还有得救的机会。我别无选择，只能消灭艾登。"

"既然他已经退进了自己的宇宙，为什么不干脆放过他？"

"我能听到他们的哭喊。不只有纳尔索的，还有遭到蹂躏的姐妹们的。无论还剩下什么，他们都必须得到解脱。更何况现在还多了其他人的惨叫。艾登宇宙的入口隐藏在一条商路上的旅店里。当特别敏感的人进入旅店，艾登会感知到对方，把他带去自己的领域。艾登在饱受痛苦的同时，对智慧生物的经历也产生了兴趣。他会把那些思想一点点从受害者身上抽离出来，就像晚宴慢慢上菜。麻烦还不止于此。你必须意识到艾登这类东西的本质，你得明白他像寄生虫，不断地抽着这个世界的血液。总有一天，他会把血液抽干，我们的世界会变成永远盘旋在他事件界限上的杂乱图像，再也无法恢复。"

"所以你委托我去摧毁一个黑洞？"

"我委托你杀死艾登。"

卡利弗雷齐起身，来回踱步。

"有很多问题要解决。"他最后说。

"是的。"她边喝茶边说。

9

……穿过镜子，进入我的世界。那纤细的白色胳膊向上伸展，探出湖面，仿佛某个法兰西传说中握着剑的手。那姿势透着犹豫、腼腆，好像在等我拉她一把。也许我就该那么做。这会是一件趣事。来吧，虹吸……

退缩、后撤、离开。那手臂摆动着消失。如同被风卷动的火舌，短暂的犹豫过后，她离开了这里。她从湖底、从镜子后面消失了。一起离开的还有那个盲僧。他们去了哪儿？他们离开了旅店，也离开了我的世界。

不过，等一下……

10

"你委托我以某种方式用我的弦去对抗奇点。"他说。

"你的弦为什么看起来像根红线？"她问。

"有本地化的外观比较方便使用。至于你的主意，我不太喜欢。"

"以我的了解，你的弦绕转整个宇宙。我们在接近此地时发现了这点。基础物理法则决定了它的无限，即使奇点也无法将其撕裂。来自它自身压力的反引力抵消了黑洞的引力。黑洞无法对它造成任何净变更，所以也不会因此增加体积，一切都会保持不变。但弦在穿过艾登时，可以把他钩住。你能把他拉到另一个宇宙吗？"

卡利弗雷齐摇摇头。

"不论我怎么处理，黑洞都会永远粘在弦上，它可能导致循环异常，这可不太妙。爱丽丝，我不会让两个基本体相交，要消灭艾登，我有我的方法。现在来看艾登并不是黑洞本身，而是一个拥有自我意识和特定结构的吸积盘，只是他的信息场受到了不可逆的损坏。我要打击的重点就是这个。"

"我不知道你打算做什么。"

"我只想到了一种方法，但那意味着你再也无法返回你的母星了。"

她笑了。

"为了这个任务，我早就做好了牺牲的准备，"她说，"但既然黑洞无法摧毁，你也不想把他转移到另一个宇宙，我想听听你到底什么打算——进一步破坏他的信息，会同时毁灭纳尔索和艾登。"

"哦？你说过纳尔索已经没救了，他剩下的那点儿残破不堪的意识也融进了艾登。摧毁他是唯一的选择。"

"是的。但你说我回不了母星，意味着你要利用我的船，或者船上的某样东西。那只能是奇点引擎。"

"对。"

"所以你打算用一个黑洞来对付另一个黑洞。这确实可行。质量突然增加的情况下，粒子场来不及加速以进行补偿，它们被吸收的速度可能比自我复制更快。你创造出的黑洞要把艾登和纳尔索都吞噬掉。"

"对。"

"我不知道你怎么才能与他接近到那种距离。当然，就像你说的，那是你的问题。不过到那时，我也许能够穿透艾登的世界，与纳尔索进行心灵感应，最后试着拯救他一次。我希望你能先等等我再下死手。"

"那我们的安全区间可就大大缩小了。你怎么突然改了主意？"

"理解你的计划以后，我看到了一些可能性。让另一个奇点攻击艾登会搅乱他的运行，甚至失去对纳尔索的控制，当然，前提是纳尔索还有救……也许我只是他爱人的镜像，可我一定得试试。而且我和他的心灵感应可能强过另外六个克隆体。"

"为什么？"卡利弗雷齐问。

她的脸红了，目光也转到一旁。杯子被她举起又放下，茶水一口没少。

"纳尔索对克隆人没有感情。他只爱原体爱丽丝。不过有一次原体在飞船上其他舱室忙活，我进了她房间寻找我们讨论过的一些航行日志，这时候纳尔索进来，误把我当成了他的爱人。他一直努力工作，我理解他需要宣泄，所以就以爱丽丝的身份尽可能地取悦他。我们相处得很愉快，他还说了好些情话。后来，他回去继续工作，而原体爱丽丝根本不知道这件事，我也从没提过——直到现在。我听说这种行为可以强化人们之间的联结。"

"所以你对他的感情和其他人不一样，"卡利弗雷齐说，"他对你也是如此，哪怕情况已经大变。"

"嗯。我和她在各个方面都是平等的。不光基因相同，还因为我对他的了解超过了那六个克隆体。"

"为了救出他，你愿意冒这么巨大的风险？"

"对。"

"如果你失败了呢？"

"那么我希望你能出于仁慈毁灭他。"

"如果你成功了，但那个宇宙分崩离析了呢？我们可能反而更难逃生。"

她伸手去拿包。

"我把自己带得动的金条都带来了，船上还有更多。我把它们都给你——"

"你的船在哪儿？"

"马尔马拉海海底。我可以召唤它过来，但最好还是我们去船上。"

"我先看看你带了多少。"

她掂了掂袋子，递给他。

"你比看起来强壮多了。"他接过袋子，仔细地看了看里面的东西。"很好。"他说，"但我们要的不止这些。"

"我说过，所有东西都是你的。我们可以现在就去拿。"

"我不是贪财，而是要购买物资。只是佣金的话，再来这样一袋金条就够。"

"我的钱够雇用你的。"她说，"而且远不止如此。你愿意接受这个委托，是吧？"

"是的，我接。"

她站起身。

"我现在就去拿金子。我们什么时候去乌巴尔？"

"乌巴尔？艾登藏在那地方？"

"是的。它就在阿拉伯的贸易线上。"

"我知道那个地方。不过先别急着过去，还有准备工作要做。"

"你到底是谁？"她问，"你懂的太多了，超过了你所在世界的文化背景。"

"我的故事可不是交易的一部分。"他说，"现在我的仆人会带你回房休息，晚餐时咱们再聊。我还需要更多关于艾登宇宙的情报。明天我会去船上看看，为接下来的旅行准备足够的资金。"

"不直接去乌巴尔？"

"我们去趟印度。我要找一颗传说中有着完美形状的宝石。"

"那得花上很久吧。"

"不用担心。我来处理的话就用不着那么久。"

"通过某种方式利用你的弦吗？你确定能做到？"

他点点头。

"你是怎么控制住这样一个东西的？"

"你不是说过吗，爱丽丝，我懂的可多了。"

11

……等一下。他们回来了。她的胳膊还伸展在湖面上，大概是界面上的什么小伎俩，比如让流动粒子撞击纳米电路导致传输模糊。现在，他们进入了我的世界。湿漉漉的贴身白外套凸显了她的身体轮廓——乳房上凸起的双峰，臀、背、肩、腿的美丽曲线——

是颗成熟的果实，只欠把爪采摘。至于那个男人……他比我估计的更健壮。可能是那女人的伴侣。看那些肌肉运动时，移动到腰部的皮肤……空中回荡起号泣的乐声。死去的爱丽丝啊，在他们上岸时唱起这首歌，欢迎他们来到新家，欢迎他们穿过蔚蓝天空下的水晶森林吧。从那时起到现在，已经过去了多久？几个世纪。熵的急升勾勒出了尖锐的曲线，那形状也勾起了我的欲望。飞驰的时间之箭落回撕裂的大地，它洞穿记忆，钉住愤怒，让爱从中流出。你为什么要从充满仇恨与爱的世界回来？在这片我为你准备的土地上，在鲜血淋漓的天空下，在你姐妹的合唱声中，你将做出回答。但是我们不能操之过急，我最后的爱丽丝。你的完结需要等上漫长的时光，你赤裸的身体结构将凝结在时间中，分布在号泣之地的纪念碑上。回到屠戮之地吧，亲爱的爱丽丝。我有许多的礼物要给你，这片宇宙是我们记录天使对漫长黑暗的抵抗。来吧，踏上湖岸，寻找你的道路。

你的姐妹在骷髅之地，歌唱着你的婚曲。

12

卡利弗雷齐抛锚、收帆。爱丽丝走到船头，开始用一种他没听过的语言唱起轻快的歌谣。清晨的阳光在海面上洒下点点金斑，凉风挑动着她黑银相间的披肩长发。他靠在船舷，听歌，看她。过了一会儿，载着小船的海面缓缓隆起，又慢慢平复。她的歌声从海中传出，水面震动。她睁大的双眸，让他联想起卫城中的少女柱。此时小船右侧海水翻腾，一道微弯、反光的弧线浮起，仿佛某个庞大、神秘的海怪正露出脊背，迎接新的一天。

他拿起末端带钩的杆子，准备把船钩得离那青铜色的表面近一点儿。这么做之前，他回头看了她一眼，见她点了点头。挨到那金属壳体近旁，他抓住一处通向舱门的楼梯状凸起，海水在他身下泛起涟漪。他略微用力，让小船贴得更近，直到传来了船身与金属的剐擦声。

"培育的，不是制造的。"他评论船壳。

"嗯。"她向前走去。

他抓着抓钩等她登上飞船，然后把那器具丢到一边跟了上去。

等到追上她，飞船的舱门已经打开。卡利弗雷齐在她身后看了看灯火通明的内部，发现下方是个柔软的绿色平台，上面铺的大概是精心培育的青草。船内墙体转角圆润，内嵌各式家具。

进入船内，他向下走去，每踏一步脚下都泛起淡淡的光，而微弱的震动穿过地面和空气传来。他们从许多明亮又安静的舱室外经过，途经几条带舷窗的走廊。窗外似乎是异域的风景，透过其中一扇窗，他看到两个太阳照耀下的乌檀色土地上生长着赤色的树状物体，这景象让他驻足了一阵子，仿佛陷入了回忆。

她最后在一处褐色的舱壁前停下，操作一番仪表。舱壁猛地打开，露出内藏的金条，它们层层叠叠，反射的光芒仿佛透过了一层绿色的薄雾。

"要多少拿多少。"她说。

"我要拿一袋金子，和你之前给我看的重量相同。这是购物费，咱们已经说说好了。"他对她说，"我还需要另外一袋作为预付金。全款等到工作完成以后再拿不迟。不过别急，我得先瞧瞧这艘船的引擎。"

"这边走。"

卡利弗雷齐跟着她深入船只，来到了一个圆形房间。周围墙壁上投射着海水的影像，右手边还能看到他那条小船的船底。

"就是这儿。"爱丽丝说。

卡利弗雷齐没看到她做了什么，但地板突然透明化，脚下似乎有什么东西在黑暗中脉动。他感到一阵晕眩，仿佛自己被扯到了房间中央。

"打开它。"他说。

"你先退开两步。"

他照做了。地板在他面前滑开，他刚才站着的地方出现了三级向下的阶梯，通向一口狭窄的竖井。竖井对面的墙上有个清晰可见的隔间，那里似乎有什么东西在吸引他。他走下台阶。

"有什么危险吗？保险装置在哪儿？"他问道。

"你那儿很安全。"她答道，"我可以打开面板，让你细看。"

"好。"

隔间敞开，他盯着看了一会儿。

"你怎么控制它的？"他问。

"对容器施加力场压。"

他抖抖手腕，甩出那根弦，让它绕转井口数回，每次都慢慢抽回。

"好了。这东西能用。"他过了一会儿说道，"把它重新封起来。"

隔间关闭。

"……纯碳晶格，反重力场贯穿。"他自言自语，"嗯。我很早以前见过这种做法。"他转身走上楼梯："拿好金子，我们回去。"

他们提着两个沉重的袋子沿来时路返回小船。舱门关闭，她的歌声又一次从水中响起，飞船缓缓沉入海底。扬帆启程时，太阳已经升得老高，许多海鸟在他们周围盘旋。

"现在呢？"她问。

"早饭。"他答道。

"接下来？"她问。

"印度。"他说。

13

那僧侣跟着她，完全进入了我的世界。突然间，事情都变了样，有些不对劲。他所过之处的一切都像怪异的波函数那样坍塌，但似乎又没有发生变化。我感到隐隐不安，他到底把什么带进我的宇宙来了？某种扰动？我的速度提高了？没准儿我的自旋状态受到了他的影响。他什么来头？为什么她要带上他？他前脚刚离开，一株老迈的树木就走到了生命的尽头，开始分崩离析。他在我点缀玉石与水晶的园林里拖着脚胡乱走，实在没法讨人喜欢。但再过段时间，我也许会非常喜欢他。这两种感情往往相近。再说了，观察来到这个世界的新事物，也是一桩趣事。我的枭首凉亭就在他前方五十步的地方，当然她早就知道了，所有爱丽丝都知道，只是第一个爱丽丝发现它的方式有些血腥。这些陷阱工作起来令人愉悦。既然清楚陷阱位置，他暂时不会出事。我得时不时给这场游戏加入点儿新花样，否则就没意思了。我会让他们玩到底，直到她所有的知识用尽……

14

　　摩诃罗阇[1]招待两人，让他们在白色大理石宫殿里享受了音乐与舞蹈。卡利弗雷齐曾为这位君王解决过麻烦，那件事涉及一头幽灵虎与几位失踪的皇室成员。当天深夜，有游吟诗人前来为他们唱了那个故事，虽然它几乎完全丧失了原貌。

　　第二天，卡利弗雷齐和爱丽丝正在皇家花园的玫瑰墙间散步，内侍拉沙找到两人，让他们前去讨论卡利弗雷齐昨晚提到的事。

　　他们来到记账桌前坐下，拉沙走到对面，他是个皮肤黝黑、胡须茂密卷曲的大块头。三人之间有一块叠起来的黑布，那块被尊为罗摩之匕的宝石就摆在布上。它差不多四英寸长，下宽上窄，顶端尖利，有点儿像拉长的等腰三角形，只是下方的角被切除了。这宝石无比纯净，没有一丝杂色。卡利弗雷齐拿起它哈了口气，附在珠宝表面的水汽瞬间消失。透过放大镜，他仔细鉴定。

　　"这颗宝石完美，"拉沙说，"无瑕。"

　　卡利弗雷齐继续检查。

　　"它也许撑得住，"他用希腊语对爱丽丝说，"前提是框体适当，再利用弦的一些特性来控制外部因素。"

　　"多么漂亮的宝石，真适合您夫人佩在胸前。"拉沙继续说道，"它肯定会影响心脏的脉轮。"他微笑起来。

　　卡利弗雷齐把一个袋子放在桌上、打开，倒出里面的东西。

　　拉沙拿起一根金条仔细观察，还拿匕首的刀尖划了一下，接着仔细测量尺寸。这个过程中，他的头巾晃来晃去。最后，他把金条

1　梵语头衔，意为"伟大的统治者"。

摆到了左手边的秤上。

"纯度很高。"拉沙说完，把金条丢回桌上，又随手抓起其他几根，让它们从手中落下。"但对这样一块宝石来说，你给的还不够。罗摩为了救出被劫走的悉多和罗波那大战时，可能就贴身带着这块宝石。"

"我对它的历史没兴趣。"卡利弗雷齐回答道，拿起另一个袋子，把金条倒在桌上的金条堆里。"我听说这几年税收不是很好。"

"胡扯！"拉沙说着打开他身边的箱子，抓出满满一把名贵珠宝，把它们放在桌上。其中有一座淡绿的玉雕高山，能看到一条蜿蜒小道沿顺时针方向从山底一路攀到山顶。他将目光落在山上，伸出肥大的食指轻轻敲了敲。"除非这条螺旋变了方向，否则我不会为了筹钱贱卖珍宝。"

卡利弗雷齐抬起手腕，让弦轻触玉器，似乎穿过了它。玉器微微一颤后，螺旋居然变了方向。

拉沙瞪大了眼睛。

"我居然忘了。"他轻声说，"你是杀死幽灵虎的魔法师。"

"不算杀死。"卡利弗雷齐说，"它还在某个地方。我们达成了妥协。有许多细节唱书人不了解。"

拉沙叹气，叉腰。

"这份工作有时候很辛苦，"他说，"有时候还闹得我肚子疼。请原谅。"

他解下腰带上的小瓶，拔下塞子，举到嘴边。这时卡利弗雷齐又动了动他的手腕。"等等。"

拉沙放下药片。

"嗯？"

"我能治好你的溃疡，"卡利弗雷齐说，"但过度焦虑和重口味饮食可能导致复发。你明白吗？"

"治吧。"他说，"有那么多烦心事必须处理，调整心态不容易，我也确实喜欢各种调味料。但我愿意努力试试。"

卡利弗雷齐又微微抖了抖手腕，拉沙突然微笑起来。他盖上塞子，放回瓶子。

"好吧，魔法师。"他说，"留下这些金子，把那宝石拿走。如果你见到了白老虎，让它明白你时不时会来这里走一趟，它最好遵守协定。"

傍晚时分，爱丽丝在花园里问卡利弗雷齐："那玉石的螺旋方向，你是怎么翻转的？"

"弦的圆周小于三百六十度。"卡利弗雷齐答道，"反重力的负压影响了局部空间的几何结构。它缺失的角度就是通往其他维度的关键。我只是把那玉石旋转到了更高的维度。"

她点点头。

"我以前学过一些这方面的知识，被你一说，好像有点儿想起来了。"她说，"那溃疡又是怎么治好的？"

"我加速了脏器附近的时间，让他的身体自然痊愈。希望他能接受我的建议，别把工作和饮食看得那么重了。"

拐过一道弯，他们来到了花园中先前没走过的地方。弯弯曲曲的小路旁是平坦的地面，周围种满了花。那之后，他们离开了印度。返回君士坦丁堡卡利弗雷齐的小院时，两人头顶的夜空群星闪烁。

"你闻起来还带着玫瑰花香。"她说。

"你也一样。"他回答道,"晚安。"

15

……那僧侣穿行在我的森林里,背着可笑的古老兵器。他搭着爱丽丝的肩膀,跟在她身后。我注意到这一个爱丽丝伤痕累累。她一定是最后的爱丽丝。所以她确实逃脱了,而且还离开了这么久。她肯定做了计划。八人中剩下的终末之人啊,你想进行怎样的最后反击呢?她肯定还想救出纳尔索。纳尔索……哪怕到了现在,我也能感到她向他伸出的手。这令我心烦。她在这方面的力量是最强的。然而,她很快就会分心。他们正在接近我最爱的树。马上……它的枝杈会旋转起来,像一把把水晶军刀。但她在千钧一发之际卧倒在地,那僧侣也跟着做出了一样的动作,他们匍匐向前,树枝在两人头上闪着寒光,却奈何猎物不得。接下来是末日杀阵,第二个爱丽丝就倒在这里,还有月光通道,他们即使意识到了危险,也未必躲得过去。现在,她又开始呼唤了——纳尔索?

16

次日,卡利弗雷齐冥想了一整天,他的弓就放在身前。待冥想结束,他沿海岸走了很久,看浪涛拍岸。

回来时,他遇上了爱丽丝。虽然早已过了时间,他们还是一起吃了晚饭。

"你打算什么时候去乌巴尔?"沉默了许久,她终于忍不住问他。

"快了。"他说，"只要一切顺利。"

"明天早上去我船上？"

"嗯。"

"接下来呢？"

"部分取决于准备工作的耗时。"

"'部分'？"

"我还需要冥想。我不确定需要多久。"

"不论何时……"她说。

"我知道你很焦虑。"过了一小会儿，他说道，"但这事急不得。"

"好吧。"

他跟着她走进城市，路过灯火通明的宅邸、商店和政府建筑。随着黑夜降临，许多嘈杂声减弱，但同时也有音乐声、喧哗声、笑声、路过的大型车辆的嘎吱声，以及马蹄嗒嗒声响起。在一些街区，他们嗅到了香料的气味，另一些地方则是香水味和教堂的熏香味。

"那么，"隔着桌子面对面喝烈性黄酒时，他问她，"五年前你逃离了艾登，那之后都做了什么？"

"四处旅行。找你——或者你这类人，以及试着分析那条弦的表面轨迹。它似乎和这颗星球绑定在一起，以某种方式得到了利用。我认为有能力办到这种事的人也帮得了我，于是雇用了许多人，让其中一个大块头男性抛头露面，自己则和一群仆人混在一起——就好像那男人是个重要角色，我只是一个家丁——毕竟这颗星球对女性不怎么友善。我去了埃及、雅典、罗马，最后听说了卡利弗雷齐，据说教皇、皇帝和苏丹都聘请过他。为了追踪这些传说，我花了不少时间，好在我付得起每一条情报的费用。最后，我找到了你。"

"谁把我的故事告诉你的？"

"一个诗人，叫奥马尔，做帐篷的。"

"哦，那家伙。算个好人，就是酗酒。"卡利弗雷齐抿了口酒，"那我的住址你又是从哪儿得知的？"

"一个祭司，叫巴斯列奥斯。"

"哦，我的线人。他居然没知会我一声。"

"我第一时间赶了过来，他没来得及通知你。他要我先了解下斯塔西诺普洛斯，不过我决定在求见时直接用另一个名字。我相信你用了假名，而且我认为你这样的人肯定会对来人感到好奇，不会把我拒之门外。再说了，我确实很急。五年来不断地听到她们哭喊，实在太煎熬了。"

"你现在也能听到？"

"不。今晚挺安静。"

月亮沉降，没入金角湾。

17

现在，纳尔索，他们抵达了末日杀阵。巨岩从离地几英尺的地方呼啸而过，他们只能匍匐爬行，可就算这么做了，我还准备了一颗小卫星。椭圆形的长轨道会把它带到那里，高速的旋转则会让它在落地时扫平地面——啪！碾死一对蟑螂。太快了！没错。但这只是前戏，亲爱的伙伴，我的导师。她又在呼唤你了。你听见了吗？你想回答吗？啊！又一块岩石，看看它美丽的锯齿！它是血色道路上飞驰的紫色影子。这块石头从他们身旁掠过，那两人还在继续爬行。无所谓。后手多的是。

18

白天的大部分时间，他们一直在马尔马拉海转移物资。之后，穿着棕色和服和凉鞋的卡利弗雷齐陷入冥想，过了段时间，他伸手握弓，带着那武器离开宅邸向海边走去。爱丽丝瞥见他从窗口经过，便出门远远地跟上他。她看着他走到岸边停下脚步，拿出一块布蒙住双眼，然后举起弓，从箭袋里取出一支箭搭在弦上。他就这么站在那里，一动不动。

他维持着姿势几分钟不变，此时阳光几近消失。一只海鸥尖叫着从附近飞过。又过去了大半个小时，另一只海鸥掠过。卡利弗雷齐看似漫不经心地拉弓，向空中射箭。箭从那只鸟身旁擦过，一片羽毛悠悠飘落。

他摘下蒙眼布，看着缓缓落向海面的羽毛。她想唱歌，但只是笑了笑。

卡利弗雷齐转身向她招手。

"我们一早出发去乌巴尔。"他喊道。

"你那一箭是想要鸟还是羽毛？"走向彼此时，她这么问道。

"吃掉鸟儿并不能获得它的飞行能力。"他说。

19

他们通过了末日杀阵，我犹如闪光珠串般的月亮们未能夺走他们的性命，只在两人身后留下了一条血路。他们起身、向左急转，攀上了黄色的山脊，这条路将他们引向山谷，引向我的冰冻花园。就是在那里，我获得了第三个爱丽丝……那是什么？一个问题？一声浅笑？纳尔索？你激动了吗？你想要最后一个节日的门票？为什么？不过既然你决定用掉这张票，那你会得到的。我好久没有感到你的热情了。如果可以，来我这里吧，我正抚摸着你的颅骨呢。在这个时间、这个地点，我召唤你，纳尔索，我的主人，我的导师。在杀死爱丽丝这件事上，你一直在指引着我，你应当见证所有爱丽丝集齐的那一刻。来吧，纳尔索，自黑暗中现身吧。这是属于你的盛景。以骸骨、以虹吸、以奇点的名义，我召唤你！来吧！

20

他们来到了乌巴尔，沙达德·伊本·阿德统治的城市，《古兰经》称之为伊兰，绿洲的千柱之城，"不似凡间之地"。爱丽丝染了红发，一袭白衣，戴着面纱。卡利弗雷齐依然穿和服与凉鞋，他蒙了双眼，背着弓和漆过的箱子，箱子里搁了一支箭。

他们穿过帐篷的海洋，走上挤满商贾、小贩和乞丐的道路，在驼铃、风沙和棕榈叶的哗哗响声中不断前行。围绕在他们周围的谈话、歌声还有谩骂，出自十几种不同的语言。经过一根根庞大的石柱，他们抵达了由同样材料组成的巨门。真正的城市位于门的那一头。漫步在城内街道上，你能听见土墙后面的泉水叮咚，能看见粉刷过的白色建筑在朝阳下闪闪发光，还有一行行蓝色、绿色、红色、黄色的砖石装饰宫殿般高耸的外墙。

"我记得旅店的餐厅在岩洞里。"卡利弗雷齐说，"那是座石山。旅店的左右两侧和正面都由人工修建，后墙则是山体。"

"对。"她说，"那洞穴通风，所以旅店白天凉爽怡人，做饭的烟雾也从洞的另一头出去了。只要从正门口往下走四五级阶梯，接着右拐——"

"镜子在哪儿？"

"台阶下面，进去左手边墙上。"

"金属的，对吧？"

"黄铜还是青铜——反正差不多这种。"

"那我们进餐厅喝点儿冷饮，观察那里是不是维持了原样。等到该出门时，你假装要梳妆打扮，去照照镜子，放下面纱。如果它要吸你进去，我就在近旁，你可以拉住我。如果它没有反应，你就转身做出要离开的样子，折返回来以后，按照你从其他人那里学来的方法，踏进那个世界。"

"是的。前面就是那个世界。"她说。

他跟着她，进入了旅店。

21

纳尔索，看到了吗？他们走进了冰冻花园。你还记得吗，这可是你的设计——虽然你只想打造一个展览园。我在你脑海深处发现了这个古怪的念头。那真是杰作。它包含了你对十几个世界进行生物研究的成果，那么多生物大小、颜色、高低各异，真是千姿百态。只要打这里经过，不论谁都会至少瞧上几眼。当然，我往里面添加了一些危险元素。

正是在这座花园里，一位爱丽丝没能正确推算出陷阱位置，被蓝色螺旋体——从左数起的第八个展品——碾杀。她断成两截，挣扎了好一会儿；另一个爱丽丝倒在末日杀阵中，变成了一道长长的拖痕，虽然这痕迹在那些红色的石头上难以辨认；还有一个爱丽丝被水晶森林中的枭首凉亭剥皮切丁。

头三个爱丽丝是你的功劳，那真是优雅的处理方法，可惜，你再度迷失了……

22

喝完饮料，卡利弗雷齐和爱丽丝起身穿过茶点区。他们从金属镜旁路过，踏上台阶。她在门口停了下来。

"等我一下。"她说，"我得照镜子看看头发。"

她走下楼梯，掏出梳子，在镜子前简单地整理了几缕乱发，同时放下面纱。

卡利弗雷齐站在她身后低声说道："想把弦送进那个世界，为接下来的行程提供帮助，在我行动前，我们就必须至少部分进入那里。还记得我说的吧？等你准备好了……"

"好了。"她说着收起梳子，转身走向门口。

三下心跳过后，她抿着嘴回过身，抬手触摸镜子表面。片刻过后，她定位脉冲，让手穿过了激活序列。

就在她手指穿透界面的瞬间，卡利弗雷齐站到她身后，扶住她的肩膀，另一只手轻轻地捏了捏。

她的整只手都穿过了界面，此时，卡利弗雷齐带着他们来到了时光冻结山谷，在那里，他摘下了蒙眼布。他看着弦从没有空间的时间，穿越到了没有时间的空间。弦以复杂的方式扭曲，到处是危险的联结。爱丽丝想和他对话，但她的语言就像风和音乐，在这个由雕塑、绘画与地图组成的世界里无法存在。卡利弗雷齐三次轻轻甩手，在弦的颤动中确认了最适合当前状况的贝塞尔函数，让弦不断延展，在未来的时间主线上与自己相交。只见那条弦打着弯不断伸展，发出明亮的光，而时间解冻的拉力取代了蒙眼布，让他的手又一次搭在爱丽丝肩头，感受到他们慢慢落回一座小湖中。这座小湖所处的袖珍宇宙属于那个收集爱丽丝的家伙，即使过了这么久，他也一定还在欣赏她们戛然而止的旅途。

23

艾登，你把我召回了我的世界真是太好了。可你都做了些什么？你在玩的这愚蠢游戏算什么？艾登，艾登……你就是这样解读我的意图的吗？你真觉得这几个婊子值得整个宇宙携手合作，用符合你美感的方式去碾死吗？你觉得我想造个主题乐园？这是在亵渎我心爱的女人的回忆。你应该从我处理头三个爱丽丝的方式里汲取经验。这里头有一点很重要——非常重要。而你一直忽视了它。

纳尔索，我的主人，我的导师，如果这么做不对，我感到非常抱歉。以您为例，我相信杀死爱丽丝是这个宇宙的终极目的。您看啊！看到她必须匍匐前进，才能避免悬挂机关了吗？她总结了前两个姐妹的经验，意识到了这些陷阱，或者陷阱所处的位置并不重要，重要的是触发后的一系列变位。她得分析那些死亡的原因。看到她——还有她身后的同伴——怎么贴地前进、躲避坠落的蛙刺、越过低矮的锉钉了吗？被吸虫包围时，她明白应该如何下潜，碰到劫藤时，她会一动不动，直到它们能量耗尽。看到她手臂上剪壳留下的伤口了吗？哪怕处于这种状况，她依然穿过了真空通道。她的喘息、她流出的血和汗、她撕裂的衣物，这些都很好玩。接下来还有空气之灵和尖牙双树等着她。告诉我，这和您同之前数位爱丽丝进行的死亡竞赛有什么不同？我怎么可能误解您？当您失能时，我骄傲地担起了您的职责。如果这么做不对，我感到非常抱歉——

艾登，我对前三个爱丽丝的处理让自己崩溃。我陷入了第二次疯狂，但仍然无法停歇。不，实际上比那更糟。我恨她们，没错，这份恨意让我能更容易去做我该做的事，去了解一些东西。但它依然给我带来了伤害。最可恶的是，尽管范围缩小了，可我还是没掌握真正想了解的。你应该在处理第四个、第五个或者第六个的时候召我出来。那里有我需要的数据。现在，它们都消失了！

不是这样的，主人！我把它们都记录下来了！您可以召唤它们！让它们重现，并进一步处理！我为此反复练习过。为了同一个目的，我还带外人参加了新的仪式。我以您的名义为正在死去的爱丽丝举行仪式，还试图通过重复的过程将您复原。对于您的做法，我不曾越雷池半步——什么？从在飞船上开始，您就没有下达过这个指令……您要回收我？不！我还有件非常重要的事情没告诉您！我——

滚开吧，艾登，滚开。你这个蠢货冒犯了我，所以我要摆脱你。就算你只是无心之过，我也不希望你留在我身边。你从我的经历里获得欢乐，误解我的行为，还会用道歉来分散我的注意力。在被完全回收前，你就好好看着我要怎么拆除你留下的死亡陷阱吧。我憎恨这些女人，但我不想和半死不活的她们玩这种游戏。不过你有一件事说对了。我要她们都回来，就像你记录的那样——但你干的活儿实在太脏乱了。现在，我要让她沿一条新路线前往骷髅之地。只要有奇点，有骸骨，有虹吸，我就能办到我想办的。滚开吧，艾登，滚开。

回到屠戮之地吧，我最后的爱丽丝。你学到的规则已不再适用。继续呼唤我吧，你将一点一点得到答案。

24

在爱丽丝的挑逗下，尖牙双树同时进攻，结果彼此枝干相撞、交错，动弹不得。趁此机会，她带着卡利弗雷齐从双树背后绕过，来到一座窄桥前，桥下的山谷深不见底。沿一条弯曲的小径，两人一路向下。远处的光点在深蓝色夜空中不停跃动，但它们并非星光。在黑暗的映衬下，一道明亮的彩虹突然浮现在了前方。

"怪了。"她嘀咕道。

"怎么？"卡利弗雷齐问。

"以前没彩虹。"

"而且现在还是晚上，对吧？"

"是啊，走进这里天就开始黑了。"

"在地球一些文化里，彩虹意味着订立新约。"卡利弗雷齐说。

"如果这是条信息，那也太含糊了。"

突然，那些似有似无、他们抵达后就一直纠缠不去的女声得到了放大。从叹息到哀号，那些声音组成了缓慢而诡异的曲调，忽高忽低，似乎正朝着永远也无法抵达的高潮前进。它们不断化作痛苦呻吟的不同变奏，周而复始，还夹杂着断断续续、歇斯底里的笑声。

一股寒风从两人行经的高耸岩石间刮过。他们脚下的地面震动了数次。

抵达下坡路尽头，爱丽丝向左转去，看到了一个深坑，坑底是橙色的湖，咕嘟咕嘟的熔岩沸腾起泡，火焰时不时蹿起，把火光投在周围高耸的管状岩壁上。约莫一臂宽的道路在这里分为两条，沿椭圆形的熔岩湖两侧延伸。锯齿般的湖岸和隆起的管状岩壁之间，还有许多煤渣似的东西散落路面。

爱丽丝停下脚步。

"怎么了？"卡利弗雷齐问她。

"这个火湖。"她说，"以前没有。"

"以前是什么？"

"到处是陷阱和死角的迷宫，每隔一段时间就被湍急的水流吞没。"

"你打算怎么做？"

"我们得选条路继续前进，去昨天晚饭时我跟你说过的地方。那地方我们只是远远地瞥过一眼，从没抵达过。那里有尸骨，还有一堵墙。我认为奇点就在那里。我该走哪条路呢？"

"咱们就相信落下来的弦，随机选一条吧。"

她弯腰拾起一块卵石，转身向着两人来时的方向用力丢出。卵石撞在岩壁上，弹了回来，从他们右侧滚过。

"右边。"她说。于是两人朝那个方向走去。

岔开的小径只有六英尺宽，左侧坩埚似的熔岩湖里发出的火光，在起伏不平的墙面上投下了奇形怪状的影子。他们在狼牙般崎岖的小径上走了没多远，就感受到了身体左侧的灼痛。黑烟掩盖了虚假的星光，但那道彩虹依然闪耀。下方传来的咕嘟声和微弱的爆炸声略微削弱了痛苦的合唱。

转过又一个拐口，他们听到一声呻吟。

"爱丽丝……"右边传来柔声的呼唤。

她停下脚步。

一个长得和她很像的女人躺在右边一个低矮的岩架上，身上数不清的伤口往外滋血，一条腿自膝盖以下消失，另一条连膝盖也没有了，橙色的光芒照亮了那痛苦的面容，她用剩下的眼睛盯着来人。

"爱丽丝——别——别走。"她喘着粗气，"我——痛。杀了我——快点儿——求你了……"

"怎么回事？你怎么受的伤？"爱丽丝问。

"湖边——玻璃——树。"

"我们离湖边很远了，你怎么来的这儿？"

"不知道。"对方回答，"为什么——会这样？我们——我们做了什么？"

"我不知道。"

"杀了我吧。"

"我下不了手。"

"求你了……"

卡利弗雷齐走上前去。爱丽丝没看到他做了什么，不过她知道那个伤痕累累的女人没有再呼唤他们。

他们在沉默中继续前进。熔岩湖越发凶暴，不断向空中喷发巨大的焰泉和熔化物质。热气和浓烟也更加令人窒息。右侧岩壁上时不时有穴室发光，浑身浴血的爱丽丝们站在那里，失神地望向前方，嘴唇不断开合，她们的歌声盖过了熔岩的咆哮。每当两人试着接近那些人影时，她们就消失不见，然而歌声却不曾消散。

接近小径尽头，爱丽丝看到明亮的橙光下，煤渣和凝固的碎石间有一个粗糙的东西。她放慢了脚步，因为她认出那是一具残破不堪却在扭动挣扎的尸体。走近那颗破碎的脑袋时，她停了下来。

那残躯的嘴唇动了动，发出颤音："他想要什么就给他什么吧。这样我才能安息。"

"什么——他到底要什么？"她问。

"你知道的，"尸体喘息道，"你知道的。告诉他！"

此时湖水沸腾，咆哮声震耳欲聋。一股巨大的熔岩激射而起，朝他们落下。爱丽丝立刻退开，把卡利弗雷齐推到了身后。熔岩落在小径上，它吞没遗骸，又冒着烟退回湖中。当那摊熔岩消失后，他们面前只剩下了冒着烟的地面。死去的爱丽丝不见了。

等待地表冷却的当儿，卡利弗雷齐问道："她说的到底是什么？"

"我——我不确定。"爱丽丝说。

"我有种预感。"卡利弗雷齐说，"这不会是我们最后一次遇到这个问题。而它下次出现的时候，会更清晰、更具体，也更令人印象深刻。"

"我认为你说得没错。"

他们继续前进，快步穿越彩虹之下的破碎地面。与此同时，歌声愈加高亢。

快要到达湖对岸时，另一道熔岩柱从湖中升起，距离几乎触手可及。爱丽丝停了下来，看它要往哪个方向倒塌。熔岩柱摇摇晃晃，仿佛思考了好一会儿，它螺旋式地旋转了一会儿后，这才突然砸向他们前方大约二十步远的岩壁。

早在熔岩柱倒下前，他们便避到了远处。那岩柱缓慢地向着小径倾斜，顶端撞击岩壁向下弯折，落到了右侧小径的边缘。岩柱中部没有断裂，而是拱在比两人头顶高十多英尺的地方，两侧扭成了相对的螺旋状，如同给这个由火光和熔岩组成的物体雕上了纹路。现在，这道拱门不再晃动，一闪一闪地发着光。

"我们前方突然有了扇着火的门。"爱丽丝说。

"还有别的路吗？"卡利弗雷齐问。

"没有。"

"那就没的选了。"

"是啊。我希望你真的明白自己面对的是什么。"

"放心。我准备好了。"

他们向前试探，拱门没有垮塌的迹象。从门下经过时，空气中充满了噼里啪啦的响声，前方的景象动摇、变化。爱丽丝踏出的下一步把她带到了一条路面粗糙的银色小道上，周围似乎只有点点星光。卡利弗雷齐跟了进去。拱门在他们身后消失。

两人踏上的并非寻常意义上的道路，它的长度只有约四十英尺，宽度与他们刚刚离开的小径相近，边缘空无一物。爱丽丝探头往下望去，看到了他们刚刚走过的地方。那片扭曲、开裂、乱石嶙峋的土地远得无法判断距离。彩虹倒是依然存在，未受任何影响。就在她看的当儿，那片土地的样貌发生了变化。熔岩湖泻入山谷，火焰从阴影和山峰中喷发，旧有的色块被新的颜料覆盖。不过死者们的哭声依然在身边回荡。爱丽丝走在前头，向银色道路尽头接近。

"我们远离了大地。"她说，"这是颗细长的小行星，它的形状像一小截桥梁。我去前头看看。"

"爱丽丝，"他跟了上来，"我有个问题。"

"嗯？"

"你是坐第一艘还是第二艘飞船抵达地球的？"

"为什么这么问？"

"你说过纳尔索和四个克隆体在来这儿的路上出了问题。他认识的原体爱丽丝知道这件事以后，带着剩下的三个克隆人远航出发，你是其中之一。"

"是吗？我不记得我说过这话。"

"你后来又跟我说了你和纳尔索在卧室里的事，听起来好像你、他，还有原体爱丽丝都在同一条船上。"

"哦。那是发生在另一次航行里的事。"

"懂了。"卡利弗雷齐说着加快步伐，拉近了和她的距离。

没走几步，一缕薄雾从他们身边掠过，然后是滚滚浓雾。有个庞然大物从上空飘落，似乎可能会撞到他们，但也说不太好。它的形状和返照率与他们脚下的小行星类似。

"有颗小行星朝这里过来了。"她说，"还有雾。"

"咱们继续走。"

"好。"

马上抵达道路尽头时，那接近的物体放缓了速度，稳稳接在两人所在的路径上，就好像把路延长了一截，并且向左弯去。

"道路延伸了。"她说，"我要走走看。"

"好。"

走着走着，又有几颗小行星从身边飘来——其中一块他们不久前才走过——汇合到道路前方。

"它通向了一个云团。"爱丽丝注视着道路的延伸方向。两人下方的远景持续变化，他们自己的位置似乎也在不断移动。

抵达又一段路后，柔粉色、淡蓝色、浅绿色的云雾涌来，它们彼此混合、交融，形成了抽象、曼妙的波浪。

走出几百步，爱丽丝听到一声尖叫从右侧传来。她停下脚步，然而目力所及之处只有云雾。哭喊声不断持续，她咬紧了下唇。

"那是什么？"卡利弗雷齐问道。

"不知道。"

云雾散开。她看见两块飘浮的巨石，它们彼此之间仅仅相隔数英尺。左边那块石头上有一个看起来和她很像的女性，但只有上半身、脑袋和肩膀。她身体的其余部分散落在右边那块稍低的石头上，还在不停抽搐。

"爱丽丝！"对方叫道，"他想知道到底谁该为此负责。我们都答不上来，现在只剩你了。发发慈悲，告诉他发生了什么吧！"

两块巨石朝相反的方向飞开，云雾再次聚拢。卡利弗雷齐感觉到爱丽丝正剧烈颤抖。

"如果你知道他到底想要什么，"他说，"也许该说实话。事情没准儿会变轻松些。"

"我也许知道，也许不知道。"她说，"等见了面才有结论。啊！"

"什么？怎么了？"

"纳尔索。我刚接触到了他。也可能是他找到了我。不过就只有一瞬间。他已经离开了。"

"感受到什么了吗？"

"他的心态很复杂。他很高兴我来这儿，但又在另一些方面感到不安。我说不准。"

缭绕的歌声中，他们继续向前。地面偶尔震动两下，那是他们穿过的扭曲道路正以新的组合排列到前方。绚烂的云雾翻腾、聚散，干扰着她的视线，让她时不时瞥一眼远方。

受限于道路结构，他们只能沿一条小径在雾中穿行。突然，爱丽丝停下来挺直身子喊了声"等等！"。

"怎么？"卡利弗雷齐问。

"暂时没路了。"她说，"让我朝边缘外看看。雾变薄了，可以看到远处的陆地，各个方向的雾都在消散，只有正前方除外。不过那里红彤彤的。"

红色的云雾逐渐逼近又飘走，露出了后方雕刻般的凸岩。先映入两人眼帘的是它位于中央的尖顶，尖顶两侧下弯，呈对称状，形成了一对灰蓝色的石肩，石肩前方的黄色椭圆形平坦砂岩压在台阶状岩层之上，这些岩层与其说是灰色，不如说是蓝色。它们形状不规则，一路向下延伸至雾中。随着岩石飘近，他们看得更真切了。石肩处有架子似的壁龛，而那椭圆形砂岩的中心是一口井，一圈矮矮的红色石墙围着井口。另一堵黑石质地的人工墙位于椭圆左侧下方边缘，约莫二十英尺长，八英尺高，挂有铁链。所有这些景象似乎都在颤动，仿佛隔了一层热浪。

随着雾气进一步散去，更低处坡面的轮廓显现出来。爱丽丝看着巨岩飞过，发现它的底部被截断似的戛然而止，在椭圆砂岩下方大约两倍高度的地方，散落着许多飘浮的蓝色冰锥，如同一座冰冻山脉的顶峰被谁扯下来抛进了太空，在黑暗和呆板的光点间飘荡；她还看到那条彩虹的尽头也在椭圆平台内。

尽管云雾已散尽，但这个巨大的纪念碑似乎仍在晃动。

"这是什么？"卡利弗雷齐终于问道。

慢慢地，她开始讲述。

25

纳尔索，我本来有一件事要告诉你，现在变成了两件。请立刻回复。首先，奇点受到的干扰来自另一个接近的奇点，以及一个特殊的物体，它的能量和负场压拘束在管状体里。你必须意识到问题的严重性。我现在明白为什么那僧侣让我不舒服了。在事物的中心，我清楚地感知到了那物体。他极度危险，应该立刻从我们的宇宙中移除。释放我，我立刻处理他。回答我，纳尔索！马上回答！这儿有危险！

哦，对了。我想告诉你的另一件事和第一个爱丽丝有关。我找到了一些记忆残片。因为一些特殊的状况，它们被无意间保存了下来。纳尔索，如果你不答复我，我可就要开始反对你回收我的决定了……

26

爱丽丝盯着天空中颤动的景象。最后一段桥从她右侧缓缓飘来，经过彩虹时，那颗小行星流淌着斑斓的虹彩。她死去姐妹们的哭号声止歇了，只剩下寒风呼啸。

"这里是'屠戮之地'。"她开口说道，"上次见到时，它还在另一个地方。这就是终点。"

"你没提过这地方。"卡利弗雷齐说。

"我才知道它的名字。我刚刚又接触到了纳尔索，也可能是他找上了我。他召唤我过去，说'回到屠戮之地吧，我最后的爱丽丝'。"

"我还以为你从没抵达过终点。"

"说了我只是远远一瞥。"

最后的桥梁接驳完毕，将他们的所在地与椭圆平台下方最低的台阶状岩层连接起来时，她看到有什么东西从震动的壁龛里滚落。突然，她的视野不再模糊，她认出那是一个头骨。头骨撞击地面，弹跳、滚动到了一片沙地里，边上是一摊正在蔓延的红色污渍。

"卡利弗雷齐，"她说，"我害怕了。他变了。所有东西都变了。我不想走进那个地方。"

"恐怕咱们目前无法离开。"卡利弗雷齐说，"我在时光冻结山谷里设置了弦的线路，这个位置被束缚得很紧。不论前面有什么障碍，我们都必须闯过去，要不就会被阻死在这里。"

"你确定吗？"她舔着嘴唇问道，"他又在呼唤了……"

27

爱丽丝，爱丽丝，爱丽丝。你一定是那个爱丽丝。其他那些坏掉的都不是。哪怕愚蠢的艾登没提出准确的问题，她们也应该会泄露一些信息，暴露出一点儿真相，不是吗？但我在她们身上找不到一丁点儿罪证……为什么，你到底为什么出现在这儿？还有你身边的陌生人……你有什么打算？如果确实是你，你的理由是什么？我很疑惑。我必须向你提问。你为什么回来，我最后的爱丽丝？一定是你……对吧？你在犹豫什么？回到屠戮之地吧，那里的沙子被她的血染红，那是罪行永恒的证明。回来吧。你想反悔？那虹吸也会带你来到这终结之地，宇宙的中心——也就是那口井附近。现在，它仍蜿蜒向前。就在此时、此刻，你将来到我身边这片至圣的真理之地，爱丽丝。我触碰了你，你无法抗拒——

现在不行，艾登。现在不行。回去。我已经回收了你。回去。

它是为你准备的，爱丽丝。

28

"抱歉。"卡利弗雷齐说，"我跟你说过了。"

爱丽丝望向前方，看到一条黑线从井里爬出，它四处嗅探、蠕动、爬升、滋长，晃到她的方向后，开始不断伸长……

"虹吸管。"她说，"那是一种舰载设备，用途广泛。他想用它带我走。"

"那我们是等着还是继续前进？"

"比起被带走，我宁可自己过去。也许我主动接近，他就不使用那东西了。"

她开始前进。那蛇一样的黑线在她走过最后一段银色道路时停了下来。爱丽丝来到它面前，它往后退去。爱丽丝一步步向前，虹吸管一次次缩退。抵达道路尽头，她驻足了一会儿。那黑线微微向她倾斜。爱丽丝见此又迈出一步，而它立刻后退。

"到地方了。"她对卡利弗雷齐说，"这里的岩层像台阶，我们得往上爬。"

她不断攀登，刚抵达平坦的砂岩，那虹吸管就完全缩回了井里。她四顾着继续往前。来到井边，她探头往里看。

"到井边了。"她说。卡利弗雷齐从她肩上移开手，探身去摸井壁。"这口井往下穿过了这个——小行星。"她继续道，"那个点——那个黑洞——在它中央。虹吸管围绕在它近旁，接近内沿。

它缩得很小，绕一圈就可以容下。下面还有明亮的吸积盘在旋转。它离我们很远，可能在到黑洞的路途中点附近。"

"所以这地方正从它的中心被吞噬。"卡利弗雷齐说，"可能这就是它震动的原因？"

爱丽丝继续前进，经过红色的污渍和头骨，细看刚刚滚落头骨的壁龛。壁龛最右侧还有另一个头骨，中间是一堆钳子、钻子、锤子和铁链。

"都是刑具。"她说。

与此同时，卡利弗雷齐在附近走来走去，摸索着一切他能碰到的东西。最后，他在井旁停下。爱丽丝回头看时，彩虹落在他肩头。

风的叹息中传来一个声音。

"我要杀了你，爱丽丝。"那声音说，"慢慢地，残忍地。"

"为什么？"她问。

那声音似乎从头骨里传来，和她记忆中纳尔索的声线一致。

"其他人都死了。"他说，"现在轮到你了。你为什么回来？"

"如果可以的话，"她说，"我想帮你。"

"为什么？"他问。那头骨翻了个面，空洞洞的眼窝正对着她。

"因为我爱你。"她回答道。

一阵干笑。

"你可真是太好了。"他说，"这温柔的场景需要配乐。爱丽丝们，给我们唱首歌吧。"

话音刚落，可怕的哀号再次响起，不过这一次声源就在近旁。

爱丽丝右边的黑墙上突然出现了六个和她长相一样的人，她们浑身伤痕，但四肢尚在。她们不断尖叫、哭号，空洞的目光没有聚焦在任何东西上。这一排囚徒边上，还空挂着一副铁链与镣铐。

"当我处理完你后，你就可以加入这合唱了。"纳尔索说。

"处理？"她说着从架子上拿起一把钳子，又摆了回去，"用这种东西？"

"当然。"他回答说。

"我爱你，纳尔索。"

"那就更有趣了。"

"你疯了。"

"我不否认。"

"你能忘记这一切，让我来帮你吗？"

"忘记？不可能的。我是这里的主宰，我不需要你的爱和怜悯。"

爱丽丝看了眼卡利弗雷齐，他取下了挂在肩上的弓，捻紧弓弦，然后打开箱子，掏出箭。那箭头发着七彩的虹光。

"如果你的朋友打算在我脑袋上开个洞出来，我没什么意见，不过这么做是释放不出恶灵的。"

"你还有可能恢复自我，跟我一起离开吗？"她问。

又是干巴巴的笑。

"我不会离开这里。你也不会。"他说。

卡利弗雷齐把箭搭在弦上。

"现在不行，艾登！"纳尔索吼道，然后又继续说，"你的这位朋友可能想往井里来一箭，摧毁奇点？如果他真办得到，一定要让他放手去做。除了毁灭这个宇宙，我想不出还有别的什么法子能

369

让你逃过我的愤怒。"

"卡利弗雷齐，你听到他的话了。"爱丽丝说。

卡利弗雷齐钩起弦。

"你是个白痴，"纳尔索说，"有那么多方式可选，却偏偏带了个弓箭手来杀我……这么原始的武器……我猜他甚至是个瞎子，不知道自己面对着一个死人和一个黑洞。"

卡利弗雷齐突然转身后仰，箭指头顶的某个方向。

"……还是个分不清方向的家伙。"纳尔索补充道。

卡利弗雷齐维持着姿势不变，身体随着地面的震动微微起伏。

"你完蛋了，固执的蠢货。"纳尔索说，"我会利用你的姐妹来折磨你、审问你。她们会撕开你、扯烂你，让你的骨头错位、断裂。"

铁链撞击石壁的声音传来。三个爱丽丝摆脱了束缚，合唱的人数减少一半，歌声止息。她们将目光集中在她身上，向她逼近。

"开始吧。"纳尔索说，"在这血腥的真相之地。"

卡利弗雷齐张开手指。带着漆黑的包裹，罗摩之匕没入黑暗的高空。

<h2 style="text-align:center">29</h2>

纳尔索！她带来的家伙能摧毁这个宇宙，而他可能已经行动起来了。我需要大量计算才能证实这一点——但不要忘记，我们的生存取决于接下来能否采取正确行动。如果我被毁灭，我们就无法回到阿尔法点重新开始。我被毁灭，你也活不了，这整个地方以及你所有的爱丽丝也一样。末日将近！我必须马上和你好好商量一下！

30

那三个爱丽丝向第一级台阶迈步。

31

艾登！不管那是什么，现在不是谈的时候！这么多年，我终于等到了这一刻。你的纠缠不休让我分心。不管那是什么，你自己去处理。在解决掉这个爱丽丝以前，我不想再被打扰。现在给我滚开！

32

那三个爱丽丝登上了第一级台阶。她们身后另外几个姐妹的歌声抬高到新的音阶，仿佛高潮终至。

33

很好，纳尔索。我会行动起来。首先，爱丽丝，我要召唤你的遗骸。以骸骨、以虹吸、以奇点的名义，我召唤你来到屠戮之地！也许你能和他讲讲道理。

34

爱丽丝望了眼她的三个姐妹，她们还在继续前进。卡利弗雷齐放下弓，解弦，挂起。然后他伸手摘下蒙眼布。

"纳尔索，听我说。"爱丽丝说，"艾登即将毁灭，维持你存在的信息也一样。不过你还来得及重塑肉身，并且将意识传入其中。只要这么做了，你就可以跟我一起离开。不管有什么矛盾，我们都可以慢慢解决，重新过上幸福日子。我会好好待你的。"

"重新？"纳尔索说，"我们什么时候分享过幸福和快乐了？我不明白你在说什么，克隆体。但我最不明白的是你们其中的一人为什么要杀了我妻子。我有种强烈的感觉，你就是那个人，我最后的爱丽丝。你对此有什么要说的吗？"

不知从哪里传来了钟声。

"谁拉响了舰载警报？"他喊道。

"可能是艾登。"她说，"他大概意识到了我说的都是真的。"

"你还没回答我，"他说，"杀了我妻子的是你吗？"

第二个头骨从壁龛中掉下，滚到了第一个边上，也就是那血迹斑斑的地方。钟声继续。锁在墙上的爱丽丝们歌声越发高亢。

她苦笑了一下。三个爱丽丝爬上又一级台阶。

"那是出于自卫。"她说，"她袭击了我。我并不想伤害她。"

"她为什么要袭击你？"

"她嫉妒我们。"

"什么？这怎么可能？我们之间什么也没发生。"

"你错了。有一次你把我当成了她，我们度过了一段愉快的时光。"

"你为什么会允许这种事发生？"

"是为了你。"她说，"我想在你需要的时候安慰你。我爱你。"

"这种事发生过也就过去了吧。她是怎么发现的？"

"因为她把一件其他人做错的事怪到了我头上，我一气之下把这事说了出来。她扇了我一巴掌，我也扇了回去。后来我们在这里扭打成一团——当这里还不是现在这样时。她用她别在腰上的东西打了我脑袋，留下了那些伤疤。我本来以为自己死定了，但附近有块石头，于是我捡起石头打了过去。我没想杀她，只打算自保。"

"你承认了。"

"我们是一样的。你也知道这点。这是深入细胞、深入基因层面的事。她已经死了，无法复活了，不如让我来代替她。我们拥有同样的肉体。你当时没察觉到我们的不同，现在依然如此。她粗鲁、傲慢、自负。我会比她对你更好。回来吧，和我一起走吧，纳尔索，我的爱。我会永远好好待你。"

他厉声尖叫，那三个爱丽丝在台阶顶停下脚步。

她面对的那个头骨慢慢被一层薄雾笼罩。

"回去吧。爱丽丝们。回去吧。"他说，"我亲自动手。"

雾中的头骨向后翻滚——已经不再是头骨了，有个轮廓在它的下方摇摆，逐渐勾勒出身体的形状。它边上的另一个头骨也有类似的现象发生。此时椭圆平台边的三个爱丽丝转过身，重新走向下方，而那几个姐妹的哀号变成了真正的歌声。那三个爱丽丝还没走到台阶底，便消失不见。卡利弗雷齐听到铁链撞在墙上的响声，发现那几个唱歌的也没了踪影。

没过多久，一个黑发、短须、中等身材的裸体男人出现在沙地上，他轻缓地呼吸着。另一个爱丽丝的身影出现在她身旁，变得越来越清晰。

"你没告诉我完整的故事。"卡利弗雷齐望着他们说道。

"有助于完成委托的那些，该告诉的都告诉你了。再说了，就算告诉了你这些细节，又能改变什么呢？"

"那可说不好。"他说，"这是你逃跑以后第一次回到这里，对吧？"

"没错。"

"这么说，另外六个爱丽丝来这里时，你没有参与进去，只是观察她们，尽可能地了解情况。"

"是的。"

"你本来可以警告她们。她们中的第一个人死亡后，你感受到了纳尔索的心理状态。但你没有阻止你的姐妹，而是眼睁睁地看着她们一个个死去。"

她望向别处。

"阻止了也没用。"她说，"她们已经下定决心了。你得明白，她们也能感受到我感受的。第一个克隆体死后，她们和我一样清楚纳尔索处于什么精神状态，有多么危险。"

"那你为什么不从一开始就阻止？"

"我太……懦弱了。"她说，"我吓坏了。那么做就等于告诉她们事实。她们可能会把我关起来送回去接受审判。"

"你想取代原体爱丽丝。"

"我没法否认。"

"我猜地上那个就是她。"

"还能是谁呢？"

纳尔索和新出现的爱丽丝同时睁开眼。

"是你吗？"纳尔索柔声问道。

"是的。"她回答。

纳尔索用胳膊肘支起身体，坐在地上。

"那么久……"他说，"都过去那么久了。"

她微笑着坐起，与他相拥。当他们分开时，她含混不清地说了些什么。

"艾登……给你的口信……我来转达。"她说。

纳尔索站直身子，扶着她起来。

"怎么了？"他问。

"不祥之兆。末日。箭。"

"别担心。"纳尔索说，"他射错了方向。你还好吗？"

"曲……率。完美矢量。"她说，"环绕我们的宇……宙。很快回来。其他方式。"

"没事的。"他说，"只是一支箭而已。"

她摇摇头。

"它携带了……另一个……奇点。"

"什么？它带着一个奇点环绕宇宙，要撞击艾登？"

她点点头。

纳尔索不再望着她，他转向了卡利弗雷齐。

"真的吗？"他问。

"是真的。"卡利弗雷齐回答。

"我不相信。"

"等等看就知道了。"

"它依然不足以摧毁艾登。"

"也许不能吧，但是它会破坏吸积盘的结构，这同样能摧毁你的世界。"

"她付了多少才能让你做出这种事？"

"很多。"他说，"既然收了钱，能做的我就得做到。"

"对佣兵来说，你也算挺讲良心的了。"纳尔索说。

"说到良心，我可从没平白无故地杀过三个不求回报只想帮我的女人。"

"你不理解。"

"确实。因为我们只是外人吗？还是有什么别的理由？"

就在这时，新生的爱丽丝尖叫起来。对话的两人扭过头，发现她走到了原本放着她头骨的壁龛旁，似乎才刚刚注意到她伤痕累累的克隆体也在这里。

"你！"她尖叫起来，"伤了我！"

她从架子上抓起一把锤子冲向克隆人。爱丽丝避开攻击，反手去抓对方手腕，然而落了空，只是把她推开了一步。

"她受损了，"纳尔索说着向她们走去，"没有能力为自己的行为负责……"

残破的原体重整姿态，在纳尔索向他们冲过去的时候，继续攻击。克隆体爱丽丝不断地闪躲、推挡、反击、再推挡。原体跟跟跄跄地后退，站稳脚跟后尖叫不已，朝接近她的克隆人一次次挥锤。

纳尔索抵达她们近旁，就在这时，原体又被往后推开，但这一次，她的小腿撞在了井口。

纳尔索几乎瞬间冲到井旁，俯身伸手抓住了她的手腕，可原体坠落的力量太强，带着他继续前倾，两人一道落入井中。他们的惊叫声持续了数秒，然后戛然而止。

"夺走了！"留下来的爱丽丝大喊，"她把他从我身边夺走了！"

卡利弗雷齐走到井边向下看。

"又一起自卫杀人事件。"他说，"受害者是那个你想取代的人。"

"人？"她走了过来，"她残缺破碎，很难算人。而且你看到了，是她先攻击我的。"他点点头。

"你想要的，真的是纳尔索吗？"他说，"还是取代原体，成为他最后的，也是唯一的伴侣？"

眼泪从她的面颊滚落。

"不，我爱他。"

"显然，这是一厢情愿。"

"不对！"她说，"他在乎我！"

"他的在乎仅限于把你当成克隆体，而不是他的女人。过去的已经过去了。来吧，我们该走了。我不确定撞击的具体时间——"

"不！"她喊道，大地震动，链条嘎吱作响，"不！我现在是这里的女主人！我要复活他！抹掉他关于她的记忆！我要召唤那三个被记录下来的克隆人来为我们服务。她们不过是些蠢货。我要和他住在一起，把这里变成一个新世界。我们可以引进想要的东西，创造所需的一切——"

"太晚了。"卡利弗雷齐说，"你委托我毁灭这个宇宙，我也完成了工作。即使它还有救，你也不能永远住在屠戮之地。它会毁了你。来吧，是时候离开了。你可以去找到新的生活——"

"不！我是这里的统治者！即使是现在，我也能控制艾登！我记得命令程式！我触碰到他了！我掌握了整个宇宙！我可以修正物理常数！我可以翘曲空间，让你那支愚蠢的飞箭转向！看！我已经抹去了它的飞行路径！"

天空中星星似的光芒第一次闪烁，并移动到了新的位置。

"改变拓扑结构，测地线也会随之修正。"卡利弗雷齐说，"罗摩之匕还是会向你扑来。快离开这儿！"

"你！你一直讨厌我！我承认自己是克隆人以后，你就认为我低人一等！但我能随时毁灭你，刺客！我是奇点之主！我可以用任何方式对付你！你根本无计可施！"

"那不就说回去了，"他说，"是你要我用弦来对付奇点的。"

她狂笑起来。

"不用跟我争。"她说，"你已经描述过这种纠缠会导致什么结果。我想我应该把你烤了——"

卡利弗雷齐慢慢把手腕移到井口上方。"你在干什么？"她说，"我已经全知、全能，你还想怎么着？你伤不到我一根汗毛！"

"我告诉过你，弦的圆周不到三百六十度。"他说，"我正在从你的吸积盘上切下楔形的一块。"

"这么近的距离下？不可能。翘曲延伸到黑洞里会违背热力学定律。黑洞不可能缩小。"

"对。"他说，"这种情况发生时，弦也许会产生能量，增加质量和半径来补偿黑洞损失的部分。不过我小心地控制着它呢，不会让它离得太近，也犯不着去试验这个假设。我的感知正随着它延伸。"

"那你的死因就不是烈火焚身了。"她有些含混不清地说道，"以骸骨……奇点……还有虹吸的名义……我召唤你们！我的姐妹！杀了这人！"

卡利弗雷齐猛地向左扭头，那也是她注视的方向。

椭圆平台的另一边，三个爱丽丝眼中精光闪烁。卡利弗雷齐慢慢从井口上方抽手回来。

"杀了他！"她说，"趁他还没杀了我们！快！"

那三个爱丽丝像幽灵一样飘来，由于实体化尚未完成，虹光穿过了她们的身躯。

她们在抵达奇点井前彻底实体化，但她们没有攻击卡利弗雷齐，而是扑向她们的召唤者。

"凶手！"其中一个尖叫。

"骗子！"另一个高喊。

"全都是你害的！"第三个嘶声叫道。

带疤的爱丽丝往后退去，卡利弗雷齐抖动的弦丝落在双方之间。一道火焰之墙升起，隔开了爱丽丝和她的受害者们。

"这片土地上的血迹已经不少了。"他喊道，"没时间再染上更多！我们必须离开！"

他挥动弦丝，围住那三个爱丽丝。

"我要把她们带走。"他说，"你也来吧！我们必须离开！"

"不！"她眼里闪着光，"我要偏移你的箭！我要把这地方挪走！我要进一步扭曲空间！"天上的光芒又一次闪烁、舞动。"我要避开你带来的末日，弓箭手！我要——重建！我要——复活——他！我——现在——要——统治——这里！滚开！我——要——你们——滚开！"

卡利弗雷齐带着三个爱丽丝撤回时光冻结山谷，在那片雕塑、绘画与地图之地敞开返程的路。他无法解释自己的所作所为，因为话语在这里并不存在（风、音乐、哭泣与哀号也是如此），而这里也不是她们会感激他带她们来到的地方。当屠戮之地的带疤爱丽丝用奇点、虹吸和骸骨的力量对抗在宇宙中飞驰、切出前进道路的罗摩之匕时，卡利弗雷齐和三个爱丽丝回到消失的乌巴尔，抵达镜子之后的陆地，并把她们带往他海边的别墅。他多少有些怕她们，因为他绝不能对其中一人有所偏爱。但这个问题可以留待将来，毕竟弦上遍布抵达与离开的节点，甚至连它的主人也无法随心所欲地控制它的轨迹。

35

爱丽丝站在彩虹尽头的红色污渍上望着天空。虹吸为她带去了力量，而她需要这份力量去和她释放的无情末日抗衡。一个黑发、短须、中等身材的男人坐在井边，似乎正望着她。那男人偶尔会给她带去一些欢乐，因为她想听什么，他都能说出口。然后她会重振精神，继续抗争，只是时不时地，她会觉得她宇宙的圆周，似乎不再是三百六十度……

卡美洛的最后守护者

The Last Defender of Camelot

(1979)

旧金山十月的一天晚上，三名劫匪拦住了他的去路。尽管身材魁梧，但他毕竟是个老人，劫匪们显然不相信他有多少反抗能力。老人衣着讲究，对劫匪来说这就够了。

第一个劫匪张开手迎向老人，另外两个徘徊在几步开外。

"把钱包和手表给我就行。"劫匪说，"这是为你好。"

老人的手杖微微颤了一下，他挺胸抬眼去看对方，浓密的白发随之而动。

"那你为什么不过来拿呢？"

劫匪刚一迈步，脚还没落地，手杖便以快到几乎看不见的速度扬起，击中他的左太阳穴，他随即瘫倒在地。

这一击过后，老人毫不迟疑地左手换位到手杖中间，挥棍刺向另一个离他最近的劫匪腹部，把对方戳到弓起背的瞬间，手杖又向上抬起，钩住下巴后面的颌部，把那人拖倒在地。接着，老人的杖尖朝他的后脖颈补了一记。

到这时，第三个劫匪已经抓住了老人的上臂。老人松开手杖，左手揪住对方衬衫前襟，右手拎腰带，把他举到离头顶一臂的高度，甩向右手边的建筑墙面。

他掸掸衣服，捋捋头发，捡起手杖，看了会儿那三个倒下的家伙，然后耸耸肩，继续上路。

左边什么地方传来了车辆的声音。他在下一个路口拐向右边。月亮高悬在城市之上，空气中弥漫着大海的腥咸气味。早些时候这里下了场雨，路灯下的人行道依然闪闪发光。他慢悠悠地走着，时不时停下来看昏暗的商店橱窗里有些什么。

过了大约十分钟，他来到了一条小街。这里比他经过的其他街道更热闹：街角的药店还在营业，更远处有一家闹哄哄的餐馆，好几个店铺灯火通明，对面的步道上人来人往，还有小男孩骑着自行车轻快地经过。老人转过身，一边走，一边用灰白色眼珠注视着一切。

半路上，他看到了一扇脏兮兮的窗户，上面涂着"占卜"二字。文字下边是一只手的轮廓和散落的扑克。经过敞开的店门，他往内瞥了眼。一个衣着鲜亮的女人在屋子那头抽烟，头发由绿色的头巾扎在脑后。四目相交时，她面露微笑，伸出食指朝自己点了点。他回之以微笑，转过了身，然而……

他又看了看她。这感觉怎么回事？他瞅了眼自己的手表。

他转身走进店内，来到她面前。女人站起身。她个子矮小，只有五英尺多点。

"你的眼睛是绿的。"他说，"我认识的大多数吉卜赛人的眼睛都是黑的。"

她耸耸肩。

"偏见。你有什么想算的？"

"给我点儿时间，我现想一个。"他说，"你让我记起了谁——可我又说不上来到底是谁。"

"来里屋坐坐吧。"她说，"咱们聊会儿。"

他点点头，跟着她进了屋子后面的小房间。房间里有张东方样式的地毯，看起来有些年头。他们在地毯边的小桌旁坐下。墙上贴着许多黄道星座和带些宗教性质的招贴画。远处角落的架子上摆着水晶球，旁边的花瓶里有些切花。架子右边的沙发上，一只黑色的长毛猫正在酣睡。沙发后面的房门微开，看不清里头的景象。室内仅有的光亮来自他面前桌上的廉价台灯以及一支小蜡烛。立着蜡烛的石膏底座摆在一张茶几上，茶几覆有长长的、垂下来的桌布。

他倾过身细看她的脸，又摇摇头靠了回去。

她把烟灰弹到地板上。

"想算点儿什么？"她问道。

老人叹了口气。

"我的问题没人能帮上忙。你看，我觉得我错了，不该进这家店，不过既然已经麻烦到了你，我还是付点钱好了。你平时占卜怎么收费，我就给你多少钱，可以吧？"

他准备掏钱包，但她举起了手。

"你不相信这种事情？"她端详着他的脸。

"不，恰恰相反。我愿意相信魔法、占卜、各种咒语，还有来自天庭和魔鬼的神术。但——"

"但不信住在这种破地方的人？"

他笑了。

"我无意冒犯。"他说。

尖啸声回荡在空中，似乎是从隔壁房间传来的。

"没关系。"她说，"不过我忘了刚刚烧了水。喝茶吗？有干净杯子。不收钱。反正我现在闲着。"

"好。"

她起身离开。

老人看了眼前门，缓缓陷入座椅中，他抬起青筋凸起的大手放在椅子的软垫扶手上，接着仰起头，张大鼻孔嗅了嗅。这气味似曾相识。

过了会儿，占卜师返回房间，把端着的托盘摆在咖啡桌上。猫咪被吵醒，抬起头眨眨眼，伸了个懒腰，又盘成一团重新睡下。

"奶油和糖？"

"谢谢，加块糖吧。"

她把两个杯子放在他面前的桌上。

"随便拿一杯。"她说。

他笑了笑，拿过左边的杯子。占卜师把一个烟灰缸放在桌子中央，去对侧的椅子上坐下，然后把另一个杯子挪到身前。

"没这个必要。"他的双手搁在桌上。

她耸耸肩。

"是啊。你不认识我，凭什么相信我？你身上可能带了很多钱，而我想把它们榨出来。"

他盯着她。去隔壁房间时，她显然卸下了一些浓妆。这下巴的轮廓，还有眉毛……他移开目光，喝了一口茶。

"好茶。不是速溶的。"他说，"谢谢。"

"这么说，你相信魔法。"她啜了一口自己的茶，问道。

"算是吧。"他说。

"有什么特别的理由吗？"

"有些魔法确实有效。"

"比如？"

他的左手随意比画了两下。"我去过很多地方，见过一些怪东西。"

"而你没有什么想占卜的？"

他咯咯一笑。

"还想着给我算命？好吧。我会告诉你一些关于我自己和我正打算做的事情，你可以看看有没有戏。这样行吧？"

"说说看。"

"我是东部一家大型画廊的金主，也是古代贵金属研究方面的行家。我来这儿是为了参加一个私人藏品拍卖会，时间就在明天。当然，我希望能发现些好东西。你觉得概率有多大？"

"我要看看你的手。"

老人摊开双手，掌心朝上。她倾过身仔细地看着掌纹，很快抬起了头。

"你手上的纹路多得我看不过来。"

"你的好像也不少。"

她短暂地注视了老人一会儿，注意力又回到他手上。他发现她妆容之下的脸一片煞白，呼吸也不规律。

"没戏。"她终于说道，同时向后退去，"你在这儿得不到你在找的东西。"

举起茶杯时，她的手微微颤抖。他皱起眉。

"我也就随口一说。"他说，"别沮丧。反正我本来就没怎么指望真能找到好东西。"

她摇摇头。

"告诉我你的名字。"

"我口音已经变了。"他说，"不过我是法国人，叫杜拉克。"

她盯着他的双眸，飞快地眨眼。

"不……"她说，"不。"

"恐怕我没骗你。你叫什么名字？"

"勒菲夫人。"她说，"这个店名才重新上过漆，还没干透。"

他想笑，但笑声噎在了喉咙里。

"现在……我知道……你让我想起……谁来了……"

"你也让我想起一个人。我现在知道他是谁了。"

她眼眶里泪水充盈，睫毛膏都花了。

"这怎么可能，"他说，"居然在这里……居然在这样一个地方……"

"亲爱的爵士，"她柔声说着，把他的右手举到唇边，似乎哽咽了一会儿才能继续，"我还以为只剩下我了，我以为你葬在了欢乐堡。我做梦也想不到……"过了几秒钟。"这儿？"她抬手示意了一下整个房间，"只是因为这行当还有点儿意思，能帮我消磨时间。等待着——"

她停了下来，放开他的手。

"跟我聊聊吧。"她说。

"聊什么？"他说，"聊你在等的东西？"

"冷静。"她说，"我靠我的魔法活了这么多年。可是你……你怎么做到的？"

"我——"他抿了口茶水，看着房间。"我不知道该从哪里讲起。"他说，"我在最后的战役里幸存了下来，却什么也做不了，只能看着王国分裂。后来我离开了英格兰，四处游荡，服务过许多宫廷。在那段漫长的岁月里，我换了很多名字。我发现自己不会衰老，或者说衰老的速度非常、非常慢。我去过印度，去过中国，参加过十字军东征。我在哪儿都待过。我跟很多所谓的魔法师和方士交流过，他们中的绝大多数不过是江湖骗子，虽然也有那么几个真有点儿能力，但比梅林差远了——这些人中的一个还识破了我的身份，他确实比那些骗子厉害一些，可是……"他顿了一下，把剩下的茶一口气喝光："你真的想听这些？"

"我想听。不过先让我倒杯茶。"

她端着茶回来，点起一支烟，往后靠倒在椅子里。

"继续吧。"

"我认为这是我的错。"他说，"因为……王后的事。"

"我没明白。"

"我背叛了我的王，更别说他还是我的朋友了。他肯定很受伤。可我当时感受到的那份爱，比忠诚和友谊更强烈——即使到了今天，到了这样一个年月，这一点依然没有改变。我不能忏悔，自然无法被原谅。那真是奇妙的魔法时代啊。我们生活在一片注定会成为神话的土地上。魔力在王国中四溢，可如今它们消失殆尽。到底怎么回事，我说不上来。但你也知道那是真的。不知道为什么，我和那些消失的东西有所关联，支配我的不是正常的自然法则。我认为我不会死；我受到的天罚要我在这个世界上不断流浪，直到完成找到圣杯的任务才能安息。我不知道朱塞佩·巴萨莫是怎么看出来的——那时他还没改头换面变成卡廖斯特罗伯爵[1]——他把我心里想的事说了出来，可我真的没对他透露过半个字眼。于是我周游世界，四处寻找。我不再充当骑士或者士兵，而是把身份换成了评估师。我几乎去过地球上每一家博物馆，看过所有的大型私人收藏

---

1 亚历山德罗·卡廖斯特罗（1743—1795），18世纪后期欧洲各国宫廷中炙手可热的神秘主义者，传说他擅长各种神秘艺术，包括心理治疗、炼金术和占卜等。

库。到目前为止，我还是没能找到它。"

"你年纪太大，没法战斗了。"

他哼了一声。

"论战斗，我还没输过。"他矢口否认，"过去的十个世纪里，我单打独斗从没落过下风。我确实老了，但只要感到威胁，所有力量都会瞬间恢复。可惜不管我去哪儿，不管我打过什么样的仗，我都没找到那必须找到的东西。我做了不可饶恕的事，注定会像流浪的犹太人那样苟活到世界末日。"

她低下了头。

"……你说我明天还是找不到？"

"你永远也找不到。"她轻声说。

"从我掌纹里看出来的？"

她摇摇头。

"你的故事很迷人，理论也新颖，"她说，"可是卡廖斯特罗是个彻头彻尾的骗子。他肯定通过什么看破了你的想法，继而做了个巧妙的猜测。不过他错了。我说你永远找不到，不是因为你遭到了抛弃或者不可饶恕。不，从来不是这样。这世界上再找不出比你更忠诚的人了。你不知道亚瑟已经原谅你了吗？那毕竟是包办婚姻。你肯定知道类似的事情总是在不断上演。你给了王后亚瑟给不了的东西，他理解那种柔情。这么多年来你一直渴望得到宽恕，但现在没有宽恕你的，只剩下你自己。不，没有什么命运强加在你身上。是你自己接受了一个无法完成的任务，是你自己不肯宽恕自己。这么多世纪以来，你一直白白受苦。"

她抬起头和他对视，发现他的目光坚毅，就像冰块或者宝石。但她迎着那眼神继续说道："你以前找不到圣杯，现在也找不到。

圣杯可能从来就不存在。"

"我见过。"他说,"那天它从圆桌大厅里飘过。我们都看到了。"

"你只是以为你看到了。"她纠正道,"这个幻想经历了时间的漫长考验,我真不愿意把它戳破。可你还记得吧,当时王国局势动荡,骑士焦虑不安,彼此慢慢疏远。显然再过上一年,甚至只要半年,亚瑟辛辛苦苦组建起来的骑士团就会解体。他知道卡美洛坚持得越久,骑士团的名声流传得越广,它代表的理念就越强大。亚瑟做了一个决定,纯粹政治性的决定。他需要一些东西来团结大家。梅林那时候已经有些疯疯癫癫,可他还是意识到了骑士团需要什么,他又能提供什么。就这样,寻找圣杯的任务诞生了。你那天看到的幻象是梅林的魔法。是的,那是个谎言。但那是崇高的谎言。很多年以后,它以正义与爱的名义,将你们所有人都团结成了兄弟。它被记录成文字,文字转变成文化,烙印进了文明,让我们去追求更高贵的东西。它达到了它的目的。然而它从来没有真正存在过。你追逐的只是一个幻影。对不起,兰斯洛特。我没有一丁点儿理由骗你。看到它的时候,我就知道那是魔法了。是的,我看到了。事情就是这样。"

他沉默许久,然后笑了起来。

"你解释了一切。"他说,"我愿意相信你,只要你能再回答我一个问题。我为什么会坐在这儿?原因是什么?这又是哪种魔法?为什么我度过了基督诞生以来半数年岁,而其他人却在短短几十年里老去、死亡?卡廖斯特罗没告诉我的那些疑问,你能回答我吗?"

"是的。"她说,"我想我能。"

他起身踱步。猫被吓了一跳，跳下沙发，躲进里屋。他抓起手杖，似乎准备离开。

"能看到你害怕，这一千年也没白费。"她说。

他停了下来。

"这不公平。"他说。

"我知道。不过现在你可以回来坐下了。"

转身回来时，他的脸上又带上了笑容。

"你是怎么认为的，"他说，"告诉我吧。"

"你之所以长生不死，大概是由于梅林最后的魔法。"

"梅林？我？为什么？"

"我听说那个老山羊把湖中仙子带进了森林，而她自卫时诅咒了梅林，让他永远沉睡在某个失落之地。如果我猜得没错，那么这个传说至少有一部分内容失实。湖中仙子施放的魔法没有已知的反制手段，然而沉睡年限不是永远，而是千年。过了这段时间，受术者就会苏醒。我猜梅林在昏迷前的最后举措是对你施法，这样当他从沉睡中苏醒时，能有个帮手。"

"有这个可能，不过他为什么要对我施法，或者要我帮忙？"

"如果要进入一个陌生的时代，我肯定会希望能有盟友协助。如果有的选，我肯定会挑最厉害的人。"

"梅林……"他沉吟道，"事情也许真像你说的那样。抱歉，我需要冷静冷静。这么漫长的生命，居然是出于这样的原因……如果这是真的……"

"我是这么认为的。"

"如果这是真的……你说一千年，是吧？"

"差不多这个时段。"

"那时限不就到了么。"

"是啊。所以我不认为我们今天只是偶遇。你注定会在他醒来时陪伴在旁，而那一天就快到了。他还安排了你先和我碰头，得到警告。"

"警告？什么警告？"

"他疯了，兰斯洛特。当时梅林失踪让我们中的很多人都松了口气。王国要是没在战乱中覆灭，迟早也会被他给毁了。"

"我不太信。梅林一直行为古怪——说到底，谁能真正理解一个魔法师呢？更别说他后来有些疯癫。可我从来不觉得他是个坏人。"

"他确实不是。可他的道德标准危险、变态。他是个狂热的理想主义者。在当初那个技术不发达的年代，借助亚瑟的骑士团，他创造了传奇，可是在今天这种毁灭性武器泛滥的状况下，要是有哪个重要领导人信了梅林那一套，必定会导致巨大的灾难。梅林是那种看到事情发生错误，会逼着自己人去纠正的类型。他有一套崇高的理想，并为之不懈奋斗，还把这理想当作挥舞的大旗，但他意识不到这么做会导致什么后果。当恶果真正显现时，任谁都无法补救。哪怕他神志清醒，又怎么能这么做呢？他对现代国际关系也是一无所知。"

"那我该怎么办？我该扮演什么角色？"

"我认为你应该回英格兰，找到他，陪他醒来，搞明白他到底打算做什么，试着跟他讲道理。"

"我不知道……我该上哪儿去找他？"

"你既然找得到我，那么等时机到了，自然也找得到他。我相信会是这样。你的命运可能也是他法术的一部分。去找他，但别信他。"

"我不知道，摩根·勒菲。"他望着墙的方向，目光空洞，"我不知道。"

"你等了这么久才明白真相，却要选择逃避？"

"你是对的——至少这点上是对的。"他双手交叉，下巴搁在上边，"如果他真的回来了，我不知道自己该怎么办。试着跟他讲道理，好吧——还有什么建议？"

"只要在现场就行。"

"你给我看了手相。你懂魔法。你看出什么了吗？"

她转过身。

"它没有定数。"她说。

那天晚上，他又做了那个不时重温的梦。那是很久很久以前，他们坐在圆桌旁。他看到了高文和帕西瓦尔，还有加拉哈德……他皱着眉头。但这个梦与过去的那些有所不同。空气中弥漫着紧张的压力，仿佛带了电，似乎暴风雨即将来临……梅林站在房间另一头，双手收在长袍袖内，雪白的头发和胡子乱蓬蓬的，苍白的眼珠盯着——没人能确定他盯着什么……

也不知过了多久，门边出现一道红光。所有人都望向那里。只见红光越发明亮，而且慢慢地进入房间——就像一个没有形体的发光灵体。与它相伴的还有甜美的气味与柔和的乐声。渐渐地，它成了圣杯的模样……

他感觉到自己站起身，跟着那东西缓缓穿过房间。他慢慢向圣杯靠拢，整个动作无声无息，仿佛置身水下……

……他伸出手去。

他的指尖浸入了光芒，向着发光的圣杯接近，然后穿了过去……

光芒瞬间散去。圣杯晃动着逐渐消散……

大厅里回荡着震耳欲聋的声音。是笑声。

他扭过头，看到大伙儿围坐在圆桌边对着他哈哈大笑，甚至连梅林都干笑了两声。

他大步走向圆桌，举起手中突然出现的巨剑。离得最近的骑士匆忙避开，因为他猛地下劈。

圆桌裂成两半，大厅震动。

震动继续。石块从墙壁上剥落，一根屋梁垂下。他抬起胳膊。

整座城堡在他周围分崩离析，但笑声仍在。

醒来时他浑身是汗，但依旧躺了很久。当天早上，他买了去伦敦的票。

那天晚上拄着手杖散步时，他倾听着这个世界三种基本声音[1]中的两种。接下来的十多天里，他漫步在康沃尔郡，没能寻获任何线索。他决定，如果两个十天后依然一无所获，他就放弃寻找线索，离开这里。

现在风雨交加，而他加快了步伐。群星刚刚亮起，就被云层和如真菌般在视野两侧滋长的雾气笼罩。他在林间停了停，又继续前进。

"不该在外头待到这么晚的。"他嘟囔着又停下几次，"在我们人生的半途中，我发现自己身处一片黑暗森林，迷失了道路"[2]。说完这些话，他站在一棵树下咯咯地笑了起来。

---

1 出自美国自然主义作家亨利·贝司顿（1888—1968）的观点。他认为大自然的三种基本声音为雨声、风声，以及海滨的浪涛声。

2 原文为意大利语"Nel mezzo del cammin di nostra vita mi ritrovai per una selva oscura, che la diritta via era smarrita"，出自但丁的《神曲》。

雨终于小了。现在更像薄雾。

离地平线不远的天空有一块明亮的光斑，泄露了月亮的位置。

他抹了把脸，立起衣领望着月亮。伴着远处的雷声，他挤开低矮的植株折向右边。

走着走着，雾气越来越重。湿透的树叶在靴子底下咯吱作响，某个看不清大小的动物从岩石旁的灌木丛里冲出，在黑暗中逃窜。

五分钟过去了……十分钟……他轻声咒骂。雨滴的密度开始增大。那块岩石他是不是见过？

他已经转了一个完整的圈。在这个位置，无论往哪儿看都平平无奇。于是他随便选了个方向，又开始前进。

终于，他看到远处有光芒一闪。那光微弱、摇曳，随着他的移动明灭不定，就好像被半遮半掩着。他向着那里走去。过了大约半分钟，光芒又不见了，但他继续往前。雷声再一次炸响，这回大了许多。

那光芒依然像是他的幻觉或者某种短暂的自然现象，然而同一个方向上还有其他现象正在发生。一棵高大的树木下，有什么东西在阴影中拖着步子移动。他放慢速度，小心翼翼地接近。

那儿！

一个身影出现在左前方的黑暗中。它似乎是人类，脚步缓慢而沉重，林地遭到踩踏，不断发出嘎吱嘎吱的声音。一缕月光打在它身上，浓重的水雾中，它泛着黄色的金属光泽。

他停下脚步。那似乎是一位披坚执锐、挡着前进道路的骑士。他有多久没看到这样的景象了？他晃晃脑袋，瞪大眼睛。

那身影也停了下来，挥挥右臂示意他跟上，接着转身离开。他只犹豫了一小会儿，便追了上去。

它转向左侧，走上了一条危路。道旁岩石嶙峋，路面滑溜，微微倾斜。为了稳住脚步，跟上对方，手杖终于派上了用场。随着两者间距缩短，他甚至清楚地听到了那身铠甲发出的金属刮擦声。

然后那身影消失在了黑暗中。

他向最后看到它的地方走去，来到了一块巨石的背阴处。他伸出手，用手杖探了探。

从离自己最近的岩石表面开始，他不断往旁边戳探，突然间，手杖落了个空，他定睛朝那里看去。

那是岩石上的一个开口，一道缝隙，只有侧身才能勉强通过。就在他这么做的同时，那道亮光又出现在了他的视野里，持续了数秒。

通道曲折幽深，逐渐开阔，带着他一会儿爬高、一会儿降低。他停下来驻足倾听过几次，但除了自己的呼吸，万籁俱寂。

最后一道拐角前，他掏出手帕，小心地擦干脸和手，拂去外套上的湿气，翻下衣领，又蹭掉靴子上的泥和树叶。整理过衣物后，他大步向前，进入拐角后的房间。黑暗的天花板某处垂下三根精致的链条，吊着一盏油灯，油灯正发着幽幽的光。那个黄甲骑士站在远处墙边，一动不动。灯的正下方是石床，床上铺着草垫，一个衣衫褴褛的老者躺在上面。他胡子很长，脸半陷在阴影中。

他走到那老者身旁，这时，那双饱经沧桑的黑色眼睛睁开了。

"梅林……？"他低声说道。

他听到一阵低沉而微弱的喳喳声。意识到那声音的源头后，他靠得更近了一些。

"长生药……陶罐……壁架……在后面。"老者艰难地说。

他转向壁架，去找那东西。

"你知道在哪儿吗？"他问黄甲骑士。

对方既没有动弹，也不做回答，像展览品那样立在原地。他只能自己去找。没过多久，他找到了。那与其说是壁架，不如说是壁龛。它嵌在墙内，被阴影笼罩。他指尖轻触容器，将它轻轻举起。罐子里传来了液体的咕咚声。回到灯光下，他用袖子擦了擦罐口。风呼啸着从外边经过，他似乎还感受到了雷鸣带来的微微震动。

他一只手伸到老者肩下，扶他坐起。梅林的眼睛似乎依然没法聚焦。他用罐中的液体濡湿了梅林的嘴唇。老者舔舔它们，过了会儿张嘴抿了一口，又一口，再一口……

接着，梅林示意想要躺倒，他照做了。他又看了眼黄甲骑士，它依然纹丝不动。他回头看向魔法师，发现老者眼中恢复了一些神采，正回望着他，露出虚弱的微笑。

"感觉好些了？"

梅林点点头。又一分钟过去，他脸上有了些许血色。他用胳膊肘撑着坐起，举起那罐子使劲喝了一大口。

那之后，梅林静静地坐了几分钟。他消瘦的胳膊刚才在灯光下色泽如蜡，现在变得更暗，更丰满。他的肩膀也挺直了。他把那陶罐放在身旁的床上，舒展臂膀。第一次这么做时，他的关节咔咔作响，但第二次就没有再发出那声音。他探腿到床下，缓缓站起。这个魔法师个子不高，比兰斯洛特矮了一头。

"终于。"他的目光移回了阴影，"当然，一定发生了很多事情……"

"确实发生了很多事。"兰斯洛特回答。

"你经历了一切。告诉我，这个世界是变好了，还是更糟了？"

"有些方面变好了，有些方面更糟了。这是个完全不一样的世界。"

"变好的是哪些？"

"生活轻松了很多，比起那时候，人们的知识总量大增。"

"那变糟的呢？"

"世界人口膨胀，因此有更多人正被贫困、疾病和无知折磨。由于污染和其他行为，大自然也遭到了严重的破坏。"

"你是说战争？"

"人们总是争斗不休。"

"他们需要帮助。"

"也许需要。也许不需要。"

梅林对上了他的目光。

"你的意思是？"

"人们没有改变。他们还是和过去一样既理性又冲动。他们依然有道德准则，懂得遵纪守法——或者违法犯罪。在你沉睡的这段时间，许多新东西被创造，许多新问题因此产生，但我不认为人性本身有什么变化。当然，你也许能改变时代的样貌，可这么做真的合适吗？如今的社会中，一切都紧密相依，即使是你也无法预测某个行为可能导致的所有后果。你的举措可能会弊大于利。还是那句话，人性本身如此，不论你做了什么。"

"这可不像你啊，兰斯。你以前对哲学兴趣不大。"

"我有漫长的时间思考。"

"而我这段时间都在做梦。战斗是你的长项，兰斯，不要放弃它。"

"我很久以前就放弃了。"

"那你现在是干什么的？"

"评估师。"

梅林转过身去，又喝了一口。当他转过身时，似乎散发着一股汹涌的力量。

"那你的誓言呢？纠正世间错误，惩治邪恶……"

"我活得越久，就越难判断什么是错误，谁又是邪恶。如果你能帮我分清楚，那我倒是可以重操旧业。"

"加拉哈德不会这么跟我说话。"

"加拉哈德年轻、天真、轻信。别跟我提我儿子。"

"兰斯洛特！兰斯洛特！"梅林伸出一只手放在他胳膊上，"为什么要对一个千年没碰面的老朋友这么刻薄？"

"我只是想把话挑明白。我担心你打算采取一些过激行动，打破这世界的力量平衡，导致无可挽回的灾难。我得让你知道，我不会参与这类事情。"

"说实话，你不知道我会做什么，又能做到什么。"

"坦白说，这就是我为什么会怕你。你有什么打算？"

"还没有明确的计划。我想先了解下这个时代，亲眼看看你说的那些变化，然后考虑哪些错误需要纠正，哪些人需要受到惩罚，哪些人又能为我效力。我会把这些情报分享给你，然后你就可以像你刚才说过的那样重操旧业了。"

兰斯洛特叹了口气。

"辨别善恶是道德家的事。我已经不能盲信你的判断了。"

"天啊。"梅林说道，"等了这么久才终于遇到一个老朋友，他却对我失去了信心，这真叫人难过。兰斯，我的力量正在恢复，你难道没感受到空气中的魔法吗？"

"我确实有了一种很久没体会到的感觉。"

"长久的睡眠是一种休憩——实际上它还帮了我不少忙。再等一会儿，兰斯，我就会变得比以前更强大。你不相信我能让时光倒流，对吧？"

"我怀疑你的法术帮不到任何人。梅林，你看，我很抱歉。我也不希望事情变成这样。可我活得太久，见得太多，太了解这个世界的运行法则，不再相信一个救世主可以改变一切了。你就放手吧。你是神秘的，受到尊崇的古代传奇。妈的，我不知道你到底算什么，总之别用你的魔法去掀起任何圣战。这一次，你可以试点儿别的，比如当个救死扶伤的医生，或者画家、历史学教授、考古学家。你甚至可以去当个社会评论家，把不公之处指出来，让人们自己去纠正错误。"

"你觉得我会满足于那些事情吗？"

"人们能从许多事情上获得满足。这取决于人，而不是事。我们不能再像过去那样用暴力改变社会了。"

"不论世间发生了多大变化，都比不过你居然成了一个和平主义者，真是讽刺。"

"你错了。"

"承认吧！你终于害怕战斗了！评估师？这算哪门子骑士？"

"我只是一个凡人，出现在了错误的时间、错误的地点，梅林。"

魔法师耸耸肩，转过身去。

"好吧。至少你把话挑明了，谢谢。稍等一下——"

梅林绕到穴室后面，回来时换了一身法袍，威严整洁得让人刮目相看。他的头发和胡子不再白花花的，而是呈肃穆的灰，他的步伐坚定又稳健。他右手握着一根法杖，但没有把重心倚在上面。

"跟我来。"梅林说。

"外头风雨大着呢。"

"已经不是你来的那个晚上了。甚至不是那个地方。"

经过黄甲骑士附近时，魔法师在面罩边打了个响指。嘎吱一声后，它动了起来，转身跟着他。

"这是谁？"

梅林露出微笑。

"谁也不是。"他说着掀起面罩。里面空空荡荡。"它是一个被施了魔法、由灵体驱动的活动傀儡，有些笨手笨脚，所以我不让它拿药。不过它不像某些人，是完美的奴仆。它的力量和速度无与伦比，你哪怕处在巅峰状态也打不过它。有它当保镖，我什么都不怕。来吧，我有东西要给你看。"

"好。"

跟着梅林和那套空心铠甲，兰斯洛特走出山洞，发现雨停了，周围静悄悄的。他们站在一块月光皎洁的平原中，周围薄雾飘飘，草叶反射光华，远处还有模模糊糊的影子。

"啊，"兰斯洛特说，"我把手杖落在洞里了。"

他转身返回洞穴。

"去拿吧，老头子。"梅林说，"你已经不复当年了。"

回来后，兰斯洛特拄着手杖，眯起眼望着这片平原。

"走这儿。"梅林说，"你的问题很快就能得到解答。我尽量走慢点儿，免得你累倒。"

"我？累倒？"

魔法师笑着开始穿越平原，兰斯洛特跟在他身后。

"你觉得有点儿累了吗？"他问。

"是的，事实上，是有点儿。你怎么知道的？"

"我当然知道。因为我解除了这些年来一直保护着你的魔法。你现在感受到的是这个年龄本该有的疲惫。不过你的身体有天然的抵抗力，得过阵子才会真正地感觉到衰老，然而这个过程已经开始了。"

"你为什么要这样对我？"

"你说你不是和平主义者，我信了。从言辞的激烈程度判断，你甚至会反对我打算做的事。我绝不允许这种事发生。你有强大到连魔法师都会恐惧的力量，只是尚未唤醒，所以我做了我该做的事。你的力量能维持至今是由于我的魔法，失去了咒语保护，它就会开始流失。如果我们能再次合作该多好，但我认为那不太可能。"

兰斯洛特打了个趔趄，站稳后一瘸一拐地继续向前。空心铠甲走在梅林右手边。

"你说你有高尚的目的，"兰斯洛特说，"可我不相信。也许曾经是这样，但千年的时间不只改变了我，也改变了你。你自己没察觉吗？"

梅林深深地吸口气，然后呼了出来。

"可能这就是我当初的遗产。"说完他又补充道，"只是个玩笑。当然，我变了。所有人都会变。你自己就是绝佳的例子。你认为我堕落了，只不过是因为我们和以前不一样了，两人之间不可避免的冲突也已显露出来。我依然坚持卡美洛建立时的理念。"

现在，兰斯洛特的肩膀耷拉了下来，呼吸也更加急促。他们前方的影子越来越大。

"我知道这地方。"他喘着气说，"可这儿又和我知道的不一样。巨石阵应该已经破败不堪了才对。哪怕在亚瑟的时代，它也没这么完美。我们怎么来这儿的？这到底是哪儿？"

他站定休憩，梅林也停下来等他。

"今晚我们穿越了不同的世界。"魔法师说，"这是真正的巨石阵，它是仙境里的一个圣地。我延展了世界的边界，将它带到了现世。我要是不厚道一些，可以送你去仙境，把你永远困在那里。但让你了解那种重回平静的方式是更好的选择。来吧！"

兰斯洛特摇摇晃晃地跟在他身后，向着巨大的环状石阵走去。西边吹来微弱的风，搅动了薄雾。

"什么叫'重回平静'？"

"想要让我的魔力得到完全恢复和增强，需要在这里进行一场献祭。"

"你原来对我一直是这么个打算！"

"不，不一定得是你，兰斯。换谁都可以，不过你是个非常棒的祭品。假如你愿意协助我，事情本来不用变成这样。你还来得及改主意。"

"真的？"

"假的。"

"那你为什么问——掩饰你的残忍吗？"

"因为你惹我生气了。"

走到巨石阵旁，兰斯洛特又停了下来，凝视那些巨大的石柱。

"你要是不愿意进去，"梅林说，"我的仆人很乐意帮你一把。"

兰斯洛特啐了一口，稍稍挺直身子，怒视梅林。"你以为我会害怕一副闹鬼的空心铠甲？哪怕老了，我也不需要巫师的协助就能把它给拆了。"

魔法师笑了。

"失去一切的时候，你倒是记起骑士的荣耀来了。说实话，我有点儿犹豫要不要给你这个机会，因为你以什么样的方式在这里结束其实并不重要，这只是初步的准备工作。"

"你怕我砸坏了你的奴仆？"

"你真这么想，老头子？我怀疑你穿上盔甲都站不起来，别说举起长枪了。不过既然你愿意，那就试试吧！"

他拿杖柄在地上敲了三下。

"进去。"他说，"你会在里面找到你想要的。很高兴你做了这个选择。我早就想看到你像普通人一样被打个落花流水了，哪怕一次也好。你是个讨厌鬼，你自己应该也清楚。我真希望王后能看看她的勇士最后落了什么下场。"

"我也希望。"说着，兰斯洛特走过巨石，进入石环。

他看到一匹黑色公马的缰绳压在一块小岩石下面。铠甲的套件、一柄长枪、一把剑和一面盾斜倚在石块边。圆形场地的正对面，另有一匹白马正等着空心铠甲抵达。

"很遗憾，我没法找个侍从或者助手来帮你穿甲戴盔，"梅林说着从巨石另一边走了过来，"不过我愿意亲自帮忙。"

"我自个儿来。"兰斯洛特说。

"我的那位奴仆和你装备一样，武器也一样，"梅林说道，"你和它没什么不同。"

"我从来都不喜欢你的俏皮话。"

兰斯洛特拍了拍马以示友好，又从包里掏出红色的带子，系在长矛底端。他把手杖靠在石块上，开始穿戴铠甲。梅林现在须发几乎全黑，他走开几步，在地面上划拉法杖。

"你以前喜欢白马，"他说道，"但这回我给你的坐骑配了别的颜色，因为你已经放弃了圆桌骑士的理想，背叛了卡美洛。"

"恰恰相反。"兰斯洛特回答道，并望了眼突然从头顶划过的闪电，"不管在这场暴风雨中骑什么马，我都是卡美洛的最后守护者。"

梅林继续画图案的同时，兰斯洛特慢慢穿起装备。微风仍在扰动雾气。马儿一度受到电光惊吓，被兰斯洛特安抚了下来。

梅林盯着他，揉揉眼睛。兰斯洛特戴上头盔。

"有那么一瞬间，"梅林说，"你好像有些不一样……"

"是吗？大概是魔法正在消散吧，你觉得呢？"他一边问，一边踢开压着缰绳的石头，跨上骏马。

梅林从他画完的法阵中退开，摇了摇头，这时马上的兰斯洛特弯腰抓起长矛。

"你似乎还有些力量。"梅林说。

"哦？"

兰斯洛特举挺长枪，夹好。拿起挂在马鞍旁的盾牌前，他掀起面罩看着梅林。

"你的斗士好像准备好了。我也一样。"

又一道闪电。俯视着梅林的那张脸毫无皱纹，目光清澈，额上还有几缕淡金色的头发。

"你在这些年里学到了什么魔法？"梅林问道。

"不是魔法。"兰斯洛特答道，"是谨慎。我料到你要来这么一出，所以假意去洞里找手杖，趁机喝光了你的长生药。"

他放下面罩，转过身去。

"可你走起路来像个老头儿……"

"我有很长的时间做这种练习。让你的斗士上场吧。"

梅林笑了。

"好啊！那样更好，"他说道，"那你就试试看在全盛状态下，能不能打败一个灵体！"

兰斯洛特举起盾，微微俯身。

"那你还等什么呢？"

"什么也不等。"梅林说完，大喊道，"干掉他，拉克萨斯！"

马蹄踏过草坪，天空落下小雨；兰斯洛特直视前方，注意到对手的面罩后面有闪烁的火光。他在最后的一刻将枪尖对准了空心铠甲的脑袋。

电闪雷鸣。

他用盾牌偏移了对方的长枪，自己的枪尖则精准地扎在了空心铠甲的脑袋上。那头盔从肩膀上飞出，在地上滚了几圈，冒出闷燃的烟。

马匹继续向前冲，兰斯洛特在场地那一头掉转方向，发现无头骑士也在做同样的事情。对方的背后出现了两个人影，而之前那里只有一个。

摩根·勒菲。她穿着白袍，红发在风中扬起，隔着法阵与梅林对视。他们似乎在说话，但兰斯洛特听不到他们说了些什么。只见她举起双手，绽放出冰冷的火焰。梅林的法杖也发出了光芒，他把它置于胸前。接下来发生了什么，兰斯洛特并不清楚，因为空心铠甲开始了第二轮冲锋。

兰斯洛特挺直长枪，举起盾牌，身体前倾，向坐骑发出信号。冲向对方时，他感觉手臂健壮如钢铁，力量充盈周身，像无尽的电流。雨下得更大了，电闪雷鸣几乎不再间断。隆隆的雷声盖过了马蹄嗒嗒，当他冲向另一个斗士时，风从头盔旁呼啸而过。这一次，他直插对手的盾牌中央。

巨大的冲击力令双方都颤抖不已，但倒下的是那副空心铠甲，它的盾牌和胸甲被长矛贯穿，倒地时左臂也折断脱落。尽管长矛损坏，盾牌掉落在旁，但它几乎立刻起身，右手拔出了长剑。

兰斯洛特下了马，他丢开盾牌，拔出了自己的大剑，向着无头铠甲走去。对方先出手，他横剑格挡，感到强烈的震颤顺着臂膀传来。接着他发动攻击，也被对方挡下。

剑刃相交，缠斗良久。终于，兰斯洛特找到了破绽，挥出强力一击。空心铠甲倒在泥地中，胸甲几乎裂到了插着矛杆的位置。同一时刻，摩根·勒菲发出尖叫。

兰斯洛特转过身，发现她陷在了梅林画出的法阵里，那个魔法师沐浴着蓝色的光芒，举着法杖向她靠近。兰斯洛特朝他们迈出一步，但身体左侧传来剧痛。

他转身面对爬起一半的空心铠甲，对方正准备抽剑回去再捅一记。兰斯洛特用双手将自己的武器高高举起，剑尖朝下。

然后全力刺下。剑刃贯穿了铠甲，把对方牢牢钉死在地上。铠甲中鸣响起尖叫，它断颈的位置还朝天空喷出了一股火焰，那火焰在雨中慢慢减弱，没多久就熄灭了。

兰斯洛特维持了一会儿跪姿，接着慢慢站起，转向那两个彼此面对的人。他们都站在泥泞的法阵中，沐浴在蓝色的光芒里。兰斯洛特朝他们迈出一步，又一步。

"梅林！"他高喊，"我说到做到了！现在，我要杀了你！"

摩根·勒菲望向他，瞪大了眼睛。

　　"不！"她喊道，"快离开石环！我把他拖住了！他的力量在消失！这地方很快就完蛋了！快离开！"

　　兰斯洛特只犹豫了一个瞬间，便以最快的速度向石环外走去。他穿过巨石时，天空仿佛沸腾了一般。

　　他又往前走出十几步，这才停下来喘了口气回望石环，还有那两个依旧陷在法阵中的人。就在这时，天空裂开，火瀑落下，浇在了石环的那一头。那真是令人难忘的景象。

　　兰斯洛特抬手遮挡刺眼的光亮，放下手时，他看到那些巨石正无声无息地崩塌，化为虚无。与此同时，雨滴开始减少。同仍在崩塌的建筑一起，魔法师和女巫消失得无影无踪。两匹马儿也是如此。兰斯洛特环顾四周，找到一块相当大的岩石，于是走过去坐下，解开胸甲，把它丢到地上。受伤的那侧身体有些痉挛，他用右手摁住伤口，接着屈身向前，左手抚着脸休息。

　　雨越下越小，彻底停息。风也没了。雾气重新升起。

　　他深深地吸了口气，回忆着刚才的战斗。这，就是一切结束后留给他的东西，他等待了那么久的东西。终于，他可以好好休息了。

　　也不知道失神了多久，一道亮起的光把他拉回现实。那光线从他指缝间穿出，透过了他的眼睑。他放下手，抬起头，睁开眼。

　　它绽放着纯白的光晕，从他眼前慢慢飘过。他不再用黏糊的手指捂着伤口，而是站起身跟着它前行。它坚实、明亮、辉煌、纯粹，一点儿也不像他在大厅里见到的那个形象。它领着他穿过月光照耀的平原，穿过黑暗，穿过光明，又再次穿过黑暗，直到他终于伸出手去触碰、去拥抱它时，雾笼罩了一切。

高贵的兰斯洛特

最后的圆桌骑士

其故事在此完结

他冒险寻找圣杯

故事里有

空心骑士拉克萨斯

也有

卡美洛的最后智者

梅林与摩根·勒菲

QUO FAS ET GLORIA DUCUNT[1]

附录：

经典的圆桌骑士传说中，兰斯洛特与亚瑟之妻桂妮薇儿自幼熟识，但因为政治原因，桂妮薇儿被迫嫁给亚瑟王，却在私底下与兰斯洛特有染。摩根·勒菲形象复杂，既担任卡美洛的宫廷御医，也密谋推翻亚瑟王的统治，但又送濒死的亚瑟王前往阿瓦隆。梅林作为传奇魔法师，在一些故事里是巨石阵的建造者，他爱上了一位湖中妖女，然而湖中妖女厌恶他的不懈追求，设计将他永远囚禁，卡美洛的实力也因此大为削弱。

---

1 拉丁语，意为"无论身在何方，常伴正义与荣耀"。